Hessel · Ein Flaneur in Berlin

Franz Hessel

Ein Flaneur in Berlin

Mit Fotografien von
Friedrich Seidenstücker,
Walter Benjamins Skizze
»Die Wiederkehr des Flaneurs«
und einem »Waschzettel«
von Heinz Knobloch

Verlegt bei Das Arsenal

Neuausgabe von »Spazieren in Berlin« (1929)

ISBN 3-921810-39-9

»Man findet Herculaneum unter der Asche wieder; aber einige Jahre verschütten die Sitten einer Gesellschaft besser als aller Staub der Vulkane.« Barbey d'Aurevilly

Alexanderstraße 1, Passage zur Kurzen Straße. Um 1929

DER VERDÄCHTIGE

Langsam durch belebte Straßen zu gehen, ist ein besonderes Vergnügen. Man wird überspielt von der Eile der anderen, es ist ein Bad in der Brandung. Aber meine lieben Berliner Mitbürger machen einem das nicht leicht, wenn man ihnen auch noch so geschickt ausbiegt. Ich bekomme immer mißtrauische Blicke ab, wenn ich versuche, zwischen den Geschäftigen zu flanieren. Ich glaube, man hält mich für einen Taschendieb.

Die hurtigen, straffen Großstadtmädchen mit den unersättlich offenen Mündern werden ungehalten, wenn meine Blicke sich des längeren auf ihren segelnden Schultern und schwebenden Wangen niederlassen. Nicht als ob sie überhaupt etwas dagegen hätten, angesehen zu werden. Aber dieser Zeitlupenblick des harmlosen Zuschauers enerviert sie. Sie merken, daß bei mir nichts ›dahinter!‹ steckt.

Nein, es steckt nichts dahinter. Ich möchte beim Ersten Blick verweilen. Ich möchte den Ersten Blick auf die Stadt, in der ich lebe, gewinnen oder wiederfinden ...

In stilleren Vorstadtgegenden falle ich übrigens nicht minder unangenehm auf. Da ist gegen Norden ein Platz mit Holzgerüst, ein Marktgerippe und dicht dabei die Produktenhandlung der Witwe Kohlmann, die auch Lumpen hat; und über Altpapierbündeln, Bettstellen und Fellen hat sie an der Lattenveranda ihrer Handlung Geraniumtöpfe. Geranium, pochendes Rot in träg grauer Welt, in das ich lange hineinsehen muß. Die Witwe wirft mir böse Blicke zu. Zu schimpfen getraut sie sich nicht, sie hält mich vielleicht für einen Geheimen, am Ende sind ihre Papiere nicht in Ordnung. Und ich meine es doch gut mit ihr, gern würde ich sie über ihr Geschäft und ihre Lebensansichten befragen. Nun sieht sie mich endlich weggehen und gegenüber, wo die Querstraße ansteigt, in die

Kniekehlen der Kinder schauen, die gegen die Mauer Prallball spielen. Langbeinige Mädchen, entzückend anzusehen. Sie schleudern den Ball abwechselnd mit Hand, Kopf und Brust zurück und drehen sich dabei, und die Kniekehle scheint Mitte und Ausgangspunkt ihrer Bewegungen. Ich fühle, wie hinter mir die Produktenwitwe ihren Hals reckt. Wird sie den Schupo darauf aufmerksam machen, was ich für einer bin? Verdächtige Rolle des Zuschauers!
Wenn es dämmert, lehnen alte und junge Frauen auf Kissen gestützt in den Fenstern. Mir geschieht mit ihnen, was die Psychologen mit Worten wie Einfühlung erledigen. Aber sie werden mir nicht erlauben, neben und mit ihnen zu warten auf das, was nicht kommt, nur zu warten ohne Objekt.
Straßenhändler, die etwas ausschreiend feilhalten, haben nichts dagegen, daß man sich zu ihnen stellt; ich stünde aber lieber neben der Frau, die soviel Haar aus dem vorigen Jahrhundert auf dem Kopf hat, langsam ihre Stickereien auf blaues Papier breitet und stumm Käufern entgegensieht. Und der bin ich nicht recht, sie kann kaum annehmen, daß ich von ihrer Ware kaufen werde.
Manchmal möchte ich in die Höfe gehen. Im älteren Berlin wird das Leben nach den Hinter- und Gartenhäusern zu dichter, inniger und macht die Höfe reich, die armen Höfe mit dem bißchen Grün in einer Ecke, den Stangen zum Ausklopfen, den Mülleimern und den Brunnen, die stehengeblieben sind aus Zeiten vor der Wasserleitung. Vormittags gelingt mir das allenfalls, wenn Sänger und Geiger sich produzieren oder der Leierkastenmann, der obendrein auf einem freien Fingerpaar Naturpfeife zum besten gibt, oder der Erstaunliche, der vorn Trommel und hinten Pauke spielt (er hat einen Haken am rechten Knöchel, von dem eine Schnur zu der Pauke auf seinem Rücken und dem aufsitzenden Schellenpaar verläuft; und wenn er stampft, prallt ein Schlegel an

die Pauke, und die Schellen schlagen zusammen). Da kann ich mich neben die alte Portierfrau stellen — es ist wohl eher die Mutter der Pförtnersleute, so alt sieht sie aus, so gewohnheitsmäßig sitzt sie hier auf ihrem Feldstühlchen. Sie nimmt keinen Anstoß an meiner Gegenwart, und ich darf hinaufsehen in die Hoffenster, an die sich Schreibmaschinenfräulein und Nähmädchen der Büros und Betriebe zu diesem Konzert drängen. Selig benommen pausieren sie, bis irgendein lästiger Chef kommt und sie wieder zurückschlüpfen müssen an ihre Arbeit. Die Fenster sind alle kahl. Nur an einem im vorletzten Stockwerk sind Gardinen, da hängt ein Vogelbauer, und wenn die Geige von Herzen schluchzt und der Leierkasten dröhnend jammert, fängt ein Kanarienvogel zu schlagen an als einzige Stimme der stumm schauenden Fensterreihen. Das ist schön. Aber ich möchte doch auch mein Teil an dem Abend dieser Höfe haben, die letzten Spiele der Kinder, die immer wieder heraufgerufen werden, und Heimkommen und Wiederwegwollen der jungen Mädchen erleben; allein ich finde nicht Mut noch Vorwand, mich einzudrängen, man sieht mir meine Unbefugtheit zu deutlich an.
Hierzulande muß man müssen, sonst darf man nicht. Hier geht man nicht wo, sondern wohin. Es ist nicht leicht für unsereinen.

Ich kann noch von Glück sagen, daß eine mitleidige Freundin mir manchmal erlaubt, sie zu begleiten, wenn sie Besorgungen zu machen hat. In die Strumpfklinik zum Beispiel, an deren Tür steht: ›Gefallene Maschen werden aufgenommen.‹ In diesem düstern Zwischenstock huscht eine Bucklige durch ihr muffiges, wolliges Zimmer, das eine neue Glanztapete aufhellt. Ware und Nähzeug liegen auf Tischen und Etageren um Porzellanpantöffelchen, Biskuitamoretten und Bronzemädchen herum, wie Herdentiere um alte Brunnen und Ruinen lagern. Und das darf ich genau besehen und daran ein Stück Stadt- und Weltgeschichte lernen, während die Frauen sich besprechen.

Oder ich werde zu dem Flickschneider mitgenommen, der in einem Hinterhaus der Kurfürstenstraße zu ebener Erde wohnt. Da trennt ein Vorhang, der nicht ganz bis zum Boden reicht, den Arbeitsraum vom Schlafraum ab. Auf einem gefransten Tuch, das über den Vorhang hängt, ist bunt der Kaiser Friedrich als Kronprinz dargestellt. ›So kam er aus San Remo‹, sagt der Schneider, der meinem Blick gefolgt ist, und zeigt dann selber seine weiteren monarchentreuen Schätze, den letzten Wilhelm photographiert und sehr gerahmt, mit seiner Tochter auf den Knien, und das bekannte Bild des alten Kaisers mit Kindern, Enkeln und Urenkeln. Gern will er meiner Republikanerin das grüne Jackett umnähen, aber im Herzen hält er's, wie er sagt, ›mit den alten Herrschaften‹, zumal die Republik nur für die jungen Leute sorge. Ich versuche nicht, ihn umzustimmen. Mit seinen Gegenständen kann es meine politische Erkenntnis nicht aufnehmen. Er ist sehr freundlich mit dem Hunde meiner Freundin, der an allem herumschnuppert, neugierig und immer auf der Spur, gerade wie ich.

Mit diesem kleinen Terrier gehe ich gern spazieren. Wir sind dann beide ganz in Gedanken; auch gibt er mir Anlaß, öfter stehenzubleiben, als es sonst einem so verdächtigen Menschen wie mir erlaubt wäre.

Neulich ist es uns aber schlimm ergangen. Ich holte ihn aus einem Hause ab, in dem wir beide fremd waren. Wir gingen eine Treppe hinunter, in die ein Fahrstuhlgehäuse mit Gitterwerk eingebaut war. Ein düsterer Eindringling war dieser Lift in dem einst gelassen breiten Treppenhaus. Und die bauschigen Wappendamen der bunten Fenster sahen irr auf das Wanderverlies, und die Kleinodien und die Attribute lockerten sich in ihren Händen. Sicher roch es auch sehr diskrepant in diesem Ensemble verschiedener Epochen, was meinen Begleiter von Gegenwart und Sitte derart ablenkte, daß er auf der ersten Stufe der steilen Stiege, die zu Füßen des Fahrgehäuses vom Hochparterre hinunterführte, sich vergaß! So etwas, hat mir später meine Freundin versichert, konnte einem so stubenreinen Geschöpf nur in meiner Gesellschaft passieren. Das nahm ich gern hin. Härter aber traf mich der Vorwurf, den mir im Augenblick des peinlichen Ereignisses der Portier des Hauses machte, der zum Unglück gerade, als wir uns vergaßen, die Nase aus seiner Loge steckte. In richtiger Erkenntnis meiner Mitschuld wandte er sich nicht an das Hündchen, sondern an mich. Er zeigte mit grau drohendem Finger auf die Stätte der Untat und herrschte mich an: ›Wat? Sie woll'n ein jebildeter Mensch sint?‹

ICH LERNE

Ja, er hat recht, ich muß etwas für meine Bildung tun. Mit dem Herumlaufen allein ist es nicht getan. Ich muß eine Art Heimatkunde treiben, mich um die Vergangenheit und Zukunft dieser Stadt kümmern, dieser Stadt, die immer unterwegs, immer im Begriff, anders zu werden, ist. Deshalb ist sie wohl auch so schwer zu entdecken, besonders für einen, der hier zu Hause ist . . . Ich will mit der Zukunft anfangen.

Der Architekt nimmt mich in sein weites, lichtes Atelier, führt von Tisch zu Tisch, zeigt Pläne und plastische Modelle für Geländebebauung, Werkstätten und Bürogebäude, Laboratorien einer Akkumulatorenfabrik, Entwürfe für eine Flugzeugausstellungshalle, Zeichnungen für eine der neuen Siedlungen, die Hunderte und Tausende aus Wohnungsnot und Mietskasernenelend in Luft und Licht retten sollen. Dazu erzählt er, was heute die Baumeister von Berlin alles planen und zum Teil im Begriff sind, auszuführen. Nicht nur Weichbild und Vorstadt will man durch planmäßige Großsiedlung umgestalten, auch in den alten Stadtkörper soll neuformend eingegriffen werden. Der künftige Potsdamer Platz wird von zwölfgeschossigen Hochhäusern umgeben sein. Das Scheunenviertel verschwindet; um den Bülowplatz, um den Alexanderplatz entsteht in gewaltigen Baublöcken eine neue Welt. Immer neue Projekte werden entworfen, um die Probleme der Grundstückwirtschaft und des Verkehrs in Einklang zu bringen. Künftig darf nicht mehr der Bauspekulant und der Maurermeister durch seine Einzelbauten den Stil der Stadt verderben. Das läßt unsere Bauordnung nicht zu.

Der Architekt berichtet von den Ideen seiner Kollegen: Da die Stadt allmählich auf dem einen Havelufer Potsdam erreichen wird, stellt einer einen Plan mit Bahnen und Verkehrslinien

auf, dem er die schönen Waldbestände und einzelnen Seen einfügt, um schließlich die Havel zwischen Pichelsdorf und Potsdam zu einer Art Außenalster zu machen. Ein anderer will zwischen Brandenburger Tor und Tiergarten einen großen repräsentativen Platz schaffen, so daß erst die Siegesallee die Parkgrenze bilden soll. Auf dem Messegelände soll die Ausstellungsstadt die Form eines riesigen Eies bekommen, mit einem Innen- und Außenring von Hallen, einem neuen Sportforum und einem Kanal, an dessen Endpunkt zwischen Gartenterrassen ein Wasserrestaurant liegt. Potsdamer und Anhalter Bahnhof sollen auf das Rangiergeleise des nächsten Vorortbahnhofs verlegt werden, um Platz zu schaffen für eine breite Avenue mit Kaufhäusern, Hotels und Großgaragen. Im Zusammenhang mit der Vollendung des Mittellandkanals ändert sich Berlins Wasserstraßennetz, und die entsprechende Umgestaltung alter und Erbauung neuer Ufer, Brücken, Anlagen stellt wichtige Aufgaben. Und dann das neue Baumaterial: Glas und Beton, Glas an Stelle von Ziegel und Marmor. Schon gibt es eine Reihe Häuser, deren Fußböden und Treppen aus Schwarzglas, deren Wände aus Opakglas oder Alabaster bestehen. Dann die Eisenhäuser, ihre Verkleidung mit Keramik, ihre Rahmung mit glänzender Bronze usw.
Der Architekt bemerkt meine Verwirrung, er lächelt. Also schnell ein bißchen Anschauungsunterricht. Hinunter auf die Straße und in sein wartendes Auto. Wir sausen den Kurfürstendamm entlang an alten architektonischen Schrecken und neuen ›Lösungen‹ und Erlösungen. Wir halten vor den Gebäuden des Kabaretts und des Filmpalastes, die eine gerade durch ihre leisen Verschiedenheiten so eindringliche Einheit bilden, beide beschwingt im Raume kreisend, immer wieder die mitreißende Einfachheit ihrer großen Linien ziehend, wobei das eine sich mehr in die Breite lagert, das andere mehr aufragt. Der Meister neben mir erklärt eines Meisters Werk.

Und um, was seine Worte umfassen, aus der Mitte des Bauwerks zu verdeutlichen, verläßt er mit mir den Wagen, führt mich durch den breiten Wandelgang, der in dunklem Rot dämmert, ins Innere des einen Theaterraums und zeigt mir, wie die ganze Schauburg aus der Front des Kreises entwickelt ist und wie die hellen Wände ohne vereinzelten und abwegigen Schmuck durch flächige Muster gegliedert sind.
Dann fahren wir eine Querstraße hinauf durch ein kleinbürgerliches Stück Charlottenburg und am Lietzensee vorbei zum Funkturm und den Ausstellungshallen, die er mit ein paar Worten zur größeren Messestadt ausbaut. Ehe er damit fertig ist, haben wir den Reichskanzlerplatz erreicht, und er stellt mir das Unterhaltungsviertel dar, das hier entstehen soll, die beiden Baublöcke mit Kinos, Restaurants, Tanzsälen, einem großen Hotel und dem Lichtturm, der das Ganze überragen wird. Wir wenden in eine Parallelstraße des Kaiserdamms und halten vor einem weiten Neubaugelände. Hier ist mein Führer selbst Bauherr. Werkmeister kommen uns entgegen und erstatten ihm Bericht. Indes sehe ich in das weitläufige Chaos, aus dem sich mir zunächst die beiden Pylonen am Eingang, schon im Rohbauskelett deutlich gestaltet, entgegenrecken. Dann gehe ich mit dem Meister über Schutt und Geröll bis an den Rand, hinter dem der Abgrund der Mitte beginnt. Der Grundriß, wie man ihn sonst auf dem Zeichentisch vom Blatt ablesen muß, dem Notenblatt dieser ›gefrorenen Musik‹, liegt nun vor mir ausgebreitet. Dort werden die beiden großen Depothallen sich erheben, die Schlafstellen der Wagen. Hier werden Geleise entlangführen. Am Rande rings werden Gärten entstehen, in denen unter den Fenstern vieler lichter Wohnungen die Kinder der Beamten, Fahrer, Schaffner spielen sollen. Wir fahren außen die eine Seite des großen Vierecks entlang. An einer Stelle ist die Straße erst im Entstehen begriffen, und wir müssen ein Stück

über wuchernde Wege gehen. Und um uns her wächst aus des Baumeisters Worten eine ganze Stadt.
Was er mir so am Werdenden sichtbar gemacht hat, kann er mir nun auch noch am Vollendeten zeigen. Über die Spreebrücke beim Schloß Charlottenburg eilt unser Wagen den Kanal entlang und zum weiten Westhafen. Ein Blick auf die düsteren Gefängnismauern von Plötzensee. Wir kommen durch die endlose Seestraße an Kirchhofsmauer und Mietskasernen hin bis zur Müllerstraße. Die mächtige Siedlung der Wagen und Menschen taucht auf. Breiter Zugang eröffnet uns den Blick auf drei eisengestützte Hallen. Wir durchschreiten das Tor und sehen von innen die dreistöckigen Seitenflügel der Wohnstätten, die vier Stockwerke der Frontseite und die mächtigen Pylonen der Ecken. Dann treten wir überall ein, erst in die Glas- und Eisenhalle, in der die Wagen wohnen, sehen dort hinauf zum Bahnhofshimmel und hinab in die seltsame Welt der Gänge unter den Schienensträngen. Dann in die Verwaltungsräume, Reparaturwerkstätten und endlich über einladend ansteigende Treppen in einige der hübschen Wohnungen.
Beim Umschreiten des Komplexes begreife ich, ohne es bautechnisch ausdrücken zu können, wie der Künstler durch Wiederholung bestimmter Motive, Betonung bestimmter Linien, durch das Vorziehen scharfer Kanten an den steigenden Flächen und ähnliches diesem Riesending aus Backstein, welches Bahnhof, Büro und Menschenhaus zugleich sein muß, einen unvergeßlich einheitlichen Gesamtcharakter gegeben hat.
An der Nordostseite schauen wir weit über Feld, und ganz nah bekomme ich des Riesen winzigen Nachbar gezeigt, ein Häuschen, ›so windebang‹, das da tief im Felde steht. Das ›schmale Handtuch‹ nennen es die Leute. Das Nebeneinander der ragenden Hallen und dieser Hütte ist wie ein Wahrzeichen des Weichbildes von Berlin.

Am Abend dieses übervollen Tages bin ich bei einer alten Dame zu Gaste gewesen, die aus Sekretär und Truhe Erinnerungsstücke hervorholte, Dinge, die ihrer Ahnin im alten Haus an der Stralauerstraße gehört haben, die große englische Puppe im ergrauten Musselinempirekleid mit den kreuzweis gebundenen, immer noch rosenfarbenen Seidenschuhen; Tellerchen und Leuchterchen, sorglich aus Holz geschnitten, mit denen diese Ahnin als Kind im Garten spielte, ganz nah an der Spree und der hölzernen Waisenbrücke, von der Menzel auf seinem berühmten Stich Chodowiecki ins Wasser schauen läßt. Aus einer Blechkapsel nimmt sie die Hauspapiere mit den Wachssiegeln. Zierliche Stammbücher der Urgroßtanten darf ich aufschlagen, in denen die haarscharfen Schnörkelbuchstaben poetischer Widmungen den kolorierten Buketts und hauchzarten Landschaften befreundeter Maler gegenüberstehen. In den Landschaften findet sich als Staffage bisweilen ein Reitersmann in gelbem Frack und Stulpstiefeln oder eine Reiterin in violettem Kleid. Die Buketts sind in Form und Farbe verwandt dem, was mit spitzem Pinsel die Porzellanmaler auf Teller und Vasen und Schalen ›Königlich Berlin‹ setzten.

Ich bekomme sogar eine Brautkrone von anno 1765 in die Hand, mit grüner Seide umsponnenem, blütenbildendem Draht. Eine Tabakdose aus Achat darf ich betasten. Die gütige Besitzerin all dieser Schätze langt kleine Familienporträts von den Wänden, Frauenköpfe in gelocktem, leichtgepudertem Haar und zartfarbigem Schleiertuch, Herren in Perücke und dunkelblauem Frack. Und dann erzählt sie von der Berliner Putzstube, der schöneren Vorgängerin all der ›guten Stuben‹ mit Mahagonimöbeln und der blauen und roten Salons, die wir bei unseren Großeltern gekannt haben, von der Putzstube, die ein verschlossenes Heiligtum war, das die Kinder nur zu besonderen Gelegenheiten betreten durften. Wir schla-

Gaswerk in Tegel, 1928

Schloß Charlottenburg, Parkseite. 1947

gen eines ihrer Lieblingsbücher, die Jugenderinnerungen eines alten Berliners von Felix Eberty, auf und lesen: »Die Wände waren hellgrau gestrichen, Tapeten kamen nur bei den reichsten Leuten vor. Auf die Wand hatte Wilhelm Schadow, der nachherige Direktor der Düsseldorfer Akademie und meines Vaters Jugendfreund, demselben als Hochzeitsgeschenk die vier Jahreszeiten grau in grau und mit weißen Lichtern gehöht schön und plastisch gemalt, so daß es ein Relief zu sein schien. Ein herrlicher Teppich, Erdbeerblätter, Blüten und Früchte zeigend, bedeckte den Fußboden, die Möbel waren sehr zierlich aus weißem Birkenmaserholz gefertigt. Ein kleiner Kronleuchter zu vier Lichtern, an Glasketten hängend, schien uns überaus prächtig und ein unnahbares Kunstwerk zu sein, das wir gar zu gern mit den Händen berührt hätten, wenn es nicht aufs strengste verboten gewesen wäre; denn die Möglichkeit, diese Begierde zu befriedigen, war vorhanden, weil die Zimmerhöhe gestattet hätte, mittels eines Stuhls die glänzenden Glasstückchen zu erreichen.«
Wir sprechen von noch älteren Berliner Interieurs. Sie hat Bilder von Zimmern, in denen die mit Tapisseriearbeit überzogenen L'Hombre-Tische standen, die ausgenähten Fauteuils, die Servanten mit den schönbemalten Porzellantassen, auf der Kommode englische Repetieruhren, in der Ecke ›wohlkonditionierte‹ lackierte Flügel der friderizianischen Zeit. Sie weiß von den hohen Betten, zu denen mehrstufige Tritte führten, von Himmelbetten *à la duchesse* und denen *à tombeau*, vom Bettzopf, Nachthabit und Nachthandschuhen, von Tapeten *en hautelisse* mit Personnagen nach französischen Dessins. Immer mehr Besitz kramt sie heraus, Daguerreotypien, ausgetuschte Kupferstiche, ausgeschnittene, aufgeklebte und mit Lackfirnis überzogene Figuren ...
Über uns hängt eine Ampel, ein bronzenes Blumenkörbchen, aus dem Blätter von grünem Glas und hellfarbige gläserne

Winden hangen und sich heben. Das Stück ist aus den dreißiger, vierziger Jahren des vergangenen Jahrhunderts, als eine neue Vorliebe für das Rokoko aufkam. Das Licht flackert im Nachtwind, als wäre es nicht elektrisch, sondern Öllicht einer Astraganlampe. Es ist spät geworden für alte Damen. Und ich merke, wie müde ich bin von so viel Berlin.

Sicherlich ist in anderen Städten der Lebensgenuß, das Vergnügen, die Zerstreuung bemerkenswerter. Dort verstehen es vielleicht die Leute, sich sowohl ursprünglicher als auch gepflegter zu unterhalten. Ihre Freuden sind sichtbarer und schöner. Dafür hat aber Berlin seine besondere und sichtbare Schönheit, wenn und wo es arbeitet. In seinen Tempeln der Maschine muß man es aufsuchen, in seinen Kirchen der Präzision. Es gibt kein schöneres Gebäude als die monumentale Halle aus Glas und Eisenbeton, die Peter Behrens für die Turbinenfabrik in der Huttenstraße geschaffen hat. Und von keiner Domempore gibt es ein eindrucksvolleres Bild, als was man von der Randgalerie dieser Halle sieht, in der Augenhöhe des Mannes, dessen Luftsitz mit Kranen wandert, welche schwere Eisenlasten packen und transportieren. Auch ehe man versteht, in welcher Art die metallenen Ungeheuer, die da unten lagern, zur Bereitung ähnlicher und andersartiger Ungeheuer dienen, ist man von ihrem bloßen Anblick ergriffen: Gußstücke und Gehäuse, noch unbearbeitete Zahnkranztrommeln und Radwellen, Pumpen und Generatoren halb vollendet, Bohrwerke und Zahnradgetriebe, fertig zum Einbau, riesige und zwergige Maschinen auf dem Prüfstand, Teile von Turbogeneratoren in der betonierten Schleudergrube.

Während wir in dieser Halle mehr bestaunen als begreifen, wird uns in den kleineren Werkstätten manches zugänglicher. Wir sehen, wie Nickelstahl in Stangenform auf der Schaufel gefräst und geschliffen wird, wie in die Rinnen der Induktorwelle blecherne Zähne eingeschoben werden, wie die gewikkelten Erregerspulen zwischen das Zahnwerk greifen. Wir besuchen die Schmiede, wo die Arbeiter glühende Eisenstücke unter den Dampfhammer halten, der sie kerbt und hobelt.

Wir stehen am Wasser vor der Transformatorenfabrik und sehen, wie Kohle aus dem Spreekahn mit der Laufkatze herübergekrant wird in eine Art Eisenhammer, um dort ganz ohne Menschenhand in Kohlenstaub verwandelt zu werden. Wir treten in die Halle, in der niemand zugegen ist, und sehen die Verbrennung in glühender Grotte. Nach den Räumen mit den großen Maschinen besuchen wir Säle, wo Arbeiterinnen ganz dünnen Draht spulen, Hartpapier walzen und zu Schichten ganz leichter harter glatter Rollen pressen, wo von Hand zu Hand das schmale Stanzplättchen wandert, das geglüht, geölt, geschnitten wird.
In der Zählerfabrik macht ein Griff der Maschine aus der Blechplatte eine Schüssel mit hochgebogenem Rand, ein zweiter durchlocht sie. Funkensprühend wird sie genietet und geschweißt. Magnete werden eingefügt. Das ganze Haus ist eine Kette der Arbeit, die ununterbrochen die Werkbänke hin von Stockwerk zu Stockwerk wandert und in weitertragende Schachte geschoben wird. Alle Teile und Teilchen, die den sitzenden Frauen zur Hand liegen, werden dem werdenden Zähler eingefügt, angesetzt, eingeschraubt und geprüft; und zuletzt wird das ganze Zählergebäude verpackt. Stahlbänder schieben sich um Kisten, die auf Rollen zum Fahrstuhl gefördert und auch dort nicht von Menschenhand, sondern mittels eines Hebels angehoben werden. Alle Kraftvergeudung und schwächende Anstrengung wird erspart; immer mehr wird der Arbeiter nur noch Wächter und Anlasser der Maschine. Und wie die Maschinenteile, so wandern auf laufendem Bande auch Tassen und Becher, in welche die Mädchen ihren Tee, Kaffee und Kakao getan haben, und der kommt dann von seinem Rundgang durch die Küche gekocht und fertig zu ihnen zurück. Jede, die da sitzt, hat hinter dem laufenden Band nur ein kleines Stückchen Tisch für sich, und doch ist Platz genug, daß die Nachbarinnen der, die heute Geburtstag hat, ein paar bunte

Tassen, Teller und Löffelchen aufschichten konnten, die hinter dem Wanderwerk rührend stillstehen.
Es ist nicht nötig, alles zu verstehen, man braucht nur mit Augen anzuschauen, wie da etwas immerzu unterwegs ist und sich wandelt. Da ist in einer dieser Stätten andächtigen Eifers ein Metall, von dem man dir erzählt, daß es einen besonders hohen Schmelzpunkt hat und sehr schwer verdampft. In Öfen kann's nicht geschmolzen werden, die würden in Stücke gehen, darum muß das aus dem Mineral gewonnene Metallpulver durch Pressen, Sintern, Hämmern und wieder Glühen allmählich zum festen Stab und weiter zum Draht geformt werden. Und nun kannst du sehen, wie der Draht durch Hämmermaschinen und durch Ziehsteine geht, an den Enden gespitzt und so lange geglüht und gezogen wird, bis er zum haarfeinen Fädchen geworden ist, das in der Glühlampe gebraucht wird. All das machen die Maschinen, die Menschen stellen nur an, nehmen heraus, schieben weiter. Und während tausend solcher dünnen und immer dünneren Drähte entstehen, wachsen in anderen Sälen tausend Lampenkörper. An runden Maschinentischen, die vor ihren Händen sich drehen, sitzen die Geduldigen, reichen den Griffen zu und nehmen ihnen ab, und gehorsam quetscht die Maschine den Lampenfuß, setzt Halter ein, bespannt das Gestell, schmelzt, pumpt aus, sockelt, lötet, ätzt, stempelt und verpackt. Aber das ist wieder nur ein Teil der Arbeit. Da wird noch geprüft, gemessen und sortiert, da wird mattiert und gefärbt.
All das geschieht unablässig in Siemensstadt, Charlottenburg, Moabit, Gesundbrunnen, hinter der Warschauer Brücke und an der Oberspree.
Und so großartig es ist, im Saal, von der Treppe, von der Galerie auf die kreisenden und surrenden Maschinen zu sehen, so ergreifend ist der Anblick der Nacken und Hände derer, die da werkeln, und die Begegnung mit ihren aufschauenden Augen.

Aus dem, was diese Menschen schaffen, kommt Licht in dein kleines Zimmer und wandert Häuserfronten entlang, bestrahlt, preist an, wirbt und baut um. Leuchtende Kannelüren an der Decke eines Riesenraums bilden ein festliches Zeltdach von Licht. Konturenbeleuchtung gliedert die Fassade eines Hauses, Flutlicht durchblutet Schaufenster, blaue Taglichtlampen strahlen im Seidensaal, und der Stoff, den der Verkäufer vorlegt, hat die Farbe, die ihm sonst die Sonne gibt. Draußen gehen Wanderschriften über Transparente, Buchstaben formen sich zu Worten und verschwinden, Bilder tauchen auf und wechseln, farbige Räder rollen stumm.
Ganze Häuser entstehen bereits in Hinblick auf die Gliederung des Baukörpers durch das Licht. Man ahnt das Kaufhaus der Zukunft, dessen Wand und Decke Glas sein wird und das Ganze eine Helle, tags die überall hindringende Sonne, nachts das von Menschen und Maschinen geschaffene Licht.

Daran arbeiten die in den großen Hallen des Eisens und der Elektrizität; um den Fleiß von Berlin zu begreifen, mußt du aber auch durch die kleinen Fabriken gehen. Mußt eintreten in einen der Gebäudekomplexe und Höfe des Südostens. Besuche, wie ich es tat, im Viertel der Leder- und Galanteriewarenbranche die Rahmenfabrik. Auf den Böden lagert das Holz, wie es aus der Sägerei kommt, und trocknet bei leichtem Durchzug. Wird es dann zugeschnitten, behält jede Scheibe noch am Rand ein Stückchen Wald. So kommt sie in eine Kerbmaschine mit feinen Zähnen, die Ecken einbeißen zum Verzahnen der Rahmenteile, und durch die Exhaustoren fliegen die Späne. Mit der Kreissäge werden die langen Leisten verkleinert. Wenn in den großen Maschinenhallen die Männer klein neben Kolossen erscheinen und wie Seeleute oder Bergleute vorsichtig am Rand der elementaren Gewalten bleiben, so beherrschen sie hier ihr Maschinentier mit Bändigerblicken. Ich muß immer wieder den Buckligen ansehen dort an der Kreissäge, dessen Backenmuskeln zornig und herrisch zucken, so oft auf seinen Druck das Messer ins Holz greift.

Bei den siedenden Leimtöpfen und bei Glas und Pappe, die den Rahmen eingefügt werden, hausen viel Mädchen und Frauen. Die Leimerinnen sind ein derberer Schlag als die Kleberinnen und Poliererinnen. Und an diesen könnte man Studien machen über die Beziehungen zwischen dem einen Handgriff, der zu vollführen ist, und der Hand, die ihn vollführt. Wie feine Finger hat die, welche immer nur winzige Nägelchen in die Pappschicht hinterm Rahmen einsetzt. Wie geduldig sind die langen Hände jener, die Bilderränder so beschneidet, daß sie gut hinter das Glas passen. Wie kindlich rund sind die Händchen der Blaßblonden, die eine Blechform in die kreidige Masse drückt und das Geformte angefeuchtet aufs Holzbrett abstreift, wie es Kinder mit ihren Sandformen auf dem Spielplatz tun. Ihre Arbeit ist ein sympathisches Sonderwerk, denn die Rokoko-Ornamente, die sie dem Rahmen gibt, werden nicht soviel gebraucht wie die gradlinigeren, sie sind teurer herzustellen und nicht so zeitgemäß. Das gibt ihnen und ihrer ahnungslosen Schöpferin eine besondere Schönheit. In abgetrennten Räumen arbeiten die Vergolder. Sie haben Gasmasken vor dem Gesicht gegen den Bronzestaub, der den Lungen gefährlich ist. Leider will das Publikum und wollen dementsprechend die vielen kleinen Geschäfte, die Öldrucke verkaufen, nur Goldrahmen. Seit den Tagen der Inflation braucht der Deutsche wieder Glanz in seiner Hütte. Selbst die Rahmen für Photographien müssen vergoldet werden. Das gute alte Mahagoni ist nicht mehr erwünscht. Über die Photographienrahmen bekomme ich noch etwas zeitgeschichtlich Interessantes erzählt. Früher waren Sammelrahmen beliebt, in die mehrere Bilder gingen, eine ganze Sippe etwa, jetzt wird jedes Bild lieber einzeln aufgestellt. So sind wir von den Rahmen zu dem Umrahmten gekommen: der liebenswürdige Leiter der Fabrik führt mich in den Ausstellungsraum der beliebtesten Öldrucke. Der ist sehr lehrreich. Denn unter den nicht gerade lebensnotwendigen Gegenständen, die man je nachdem als Luxusartikel oder geistiges Volksnahrungsmittel bezeichnen kann, spielt der Öldruck eine große Rolle. Er möbliert unendliche Mengen von Zimmern und Seelen.

Der ›*bestseller*‹ der Branche ist seit Jahren immer noch die heilige Büßerin Magdalena, die in ihrem blauen Gewande weich aufgestützt lagert und buhlerisch kontemplativ auf den Totenschädel schaut. Nicht nur bei den Frommen scheint sie begehrt zu sein wie andere Reproduktionen aus dem Bereich der Bibel und Legende, auch die Kinder der Welt wollen sie haben. Lagernde leichtbekleidete Damen haben überhaupt viel Chance. Und als Rahmen ihres von Amoretten umspielten, ins Wolkenweiche verschwimmenden ›Pfühls‹ ist ein nicht hohes, aber ziemlich breites Format beliebt, das sich gut überm Bett ausnimmt. Haben junge Paare, die solche Glückseligkeits-Öldrucke kaufen, es ernstlich auf Nachkommenschaft abgesehen, so richtet die Schöne im Bilde sich ein wenig auf und betreut ein oder mehrere Kinder. Es wird auch gern gesehen, daß etliche Haustiere das Familienglück noch vollständiger machen. An einer der beliebtesten dieser lagernden, beziehungsweise sitzenden Damen wurde kürzlich, wie mir mein erfahrener Führer erzählt, auf Wunsch des Publikums eine zeitgemäße Änderung vorgenommen, ihr reiches Lockenhaar mußte zugunsten des Bubikopfs entfernt werden. Auf anderen Gebieten bleiben die Käufer unmodern: das allbekannte Bild ›Beethoven‹, eine Versammlung auf dämmernden Diwanen hockender oder hingegossener Männer und Frauen, die einem Klavier lauschen, hat noch keiner Jazzbanddarstellung Platz gemacht. Von berühmten Männern hat der Reichspräsident nicht mehr

soviel Zuspruch, seit er in Zivil ist; und mit seinen Waffenrockbildnissen hat sich die deutsche Familie meist schon während des Krieges eingedeckt.
Die Jahreszeiten mit ihren beliebten Arbeiten und Vergnügungen: Säemänner, Garbenbinderinnen, Jäger usw. in der dazugehörigen Landschaft ›gehen‹ immer, und zwar jede speziell zu ihrer Zeit. Das wunderte mich etwas, ich hatte gedacht: im Winter hätte man Frühlingssehnsucht, im Herbst Sommerheimweh.
Ich fange an, mich für Statistik zu interessieren. Ich möchte genauer feststellen: Wieviel Magdalenen braucht Magdeburg? Wieviel Damen auf Pfühl verlangt Breslau? Wo läuft der Alte Fritz Böcklins ›Schweigen im Walde‹ den Rang ab? Wie hat sich in München von 1918 bis 1928 der Öldruckgeschmack geändert? In welchen Provinzen und Städten überwiegt das Bedürfnis nach Dame mit Kind, Kindern oder Tieren dasjenige nach Dame mit nur Amoretten? Ich fange an, mich für Statistik zu interessieren.

Wie der Markt von Bagdad seine Basare, so hat Berlin seine Stadtviertel für die verschiedenen Betriebe. Der Spittelmarkt, sagt man mir, trenne das Quartier der Konfektion von dem der Mäntel. Ich besuche auf der Konfektionsseite eine Hutfabrik, werde zu den Zeichnern geführt, die nach Pariser Modellen aus Pappe Formen schneiden, zu den Mädchen, die diese Formen in Stoff und Leder nachschneiden, in den surrenden Saal der Näherinnen und schließlich in einen Raum, wo Eisenformen elektrisch erhitzt werden. Auf ihnen erhält der fertiggenähte und zurechtgebogene Hut seine endgültige Gestalt. Aus einem Schlauch wird er mit Dämpfen behandelt und dann in eine Art Backofen getan, wo er im stillen weiterschmort. Für den Kulturhistoriker ist es nicht unwichtig zu erfahren, daß es zwar fast gar keine Garnituren mehr gibt, daß aber die Appretur bisweilen Schleifenformen und Bandeaux nachahmt. Vielleicht auch, daß, seit die Mode der knappen Baskenmützen aufgekommen ist, viel Kappen gemacht werden, die aber nicht baskisch streng bleiben, sondern etwas breiter und pagenhafter ausfallen. In dieser Fabrik, die den morgens bestellten Hut bereits abends liefert, entsteht fast alles ganz im Hause vom Zeichentisch bis zur Verpackung. Nur ein kleiner Teil der Hüte wird aus den sogenannten Betriebswerkstätten bezogen, welche Heimarbeiterinnen beschäftigen. Man belehrt mich über die große Rolle, die sonst in der Berliner Konfektion diese Art Arbeitsteilung spielt, bei der der ›Zwischenmeister‹ von den großen Firmen nach Musterung der Kollektionen die Stoffe übernimmt und teils in seinen eigenen Räumen bearbeiten läßt, teils an Heimarbeiterinnen weitergibt. Solche Zwischenmeister arbeiten zum Beispiel für die große Schürzenfabrik, die ich in einem der Riesenhöfe der Köpenicker Straße besuche. Die hat im Vogtland ihr eigenes Haus, wo der Stoff hergestellt wird. Hier kommt er dann in Maschinen, die viele Lagen auf einmal zerschneiden, in fleißige Hände, die jede von ihrer kleinen Maschine mit einem Griff Hohlsaum oder drei Falten oder Saumspitzen machen und Knöpfe annähen lassen, welche fester sitzen als die von Menschenhand. In diesem Betriebe darf ich auch in die Büroräume eintreten und die neuen Verbesserungen des kaufmännischen Ressorts kennenlernen. Da sehe ich Rechenmaschinen, die multiplizieren, Markenkleb- und Aufdruckmaschinen, neuartige Kartotheken und an der Wand Karten mit den Wanderplänen der Reisenden, auf die unten in der Garage die Musterkoffer zu zwanzig und zwanzig in großen Autos warten.

Ein ganzes Studium wäre die Basareinteilung von Berlin. Es gibt da, abgesehen von den großen Quartiers der Tischlerei und Metallbearbeitung, der Hausindustrie, der Wollwaren, der Konfektion noch besondere Spezialitäten, zum Beispiel eine Straße, in der seit vielen Jahrzehnten Beleuchtungskörper hergestellt werden, die Ritterstraße. Am Moritzplatz ist das internationale Exportlager gewisser Artikel, die aus dem Erzgebirge, Thüringen und Nordböhmen kommen, wie Schaukelpferde, Teepuppen, Frisierkämme, Jesusfiguren, Zinnsoldaten und Gummikavaliere. Die ganze Seydelstraße entlang stehen gespensterhaft in den Schaufenstern die Puppen der Büsten- und Wachskopffabriken, die Attrappen und ›Stilfiguren‹ der ›Schaufensterkunst‹, die in Tausenden von Exemplaren durch ganz Deutschland und weiter wandern, um Hemden, Kleider, Mäntel und Hüte zu tragen. Interessant, was für Gesichter die wachsköpfigen Mannequins schneiden! Mit spitzen Mündern fordern sie dich heraus, schmale Augen ziehen sie, aus denen der Blick wie Gift tropft. Ihre Wangen sind nicht Milch und Blut, sondern fahles Gelbgrau mit grüngoldenen Schatten. Kein Wasserstoffsuperoxyd kann ein so böses Blond hervorrufen, wie die Tönungen ihres Haars es haben. Oft sind die Gesichter nur skizzenhaft modelliert und die angedeuteten Mienen sind dann von besonderer Verderbtheit. Sowohl in der Steife wie in der sportlichen Elastizität ihrer Bewegungen ist eine kühle Mischung von Frechheit und Distinktion, der du Armer nicht wirst widerstehen können. Aufregend sind die Grade ihrer Entblößung. Ganz goldnackte strotzen und silberne blinken, die nichts anhaben als bräunliche Schuhe; freibusige behalten, sich dir zu entziehen, eine Art Leibschurz und Strümpfe an. Bemerkenswert sind auch die Männerköpfe, auffallend die vielen Männer der Tat mit dezidiertem Ausdruck und winzigen Klebeschnurrbärtchen. Soweit sie Leiber haben und nicht nur ein Gliederpuppengestell, müssen sie sie in schwarzen Trikots verbergen, es sei denn, daß sie sich ganz bekleidet in Frack und Smoking zwischen den nackten Damen bewegen und dabei noch über Kinder hinwegschauen, die in

blauen Kleidchen und roten Flatterkrawatten uns etwas vortummeln.
Aber es gibt im Büstenhof auch Beine einzeln. Und rätselhafte Gestelle, unten eine Goldkugel, darauf eine Art Frauentorso, der in einen stilisierten Arm und einen abgeschnittenen Armstumpf endet. Das wird alles seine praktische Bewandtnis haben, aber ich starre unwissend in diese Fülle von Wesen und Wesensteilen, Gestellen und Gesichtern, von denen einige sogar Brillen tragen.

In den Zeitungen stehen Annoncen ›Ein Riesenposten entzükkender Abendkleidchen in allen Modefarben‹ oder ›Meine spottbilligen Ausverkäufe in pelzbesetzten Mänteln‹, dazu Name und Adresse der Firma irgendwo im Osten. Sind wir neugierig, dort hinzugehen (wir: das ist die Frau, die mir dies erzählt), so kommen wir in Magazine, die auf elende Höfe hinausgehen und deren Aufmachung auf allen Glanz verzichtet. Wir befinden uns in einer Atmosphäre, die dem Kauf und Verkauf in ähnlicher Weise günstig ist wie die der Pariser Warenhäuser. Zwar hat kein Chef oder Rayonchef die Kenntnis des Frauenherzens, die dem Pariser eingibt, der Zögernden ein freundliches ›*fouillez, Madame*‹ zuzurufen, aber auch hier gilt das Prinzip, erst einmal die Schleusen der unkontrollierten Berührung zu öffnen, bis sie zum Begehren wird, das alle Dämme der Vernunft sprengt und überfließend die Kasse füllt. Deutlich mit Preisen gezeichnet, hängen zerdrückte Spitzenkleider, flitterbestickte Musseline, schäbige Samtcapes mit undefinierbaren Pelzkragen, elende, billige Pracht. Blumen drängen sich in Kartons, auf Tabletts Schmuckstücke, deren Vorteil es ist, Schäden zu haben, die fast gar nicht sichtbar sind. In hohen Stapeln, anheimelnd durcheinandergezerrt, liegt rosa und violette Wäsche, reich mit Spitzen garniert, die aus der Ferne luxuriös wirkt, daneben stehen Abendschuhe mit Schnallen aus Diamanten und Smaragden. Das Publikum dieser Basare der Restbestände oder Konkursverkäufe besteht durchaus nicht nur aus freiwillig oder berufsmäßig ›Koketten‹. Es gibt nämlich zwischen dem falschen Glanz auch vernünftige Artikel, grobe Bettücher und derbe Lederstiefel, Bettvorleger und Stores, deren Preise, wenn auch nicht herabgesetzt, so doch nicht zu unterbieten sind. Der Name dieser Häuser ist auch im Westen Berlins bekannt. Es geht von ihnen der Reiz des Zufälligen, der Gelegenheit aus, auf den die Frauen reagieren, der sie neugierig macht, auch wenn es sich um nichts andres handelt, als ein halbes Dutzend Taschentücher einzukaufen oder ein Paar warme Handschuhe.

Ja, sonst gibt es in diesen Straßen auch recht langweilige Geschäfte mit leblosen Auslagen, die nichts weiter suggerieren als einen Austausch von Ware und Geld. Wir werden erst wieder wach vor der strahlenden Helle des Riesenkomplexes Warenhaus. Ist es auch nicht so gedrängt, so nachlässig künstlerisch, so listig üppig hier wie an dem Ort, den wir verlassen haben, so genießen wir doch vor diesem geordneten Reichtum an Waren aller Art die Vielfalt, vor der unsere Bedürfnisse, die uns eben noch so erheblich erschienen, plötzlich Liliputmaß annehmen. Aber uns kann geholfen werden. Die Verkäufer und Verkäuferinnen haben den ›Dienst am Kunden‹ von Grund auf studiert. Die großen Kaufhausfirmen haben Schulen ins Leben gerufen, in denen Lehrer, die an Handelshochschulen vorgebildet sind, den jungen Mädchen Anschauungsunterricht über die Behandlung der Ware und der Kunden geben. Wir ahnen gar nicht, was für Künstlerinnen des Verkaufs und der richtigen Suggestion wir gegenüberstehen, wenn uns die kleinen Fräulein von Wertheim und Tietz sanft in ihren Bannkreis ziehen.

Berlins große Warenhäuser sind nicht verwirrende Basare bedrängender Überfülle, sondern übersichtliche Schauplätze großer Organisation. Und sie verwöhnen ihre Besucher durch das hohe Niveau ihres Komforts. Kauft man vom kreisenden Ständer aus blitzendem Messing einen Meter rosa Gummiband, so darf der Blick, während unsere Ware auf Blocks eingetragen wird, auf Marmor ruhen, an Spiegeln entlang, und über glänzendes Parkett gleiten. In Lichthöfen und Wintergärten sitzen wir auf Granitbänken, unsere Päckchen im Schoß. Kunstausstellungen, die in Erfrischungsräume übergehen, unterbrechen die Lager der Spielwaren und Badeausstattungen. Zwischen dekorativen Baldachinen aus Samt und Seide wandern wir zu Seifen und Zahnbürsten. Merkwürdig, wie wenig in diesen der großen Masse gewidmeten Kaufhäusern dem Bedürfnis nach Kitsch Rechnung getragen wird. Die Mehrzahl der angebotenen Dinge ist fast nüchtern. ›Anständig‹ ist das Adjektiv, dem der Geschmack nicht widerstehen kann. Nur in Handarbeitslagern und bei Galanteriewaren häufen sich die bedenklicheren Einfälle. In den Lagern der Konfektion sieht man nur Gediegenes, Unauffälliges, das sich der Mode mit einem gewissen Zaudern und Widerstreben annähert und sie eher zu vertuschen sucht, als daß es ihr entgegenkommt. Ein wenig leer ist es in dieser Gegend, es ist, als fehle ein vermittelndes Element. Da wirken die Stapel der Kochtöpfe und Backformen, der Gardinenringe und Frühstückservice erheblich bunter und munterer.

Nah beim Quartier der Konfektion liegt an drei Straßenfronten eines der berühmtesten Modehäuser von Berlin. Seine Modelle ziehen das große Publikum an. Aus allen – außer den exklusivsten – Kreisen, die sich für Mode interessieren, sitzen Damen an zart gedeckten Tischen, an denen die hübschen Mannequins sich entlangschlängeln. Bei den Klängen einer Kapelle schreiten sie in duftigen und feierlichen Kleidchen und lächeln von Beruf und damit man sie von den Damen unterscheide, die verspätet ankommen oder verfrüht weggehen.

Dies Haus mit seiner nicht unberechtigten Prätention ist der hinausgeschobene Vorposten der Mode, deren Gebiet eigentlich erst anfängt, wo das Zentrum und der alte Westen sich berühren. In Leipziger- und Friedrichstraße gehören ihr schon viele Auslagen, oft Haus an Haus. Aber erst wenn man die Fronten des Warenhauses von Wertheim und die Blocks der Hotels beim Potsdamer Platz hinter sich gelassen hat und in die Bellevue- oder Friedrich-Ebert-Straße einbiegt, nähert man sich dem Hauptquartier in der Lennéstraße am Saum des Tiergartens. Die Mode wohnt – im Gartenhaus.

Da flimmern durch das Grün der Vorgärten die Goldlettern der Namen, die Geschmack bedeuten. Da sieht man in den späteren Vormittagsstunden und am frühen Nachmittag Reihen von Autos, sehr gepflegten, sehr ›rassigen‹, aus den Katalogen der Autofirmen herausgerollt in ihrer funkelnagelneuen Tadellosigkeit. Ernste Chauffeure erwarten die ›gnädige Frau‹. Von den Verkäuferinnen wird sie so devot empfangen, als wären die Wellen der absoluten Monarchie noch nicht verebbt. An Rokokosesseln vorbei wird sie über geblümte Teppiche in den Salon geleitet, der Chef eilt herbei, der *›small talk‹* Wetter, Reise, Gesundheit wird erledigt, während die Mannequins ihren Wandel vor der Kundin antreten. Meist macht der Chef einen unzufriedenen Eindruck, er zupft an Schleifen, gibt einem Gürtel neues Arrangement, wiegt bedenklich den Kopf. Selten nur sieht man das hingerissene Lächeln der Verkäuferinnen in den Pariser Modehäusern, die ihre blinde Liebe zu vermitteln verstehen. Aber die ›angezogene‹ Berlinerin scheint die Haltung des Chefs nicht zu stören. ›Sie wissen schon, was mir steht‹, ist eine Redewendung, die ihn nicht als Schmeichelei, sondern als Appell trifft. Er weiß es auch jedenfalls besser. Hat er doch in Paris die Kollektionen der wichtigsten Modeschöpfer gesehen und schon beim Défilé der Mannequins seine Auswahl in Hinblick auf Frau von X. und Frau Z. getroffen. Allzuviel Möglichkeiten gibt es da gar nicht. Das Berliner Gesellschaftsbild kann so lange als einförmig gelten, als die Frau auf die Auswahl angewiesen sein wird, die man ihr als ›Crème‹ der Pariser Produktion vorsetzt. Immer wieder ereignet sich das Fatale: drei oder vier Damen begegnen sich im gleichen Kleid. Ist es da ein Trost, daß sie alle den ›Schlager‹ der Saison besitzen? Noch ist Berlin, vom Standpunkt der Gesellschaft aus betrachtet, klein und die Eleganz der Dame ein Produkt aus zweiter Hand. Aber schon kommt ein neuer Frauentyp auf, der den Sieg davonträgt über die, deren Schneider und Putzmache-

Potsdamer Platz, 1929

Kaufhaus Wertheim am Leipziger Platz, 1949

rin am Tiergarten wohnen, die junge Avant-Garde, die Nachkriegsberlinerin. Um 1910 müssen ein paar besonders gute Jahrgänge gewesen sein. Sie haben Mädchen hervorgebracht mit leicht athletischen Schultern. Sie gehen so hübsch in ihren Kleidern ohne Gewicht, herrlich ist ihre Haut, die von der Schminke nur erleuchtet scheint, erfrischend das Lachen um die gesunden Zähne und die Selbstsicherheit, mit der sie paarweise durch das nachmittägliche Gewühl der Tauentzienstraße und des Kurfürstendamms treiben; nein, treiben ist nicht das richtige Wort. Sie machen ›*crawl*‹, wenn die anderen Brustschwimmen machen. Scharf und glatt steuern sie an die Schaufenster heran. Wo haben sie nur die hübschen Kleider her, die Hüte und Mäntel? Neben den wenigen großen, die bereits bis hierher vorgestoßen sind, gibt es im bayrischen Viertel, in der Gegend der Kurfürstenstraße, in Nebenstraßen des Kurfürstendamms, eine ganze Menge kleiner Modegeschäfte. Die begnügen sich häufig mit einem Vornamen als Enseigne. Sie haben wohl auch ein, zwei Pariser Modelle. *Vogue* und *Femina* liegen aus, *Harpers Bazar*, *Art*, *Goût et Beauté*. Die Besitzerin des Ladens hat leichte Finger und die Kundin genaue Kenntnis der eigenen Gestalt und Spaß an dem Zusammenspiel von Phantasie und Präzision. Diese Jugend fängt an, einen Stil zu finden, gleich weit von dem Snobismus der ›Marke‹ und der Gleichgültigkeit, die sich mit der Serie begnügt. Ist es schon wahr, was man immer lauter und allgemeiner zu behaupten anfängt, die Berlinerin könne sich an Eleganz mit den besten Europäerinnen messen? Wir wollen nicht kleinlich nachprüfen, wie es sich genau damit verhält. Es soll uns genügen, diese Scharen von jungen und jüngsten Mädchen zu sehen, dieses Défilé von Jugend und Frische in den knappen, gut sitzenden Kleidern mit den Hütchen, denen eine Locke entquillt, die elastischen Schritte der langen Beine, um überzeugt zu sein, daß Berlin auf dem besten Wege ist, eine elegante Stadt zu werden.

Diese Jugend lernt auch zu genießen, was doch im allgemeinen dem Deutschen nicht leicht fällt. Der Berliner von gestern verfällt in seinem Vergnügungseifer immer noch der Gefahr der Häufung, der Quantität, des Kolossalen. Seine Kaffeehäuser sind Gaststätten von prätentiöser Vornehmheit. Nirgends die behaglichen unscheinbaren Ledersofas, die stillen Winkel, wie sie der Pariser und der Wiener liebt. Statt Kellner ruft er immer noch das dumm titulierende ›Herr Ober‹, einfacher Bohnenkaffee heißt Mokka double, fünfzig Bardamen in einem Verschank sind mehr als zehn. Immer wieder werden neue ›Groß-Cafés‹ gegründet mit Platz für rund tausend Besucher. Im Parterre ist eine ungarische Kapelle, im zweiten Stock spielen zwei Kapellen zum Tanze auf. Erstklassige Kräfte sorgen in den Tanzpausen für die Zerstreuung des Publikums. ›Eigenartige‹ Vortragskünstlerinnen treten auf. Internationale Attraktionen verheißen die Annoncen und Anschläge, mondänen Betrieb usw. Ja, man bekommt etwas für sein Geld. »Bei freiem Eintritt und Konsum von M 3 genießen Sie von 8½ bis 12½ pausenlos das beste Kabarett Deutschlands. Nachmittagsgedeck 2 M 50 mit Kuchen, soviel Sie wollen.«

Betrieb, Betrieb! Selbst die guten Alten wollen immer mitmachen.

Man muß einmal einen zweiten Feiertag, wo alles ausgeht, weil doch auch die ›Hausangestellte‹ Ausgang hat, in einem Monsterspeisehaus erleben. Da läßt Vater was draufgehen. Und manches Draufgängerische kann man ziemlich billig haben. Es gibt die guten Hors d'œuvre-Mischplatten, wo alles dabei ist, Hummer und Kaviar und Artischokenherz, und das Ganze immer gleich für zwei Personen; Doppelportionen, wie das gigantische Entrecôte, das mit lauter Gemüsebeilagen garniert ist. Es gibt prima Dessertmischungen. Da fehlt nichts. Der Sohn, der leise gelangweilt neben der leichtgeschürzten Mutter sitzt, weiß natürlich schon, daß es feiner ist, Apartes zu bestellen, und er wird vielleicht Gelegenheit finden, dem Alten durch seine Sonderwahl zu imponieren. Er benimmt sich dem Kellner gegenüber gelassener als Vater. Lieber würde er ja drüben sitzen bei den beiden einzelnen jungen Damen. Tippfräulein mögen das sein, die heute allein ausgehen, den Männern zum Trotz. Sie bestellen sehr geschmackvoll: französische Gemüseplatten, Chicorée und Laitu braisé, und dazu nur Cocktails und nachher zu den Meringuen Tafelwasser. Er sieht hinüber und lernt. Sein Hinterkopf ist amerikanisch rasiert und keine Speckfalte drauf wie bei Papa . . .

Die monströsen Riesendoppelkonzerte, welche die Hauptstadt für Gaumen, Auge, Ohr und Tanzfuß veranstaltet, können der neuen Jugend, unseren neuen Berlinerinnen nichts mehr anhaben. Was das Essen, Trinken und Rauchen angeht, da haben sie mancherlei neue Methoden, charmante Enthaltsamkeiten, hygienische Kasteiungen, sportliche Grundsätze. Sicher wie durch das Gedränge der Straße steuern sie durch das der Vergnügungen, finden die paar Tanzpfade im Dickicht der Menschenanhäufungen, wissen, in welchem Hotel oder Lokal man allenfalls noch nachmittags tanzen kann und haben ihre Cocktailparties, wo man in geschlossener Gesellschaft tanzt. Es ist bewundernswert, wie sie den Berliner Karneval bewältigen. Der hört bekanntlich nicht mit Fastnacht und Aschermittwoch auf, sondern geht noch wochenlang ununterbrochen weiter. Und es gibt Nächte mit drei und mehr wichtigen Festen, einem in den Sälen des ›Zoo‹, einem bei Kroll, einem in der Akademie zu Charlottenburg, einem in der Philharmonie, und dazu kommt noch in dem und jenem Atelier ein intimeres und besonders reizvolles. Da wissen sie zu wählen, wissen, wo die beste Band spielt, erfinden eine kluge Reihenfolge, um mehreres zu erledigen. Vor allem ist es ihnen um gutes Tanzen zu tun. Der richtige Tanzpartner ist eine sehr wichtige Persönlichkeit und nicht zu verwechseln mit dem, den man gerade liebt. Seine Aufgabe ist eine durchaus andere. Darüber haben mich meine jungen Freundinnen belehrt, während sie sich für ein oder das andere Fest zurechtmachten. Diese Vorbereitung, dies ›*Débarquement pour Cythère*‹, ist ein bedeutender Augenblick und für uns Zuschauer manchmal lehrreicher als das Fest selbst. Man muß ihre ernsten Mienen vor dem Spiegel sehen, während sie Arme und Schultern bräunen, das Gesicht ›machen‹, Turbane und Federkappen probieren. Sie eilen nicht, sie legen sorgsam letzte Hand an das Werk des einen Abends wie ein Künstler, der Dauerndes schaffen will. Sie erfinden wunderbare Übergangsgebilde vom Maskenkostüm zum Gesellschaftskleid, unschuldige Nacktheiten, lockende Verhüllungen und groteske Übertreibungen, hinter denen sie sich gut verbergen können. Da kann man in aller Ruhe ihre Gegenwart genießen, was sonst nicht leicht ist. Denn im allgemeinen haben sie das Tempo ihres Berlin, das unsereinen etwas atemlos macht. Es ist erstaunlich, wieviel Lokale und Menschen sie an einem Abend behandeln können, ohne zu ermüden. ›Nun wollen wir Apéritif trinken gehen‹, sagen sie plötzlich, wenn die Teestunde etwas zu träumerisch geworden ist. ›Apéritif?‹ frage ich verwundert, ›ich dachte, das gibt es hierzulande gar nicht.‹ ›Sie unterschätzen wieder einmal den Fleiß unserer Stadt‹, bekomme ich zu hören. Und ehe ich mich's versehe, sitze ich schon neben der eiligsten von ihnen im Auto, sie steuert die Budapester Straße entlang vorbei an den Glashallen, in denen die ›schnittigsten‹ aus- und inländischen Wagen ihren Salon haben, und hält den Sauriern gegenüber, die auf die Wand des Aquariums gemeißelt sind. Wir überschreiten die Glasplatte am Hoteleingang, die leuchtende Platte mit der paradiesischen Inschrift. In der Halle wechselt Maria (so verlangt sie, daß ihre

Freunde sie nennen, den lächerlichen Marys, Miez und Mias ihrer Angehörigen zum Trotz) ein paar Worte mit dem jungen Dichter, der demnächst im Film auftreten wird, und erkundigt sich nach dem Befinden ihres gemeinsamen Freundes, des Boxers, der so lange ausgesetzt hat. Der Jüngling aber, der auf beide zueilt und ihr geschwind etwas mitzuteilen hat, ist die jüngste Hoffnung des Kabaretts. Maria kürzt ab und zieht mich weiter. Im Vorraum der Bar, sozusagen in der Exedra, sitzen auf Wandsofas Männergruppen im Gespräch; und wenn ich besser Bescheid wüßte, würde ich gewisse Politiker oder Börseaner erkennen. Wir treten in den angenehm niederen Raum mit den roten Deckenbalken. Gern hätten wir auf den hohen Schemeln an der Bar selbst Platz genommen, aber die sind alle besetzt. Und so muß mich von unserem Tisch aus Maria belehren, wer der schlanke englisch Redende im schönen sandfarbenen Hemd da am Nebentisch und wer sein Begleiter mit den Koteletten ist. Man grüßt Maria vom Tische der jungen Attachés. Und das süße Geschöpf, das sie im Vorbeistreifen rasch geküßt hat, das war das kleine neue Revuewunder, das ich aus Bildern in den Magazinen kenne. Uns zunächst sitzen zwei etwas zu frisch gemalte Mädchen. Die rechts glaubt Maria in St. Moritz gesehen zu haben. ›Warum rümpft denn die Linke jetzt schon zum zweiten Male die Nase?‹ ›Das tut man jetzt viel. Die (sie nennt einen Schauspielerinnennamen) machte es auf der Bühne. Es hat sich eingeführt.‹

Rings an den Tischen wird geflüstert wie im besten Europa. Man spricht nämlich im neuen Berlin nicht mehr so laut wie im früheren. Man ist hier wie bei einem Empfang. Aber mehr als eine Viertelstunde Aufenthalt erlaubt Maria nicht. Sie hat Rendezvous zu frühem Essen im Neva Grill mit Freunden, die nachher in die ›Komödie‹ wollen. Sie überantwortet mich einem ihrer Freunde, der mich zu Horcher mitnehmen soll. Dort will sie uns in einer Stunde vorfinden. ›Ihr könnt da männlich langsam und gediegen speisen und Burgunder trinken. Ich komme zum Dessert zurecht.‹

Die Seezunge, zu der Gert, mein Tischgenosse, nach einer Beratung mit dem Sohn des Hauses sich entschlossen und mich bestimmt hat, wird auf gut Pariser Art vor unseren Augen behandelt. Und bei Nuit Saint-Georges lasse ich mir von Gert, der bei jungen Jahren schon ein angesehener Mann in Bank- und Diplomatenkreisen ist, Berliner Gesellschaft erzählen. Ein schwer zu erfassender und zu begrenzender Begriff. Die alte Trennung der Stände hört immer mehr auf. Wohl gibt es noch einige mißvergnügte Noblesse in Potsdam und auf Landschlössern, die den Glanzzeiten der exklusiven Hofgesellschaft nachtrauert, aber gerade die Vornehmsten suchen den Anschluß an die neue Zeit. Gastliche Häuser vereinen Kunst und hohe Bourgeoisie, und am Tische großer Bankherren begegnen sich sozialistische Abgeordnete mit Prinzen aus dem früheren Herrscherhaus. Die großen Sportklubs schaffen eine neue Haltung, die das Hackenklappen ehemaliger Gardeleutnants und die alte Korpsstudentenschneidigkeit ausschließt. Mit jugendlichem Eifer stürzt sich der ehrgeizige Berliner in die neue Geselligkeit, und die Minister und Staatssekretäre müssen mehr Zweckessen mitmachen, als am Ende der Politik günstig ist. Wir kommen auf die Frauen zu sprechen, und gerade hat Gert von einem Diner erzählt, bei dem er zwischen zweien saß, von denen die zur Rechten vorsichtig und korrekt unterhalten sein wollte, während die Linke jeder Äußerung eine zweideutige Anspielung abzugewinnnen suchte oder selbst Themen anschlug, bei denen unsere Mütter vor Scham in den Boden gesunken wären – da erscheint Maria und kommt uns vor wie die junge Königin eines neuen Amazonenstaates, für den der alte Begriff Gesellschaft nicht mehr existiert. Sie geht nicht weiter auf unsere theoretischen Gespräche ein, sondern will uns nur rechtzeitig abholen zu einem wichtigen Russenfilm.

Gert wollte eigentlich den des Pariser Amerikaners sehen, der nur mit Hilfe von ein paar Ateliergegenständen, Hemdkragen und Händen gemacht ist. Aber den kennt Maria schon vom letzten Pariser Aufenthalt. Sie hat ihn im kleinen Saal der Ursulinerinnen im Quartier Latin gesehen.

Nach dem Kino sitzen wir im ›Casanova‹ unten, nicht weit vom Klavier, an dem der durch einen Schlager berühmt gewordene Komponist diesen allabendlich vorspielt und singt. Gert und Maria beraten, was man noch unternehmen könnte. ›Warum geht ihr Jungen nicht hinauf tanzen?‹ frage ich. ›Ich mag nicht‹, sagt Maria, ›aber Gert findet vielleicht Anschluß im blauen Salon.‹ ›Eigentlich hätte ich heute um Mitternacht in die »Ambassadeurs« kommen sollen.‹ Meiner Unerfahrenheit wird mitgeteilt, daß dies die neueste Abzweigung der ›Barberina‹ ist. Gert und Maria diskutieren die Güte der verschiedenen Jazzbands und Tangokapellen in den großen Hotels, im ›Palais am Zoo‹, in der ›Valencia‹ usw. Ich bringe etwas schüchtern meine Erfahrungen aus der kleinen ›Silhouette‹ vor. ›Wollen wir nicht ganz einfach hier gegenüber ins »Eldorado« gehen? Da ist das richtige Durcheinander, ihr seid doch für Chaos, Smokings und Sportjacken, Transvestiten, kleine Mädchen und große Damen. Sie sind natürlich wieder mehr fürs Korrekte, Gert, Sie wollen soignierten Tanz und Rahmen, Sie wollen in die »Königin«.‹ Aber schließlich entscheiden wir uns ganz anders.

Im dunkleren Teil der Lutherstraße ein einzelnes Licht. Ein paar Privatautos vor der Tür. Schon der schmale Gang des Vorraums ist überfüllt. Ein freundlicher Manager verheißt uns Unterkunftsmöglichkeiten. Und in der Tür des zweiten Zimmers reicht uns der Herr des Hauses die Hand. Es ist nützlich, sich seiner persönlichen Protektion zu versichern, denn hier ist, so sagt man mir, durchaus nicht jedermann willkommen. Das heißt, er kommt wohl hinein und ißt und trinkt, aber wenn seine Nase dem Besitzer dieses merkwürdigen Zimmers mißfällt, so läßt er den Kellner keine Bezahlung annehmen, sondern nähert sich selbst dem Tisch des Fremdlings, bittet ihn, für diesmal sich als eingeladenen Gast zu betrachten und – nicht wiederzukommen. Daher ist hier ein erlesenes Publikum. Köpfe gibt's hier! Und Schultern! Und Augenbrauen. Dort in der Ecke sitzen sie beide, die wohltätig üppige und die schmal lächelnde, die in der Revue das Lied von der besten Freundin sangen. Und nah dem Klavier – auch als stille Zuschauerin imponierend – die rothaarige Meisterin der Groteske. Sie lacht auf, als schräg gegenüber der dicke Riese von der Waserkante, der tags deutsche Dichtung und abends welsche Getränke umsetzt, seinen bekannten Kriegsruf ausstößt, mit dem er den zweiten, lebhafteren Teil seines Abends einzuleiten pflegt. Aber die Nachbarn machen sanft psst! Denn jetzt steht auf dem Klavier, den Kopf deckennah geduckt, ein Persönchen in Matrosenbluse und gestikuliert vorbereitend für das Lied von den Jungfern zu Camaret, das sie singen soll. Sie singt französisch wie ihre Landsmännin, ihr Vorbild am Montparnasse. Und wer lang genug in Paris war, versteht auch die gefährlichen Worte des Liedes, das nun in einer Art Kirchenmelodie anhebt. Die andern lachen ahnungslos und dankbar mit. Wir haben im Gedränge stehend zugehört. Jetzt bekommen wir Plätze im Winkel an der Bar. Während Gert und Maria tanzen, schau ich umher. Die wenigen von der Kunst und Lebenslust, die ich persönlich kenne, sind fast alle hier. Sanft dröhnend ruft mich beim Vornamen die Stentorstimme dessen, der einst in Paris aus einem kleinen Eckrestaurant den ›Dôme‹ gemacht hat und nun hier ein berühmter Maler ist. Die schöne Russin, die sich neben ihn drängt, kenne ich doch auch. Er gönnt ihr seine breite Nachbarschaft und betrachtet durch kritische Brillengläser ein paar Jünglinge von der allerneuesten Literatur, die ihm in andächtiger Gruppe gegenüber sitzen. Das wohlwollend langsame Lächeln im Abbatengesicht dessen, der ein gut Teil der deutschen und ausländischen Literatur in sein Bestiarium gesperrt hat, gilt den beiden nun schon erwachsenen Poetentöchtern, die er als Kinder hat spielen sehen, und inzwischen sind sie Weltreisende und Eroberinnen geworden. Ein neuer Schub Kömmlinge drängt den schmalen Tanzgang her, und aus Mänteln schälen sich Inder und Indianer beiderlei Geschlechts, soweit sich das unterscheiden läßt. Sie kommen von einem Fest, und ehe sie auf das andere gehen, besuchen sie uns und wollen uns zum Mitkommen verführen. Ach, das klirrende Armband an Pucks Schenkel, ach, die Adlerfeder über Sonjas Haar! Aber wir bleiben. Der junge Mixer ist ein zu guter Schenke. Wir bleiben, bis es – mit einmal – drei Uhr ist und einige Stühle schon auf den Tischen kopfstehen. Maria will uns noch in den Damenklub hier in der Nähe bringen, aber mit dem habe ich kein Glück. Selbst heute, da wir Gefolge eines Mitglieds sind, bleiben seine Pforten uns geschlossen. Dafür schafft uns Gert ungehindert ins ›Künstler-Eck‹, wo wir unter gotischen Wölbungen eine herrliche Hühnersuppe löffeln. Und nun könnten wir noch weiterziehen in den dämmernden Morgen. Schwannecke hat für die Seinen eine Seitenpforte noch offen. Und obendrein weiß Gert einen Verband von Gastwirtangestellten, der mitten in der Nacht aufmacht und bis Mittag zu essen und zu trinken gibt. Auch hier ist er Mitglied. Da könnten wir zwischen den letzten vom Abend und den ersten vom Morgen sitzen, zwischen Sängern und Kellnern, Schauspielerinnen und Aufwartefrauen. Aber für heute ist es genug. Das Bewußtsein, man könnte noch lange weitermachen, schläfert so angenehm.

Gewisse Zeitungsannoncen und von Reklamemännern getragene Plakate waren mir schon öfter aufgefallen. »Walter-

chen, der Seelentröster mit dem goldenen Herzen, Berlins bekannteste Stimmungskanone ... Wieder täglich Treffpunkt aller Verlassenen ... Witwenball für die ältere Jugend im herrlichen Prunksaal Ackerstraße ... Altdeutscher Ball, nur ältere Jugend, flotte Ballmusik ... Clärchens vornehmer Witwenball das Tagesgespräch. Nur Auguststraße trifft sich die Elite.« Manchmal heißt es auch zusammenfassend: Elitewitwenball, wobei Elite sowohl auf Witwen als auf Ball bezogen werden kann. In der Elsässerstraße hieß es: ›Klassefrauen, Herren unter 25 Jahren haben keinen Zutritt.‹ Ja, das haben sie wirklich nicht. An solch einem Tanzpalasteingang habe ich beobachtet, wie einer seine Papiere vorweisen wollte zum Beleg seiner Reife, aber der Mann an der Kasse lehnte überlegen ab und sagte: ›Das sehen wir so!‹ Und ließ ihn nicht herein.
Da ich nun sichtlich das nötige Alter besitze, habe ich mich neulich, ich glaube, es war in der Kaiser-Friedrich-Straße zu Charlottenburg, in solch einen Ball für die ältere Jugend gewagt. Ich war mit Leuten, die eine Flasche Wein ›anfahren‹ ließen; Samos hieß, glaub' ich, der Unglückliche. Das machte Eindruck. Mit höflichem ›Sie gestatten wohl‹ setzte sich der Leiter der Veranstaltung zu uns. Er trug einen Gehrock, ähnlich jenem, den unser Ordinarius von Untersekunda während des Wintersemesters in der Klasse auftrug. Der Verein, sagte er, sei noch jung, erst im Begriff, Statuten zu bekommen. Dies Haus, müßten wir wissen, gehörte früher einer Freimaurerloge, die Kaiser Friedrich selbst eingeweiht habe. Hier an den Wänden könnten wir noch die aufgemalten Ringe aus der Logenzeit sehen. Damals war dieser Raum Andachtshalle. (Richtig, da waren unter den Trinksprüchen von der Art, wie man sie auf Bierfilzen liest, wirklich solche Ringe.) Und unten, wo jetzt die Evangelische Gemeinschaft GmbH einlogiert ist, stand damals der Sarg für den Eid.
Er sprang auf und leitete mit einer würdigen Dame, die

schwere Stickereien auf ihrem Samtkleid und etwas ungleichmäßig dicke Beine hatte, die Polka mazurka ein. Diesen historischen Tanz konnten mehrere Paare ausführen, ohne auf die Bewegungen des vortanzenden Paares sehen zu müssen. Danach kam der Vereinsgründer wieder zu uns und teilte mit, am Tage sei er handwerklich tätig (so drückte er das aus) und mit seiner Gründung hier beabsichtige er gemütliches Beisammensein von Mensch zu Mensch. Störende Elemente, die eventuell einer Dame zu nahe treten, sollten ausgeschieden werden. (Wir waren hier zu fremd, um derartiges zu riskieren.)

Inzwischen führte der eigentliche angestellte Tanzleiter den sogenannten Schlittschuhtanz an. Er war mager, und was er anhatte, war ein Frack. Bei bestimmten Wendungen dieses Tanzes klatschte seine Partnerin einmal kurz in die Hände und die anderen ahmten ihr das nach. Der Tanzleiter aber machte nur eine elegant geschwungene Geste mit der Rechten. Manche Paare hatten eine überaus zierliche Art, mit abgespreizten Fingern und hohen Ellbogen einander zu halten. Einige Herren hatten zwischen ihre Hand und den Rücken der Dame ein Taschentuch getan. Ich machte die Beobachtung: je reifer die Jugend der Herren war, um so tiefer gerieten ihre Hände an der Dame hinab. Waren das ›Elemente‹? Damen, die miteinander tanzten, legten dabei nicht die Innigkeit an den Tag, die wir aus gewissen Lokalen kennen, sondern ironisierten mit Blicken und Bewegungen die ungewohnte Verkuppelung. Häufig war Damenwahl und dabei durften die Damen, die gerade frei waren, jeder Tänzerin ihren Tänzer ›abklatschen‹ — so lautet der Kunstausdruck. Das gab artige Momente.

Wenn man erst Mitglied geworden ist, belehrte uns der Vereinsvorstand, wird auch die Garderobe billiger. Dann erhob er sich wieder zu einer kurzen Ansprache, in welcher er die

Vorzüge der altdeutschen Tänze hervorhob und die Herrschaften aufforderte, zur Gemütlichkeit beizutragen. Dieser Gemütlichkeit brachte die Kapelle, als sie frisches Bier bekam, ein Prosit dar.

Nach diesem Erlebnis habe ich mir eine Vorstellung von den Bällen für die ältere Jugend gebildet, die doch eine gewisse Rolle im Leben von Berlin zu spielen scheinen. Man findet da sicher Anschluß. Sie sind vielleicht sozial von ähnlicher Wirkung wie die Eheanbahnungsinstitute, deren Ankündigungen man in Zeitungen und auf Hausanschlägen liest. Wenn ich lese: Rundtänze außer Montag, Donnerstag und Freitag verkehrter Ball und dergleichen, dann weiß ich Bescheid.

Weniger sozialmoralische Zwecke scheinen die Bälle zu verfolgen, bei denen der Anschluß durch sogenannte Tischtelefone hergestellt wird. Sie haben mitunter auch hängende Springbrunnen und stets das, was ihre Annoncen ›urfidelen Hochbetrieb‹ nennen. Sie verheißen ›Prunkvolles‹, ›Künstlerisches‹, ›Intimes‹, sie finden statt in den ›kultiviertesten Luxusstätten der Welt‹ auf Glasparkett, nahe den ›High Life Bars‹ und ›exquisiten Küchen‹. In dem berühmtesten dieser erheblich erleuchteten Prachtsäle gibt es eine wunderbare Kombination von Wasser und Licht in drehenden farbenwechselnden Schalen. Diese Wasser- und Lichtwunder haben laut Programm nicht nur die Aufgabe, das Auge zu erfreuen und die Stimmung zu erhöhen, sie sorgen auch für frische Luftzufuhr. Die Erfindung des Tischtelefons ist sehr seelenkundig: der mittlere Berliner ist nämlich gar nicht so selbstsicher, wie er gern erscheinen möchte. Am Telefon aber faßt er Mut (Der Fernsprecher ist ihm ja überhaupt sehr gemäß. Statt ›Auf Wiedersehen‹ pflegt er heutzutage zu sagen ›Na, klingeln Sie mal an‹ oder ›Ich rufe Sie nächster Tage an‹), und darin bekräftigt ihn noch der Versappell der Direktion, die er auf dem interessanten Programm findet:

Genier' dich nicht und läute an,
Ob sie dich mag, erfährst du dann

Ja, das Ballhaus ist, wie es mit dem beliebtesten Verbum des neuen Deutschlands erklärt, ganz auf seine Gäste ›eingestellt‹.

Im Schummerlicht farbiger Ampeln bewegen sich in einer Anzahl kleiner Säle und Zimmer des Nordens wie auch des Westens Pärchen gleichen Geschlechtes, hier die Mädchen, da die Knaben. Bisweilen sind in mehr oder weniger erfreulicher Art die Mädchen als Männer, die Knaben als Damen angezogen. Ihr Treiben, früher einmal ein kühner Protest gegen die herrschenden Sittengesetze, ist mit der Zeit ein ziemlich harmloses Vergnügen geworden, und es sind zu diesen sanften Orgien auch Besucher zugelassen, die gern mit dem jeweils anderen Geschlechte tanzen. Sie finden hier eine besonders günstige Umgebung. Die Männer lernen von den weiblichen Kavalieren, ihre Partnerinnen von den männlichen Damen neue Nuancen der Zärtlichkeit, und die eigene Normalität wird zu einem besonderen Glücksfall. Ach, und rührend sind die Beleuchtungskörper. Da sieht man zackig gerandete Ampelhüllen aus Holz oder Metall, die an die Laubsägearbeiten unserer Knabenzeit erinnern.
Früher, so kommt es mir vor, muß das alles sündhafter gewesen sein. Da waren offenbar die Angelegenheiten der Lust mehr auf Gefährlichkeit abgestimmt. Wo heute Reinhardts Kammerspiele erlesene Kunstleistungen darbieten, dunstete ehedem ein purpurn und goldener Tanzsaal. Da drehten sich vor unseren erschrockenen jungen Augen hohe Korsettgestalten in vertragenen Ballroben mit Büsten, die manchmal bis an die Brustwarze nackt waren, welche Tüll verhüllte und betonte. Knisternde Jupons quälten unsere Sinne, und wenn zu einem etwas schwerfälligen Cancan die Röcke gerafft wurden und

grelle Stimmen den Gassenhauer von der Pflaume am Baume sangen, erging es uns nicht gut. Verständigere fanden in den Sälen der Vorstädte etwas fürs Herz, in Südende und Halensee, wo brave Mädchen mit Grundsätzen und Beruf den sogenannten ›Bruch‹ überwogen. Sie hatten rotgewaschene Hände und merkwürdige Veilchenparfums, die in dauerndem Widerstreit mit der Natur lagen.

Das war die Zeit, in der für die Verschwenderischen unter uns in der Stadt das ›Palais de Danse‹ blühte. Dort waren die Damen Babylon und Renaissance mit gewissen präraffaelitischen Einlagen und Spielarten. Manche von denen, die dazumal mit der Droschke oder dem Auto aus ihrer Zweizimmerwohnung im bayrischen Viertel einliefen, dem Portier das Geld für Kutscher oder Chauffeur distinguiert in die Hand drückten und sich auf die Stühlchen an der Bar setzten, haben Karriere gemacht. Bäckerstöchter sind Herzoginnen geworden. Eine soll es sogar bis zur Königlichen Hoheit gebracht haben, dafür aber in der Gesellschaft nicht in demselben Grade *›reçue‹* sein wie die neuen Gräfinnen und Herzoginnen. Nun, heute ist dies Palais nicht wiederzuerkennen. Was sah ich, als ich vor kurzem einmal hineingeriet? Einige lebenslustige Leute aus Meseritz oder Merseburg waren mit Berliner Verwandten, bei denen sie zu Besuch waren, ›ausgegangen‹, um hier die halbe Welt zu sehen, von der nur ein abnehmendes schüchternes Viertel auftauchte ...

Unter den Linden nahe der Friedrichstraße halten hüben und drüben Riesenautos, vor denen livrierte Männer mit Goldbuchstaben auf ihren Mützen stehen und zur Rundfahrt einladen; drüben heißt ein Unternehmen ›Elite‹, hüben ›Käse‹. Bequemlichkeit oder natürliches Kleinbürgertum? – Ich wähle ›Käse‹.

Da sitze ich nun auf Lederpolstern, umgeben von echten Fremden. Die anderen sehen alle so sicher aus, sie werden die Sache schon von 11 bis 1 erledigen; die Familie von Bindestrich-Amerikanern rechts von mir spricht sogar schon von der Weiterfahrt heut abend nach Dresden. Mehrsprachig fragt der Führer neu hereingelockte Gäste, ob sie Deutsch verstehen und ob sie schwerhörig sind; das ist aber keine Beleidigung, sondern betrifft nur die Platzverteilung. Vorn hat man mehr Luft, hinten versteht man besser.

Auf weißer Fahne vor mir steht in roter Schrift: *Sight seeing*. Welch eindringlicher Pleonasmus! – Mit einmal erhebt sich die ganze rechte Hälfte meiner Fahrtgenossen, und ich nebst allen anderen Linken werden aufgefordert, sitzen zu bleiben und mein Gesicht dem Fotografen preiszugeben, der dort auf dem Fahrdamm die Kappe vor der Linse lüftet und mich auf seinem Sammelbild nun endgültig zu einem Stückchen Fremdenverkehr macht. Fern aus der Tiefe streckt mir eine eingeborene Hand farbige Ansichtskarten herauf. Wie hoch wir thronen, wir Rundfahrer, wir Fremden! Der Jüngling vor mir, der wie ein Dentist aussieht, ersteht ein ganzes Album, erst zur Erinnerung, später vermutlich fürs Wartezimmer. Er vergleicht den Alten Fritz auf Glanzpapier mit dem ehernen wirklichen, an dem wir nun langsam entlang fahren. Er sitzt recht hoch zu Roß in unvergeßlicher Haltung, die Hand unterm weiten Mantel in die Seite gestemmt mit dem Krückstock, den berühmten Dreispitz etwas schief auf dem Kopf. Er schaut weit über uns weg auf Pilaster und Fenster der Universität, einst seines Bruders Schloß. Wohlwollend sieht er gerade nicht aus, soweit wir das von unten herauf beurteilen können. Wir sind fast in Augenhöhe mit der gedrängten Helden- und Zeitgenossenschar seines Sockels. Die hat's etwas eng zwischen Reliefwand und Steinabhang. Zusammengehalten werden sie von den vier Reitersleuten an den Sockelecken, die keinen mehr herauflassen würden. Nun gleiten wir an der langen Front der Bibliothek entlang auf der Sonnenseite. Hinter Markisen eleganter Läden lockt Seidenes, Ledernes, Metallenes. Die Spitzengardinen vor Hiller erwecken ferne Erinnerungen an gute Stunden, an fast vergessenen Duft von Hummer und Chablis, an den alten Portier, der so diskret zu den *Cabinets particuliers* zu leiten wußte. Ich reiße mich los – bin doch Fremder –, um gleich wieder eingefangen zu sein. Reisebüros, Schaufensterrausch aus Weltkarten und Globen, Zauber der grünen Heftchen mit den roten Zetteln, verführerische Namen fremder Städte. Ach, all die seligen Abfahrten von Berlin! Wie herzlos hat man doch immer wieder die geliebte Stadt verlassen.

Aber nun aufgepaßt. Wir biegen in die Wilhelmstraße ein. Unser Führer verkündet in seltsam amerikanisch klingendem Deutsch: Hier kommen wir in die Regierungsstraße Deutschlands. Still ist es hier, fast wie in einer Privatstraße. Und altertümlich einladend stehen vor der diskreten gelbgetünchten Fassade, hinter der Deutschlands Außenpolitik gemacht wird, zwei großscheibige Laternen. Was für ein sanftes Öllicht mag darin gebrannt haben zur Zeit, als sie zeitgenössisch waren? Eines dieser braunen Eingangstore, die mit geschnitztem Laubwerk geziert sind, führte einstmals in die Wohnung der gefeierten Tänzerin Barberina zu einer Zeit, als sie nicht mehr

Friedrichstraße, Ecke Leipziger Straße. 1928

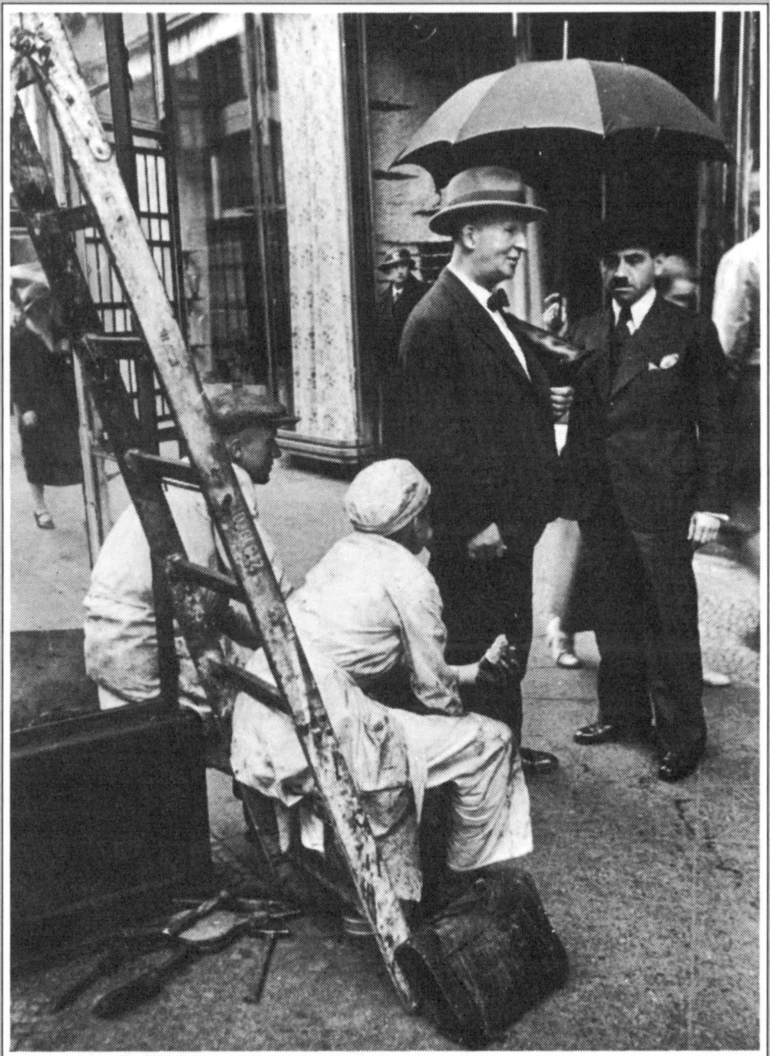

In der Leipziger Straße, um 1929

tanzte und eine Freiin Barbara von Cocceji geworden war. Und über ein Jahrhundert später, von 1862 bis 1878, hat Bismarck hier gewohnt. Da war das kleine Arbeitszimmer mit den dunkelgrünen Fenstervorhängen und dem geblümten Teppich und daneben der Speisesaal, in dem die Emser Depesche verfaßt worden ist. Später zog er dann ins Palais Radziwill, wo auch heute noch der Reichskanzler wohnt, friedlich hinter einem Gartenhof wie ein paar Häuser vorher der Reichspräsident. Aber unser Führer erlaubt nicht, in diesen Frieden zu versinken, er reißt den Blick zu dem mächtigen Gebäudekomplex gegenüber hin und ruft selbst verwundert: ›Alles Justiz!‹ – ›Und hier‹, fährt er fort, ›vom Keller bis zum Dach mit Gold gefüllt, das Finanzministerium.‹ Das ist ein Witz, über den nur die richtigen Fremden lachen können. Ich tröste mich an der schönen Weite des Wilhelmplatzes, an des Kaiserhofs flatternden Fahnen, an dem grünen Gerank um die Pergolasparren des Untergrundbahneingangs und an General Zietens gebeugtem Husarenrücken.

Ein Gewirr von Türmen, Buckeln, Zinnen und Drähten: ›Leipziger Straße, die größte Geschäftsstraße der Metropole!‹ Aber die durchkreuzen wir einstweilen nur. Wir fahren die Wilhelmstraße weiter, vorbei an vielen Antiquitätenläden (Erinnerung taucht auf an die verbrecherisch schöne Inflationszeit. Weißt du noch, Wendelin, Herrn Krotoschiner damals in seinem Laden zwischen dem Pommerschen Schrank und dem Trentiner Tisch auf den Wappenstuhl starrend!), vorbei am Architektenhaus (ältere Erinnerung an strebsame Jugendzeit, da man nichts zu tun brauchte als zu lernen, und hier gab's viel lehrreiche Vorträge in dem Saal, wo die Fresken von Prell auf uns herabschauten; besonders jener Pfahlbautenmensch ist mir unvergeßlich, der sich dort auf dem Wandbild den aus Vischers ›Auch Einer‹ berühmten weltgeschichtlichen Schnupfen holte).

Das Palais des Prinzen Heinrich, vor dem wir einen Augenblick halten, um durch die schöne Säulenhalle auf den alten Hof und die alten Fenster zu sehen, und seine schlichten mit dienender Tugend sich anschließenden Gebäude haben die hellbräunliche Farbe, die dem Dichter Laforgue an vielen Berliner Palais auffiel, als er in den achtziger Jahren des vorigen Jahrhunderts als Vorleser der Kaiserin in Berlin war, er nennt sie *couleur café au lait* und sie erscheint ihm als der vorherrschende Farbton der Kapitale. Für die Welt der Wilhelmstraße und viele Teile der älteren Stadt gilt das noch heute.
An den altvertrauten Museen der Prinz-Albrecht-Straße hält unser eiliger Wagen nicht. Die meisten Insassen schauen hinüber in den großen Garten hinter dem Landtagsgebäude. Ich sehe in die Fenster, hinter denen die schönen Kostümbildermappen der herrlichen Lipperheideschen Sammlung in der Staatlichen Kunstbibliothek auf ruhevolle Betrachter warten. Am liebsten möchte ich aussteigen und zu den befreundeten Bildern gehen, aber heute habe ich Fremdenpflichten, darf auch in Gedanken nicht zu lange bei dieser Stätte des alten Kunstgewerbemuseums verweilen, die soviel Auswanderung erlebt hat. Der größte Teil der Sammlungen ist jetzt im Schloß. Und die Karnevalsfeste der Kunstgewerbeschüler, einst die schönsten von Berlin, finden jetzt, da die Kunstschulen nach Charlottenburg verlegt sind, im dortigen Hause statt, und als richtiger *Laudator temporis acti* finde ich natürlich, daß sie dort nicht so schön sein können, wie sie hier waren. Ach, selbst die kleinen Feste, die nach Verlegung der Kunstschule hier noch im Dachgeschoß sich abspielten, sind unvergeßlich. Wir gleiten an der bauchigen Hochrenaissance des Völkerkundemuseums vorbei. Auch dies wird nur beim Namen genannt und nichts gesagt von Turfan und Gandhara, von Inka und Maori. Vielmehr verkündet unser Sprecher schon von weitem: ›Vaterland, Café Vaterland, das größte Café der Hauptstadt!‹

Die Fremden stieren auf die große Prunkkuppel des Baues, und die, welche bereits abendliche Berliner Erfahrungen haben, raten den anderen, dieses Monster-Etablissement mit all seinen Abteilungen, dies kulinarische Völkermuseum von Kempinski und seine Panoramen in nächtlicher Bestrahlung zu besichtigen.
Ja, das sollen sie. Was helfen ihnen unsere alten Paläste und Museen? Sie wollen doch das Monster-Deutschland. Also nur da hinein heute abend, meine Herrschaften, in das alte Piccadilly, jetzt Haus Vaterland! Da wird euch Vaterländisches und Ausländisches vorgesetzt. Hat Sie der Fahrstuhl aus dem prächtigen Vestibül hinaufgetragen, so können Sie bei dem üblichen Rebensaft von der Rheinterrasse bequem ins Panorama blicken, wo Ihnen über Rebenhügeln, Strom und Ruine ein Gewittersturm erster Klasse vorgeführt wird. Heitert sich der Himmel wieder auf, so tanzen Ihnen rheinische Girls unter Rebenreifen eins vor und samtjackige Scholaren singen dazu. Das müssen Sie gesehen haben. Von da taumeln Sie, bitte, in die Bodega, wo Ihnen merkwürdige Mannsleute mit bunten Binden um Kopf und Bauch was Feuriges bringen, um Sie in eine spanische Taverne zu versetzen. Die beiden schüchternen Spanierinnen aus der Ackerstraße dort in der Ecke werden durch Tanzvorführungen Ihre Stimmung erhöhen. Beim Betreten der Wildwest-Bar werden Sie laut Programm die ganze Romantik der amerikanischen Prärie empfinden. Kaufen Sie sich auf alle Fälle ein Programm! Da wissen Sie gleich, wie Ihnen zumute zu sein hat. Was tut im Grinzinger Heurigen das liebliche Wien? Es liegt in der Abenddämmerung vor den Augen des Beschauers. Wozu laden vor der sonnendurchglühten Puszta ungarische Weine ein? Zum Verweilen. Was empfängt uns im Türkischen Café? Märchenzauber aus Tausendundeiner Nacht. Versäumen Sie nicht, dort auf den Taburetts zu sitzen an Tischen mit echt arabischen Schriftzeichen darauf, und den

stärksten aller berlinisch-türkischen Mocca double zu trinken. In der Glaswand, die das Bosporus-Panorama abtrennt, können Sie Ihren Nachbarn, den Herrn mit der papiernen Zigarrenspitze, so gespiegelt sehen, als säße er an dem Tisch mit der Wasserpfeife, der schon zum Vordergrund des Bildes gehört. Aber nun bekommen Sie Bierdurst und finden in das Münchner Löwenbräu, das laut Programm ›lebensfreudig eingerichtet‹ ist. Die aufwartenden Madeln, die Ihnen zuliebe noch bayrischer als bayrisch reden, tragen Strohhüte mit Federn, blaue Jacken, geraffte, gestreifte Röcke und jodeln bisweilen ermunternd mit, wenn die Musik es nahelegt. Die wird von den Herren Buam in Hosenträgern gemacht. Auf ihre Hosenbeine ist bauchabwärts bayrisches Kunstgewerbe tätowiert. Da ist ja auch das künstlerisch ausgeführte Glasfenster mit Ausblick auf die ›wildromantische Szenerie des Eibsees‹. Und schon geht's los mit der Attraktion. Der Saal verdunkelt sich. Am Eibseehotel gehen die Lichter an. Auch Alpenglühen wird von der Direktion, die keine Kosten scheut, geboten. Sobald der Saal hell wird, beginnt ein Trio, Bua, Madl und Depp, ganz wie auf der weiland Oktoberwiesen-Ausstellung am Kaiserdamm. Dabei zerschlagen die beiden Nebenbuhler, einer auf des andern Kopf, richtige Tonnen. Ja, ja, die Direktion scheut keine Kosten. Wollen Sie noch in den großen Ballsaal, der sich ›dem Glanz der schönsten Säle der Welt würdig an die Seite stellen‹ kann, wollen Sie ›Tanzgelegenheit auf schwingendem Parkett‹, so müssen Sie drei Mark extra zahlen, die werden Ihnen aber auf Speisen und Getränke angerechnet. Dafür sehen Sie in einen buntgeschliffenen Spiegelhimmel; Palmenschäfte tragen als Säulen den Saal. Und ›deutsche Girls‹ streifen, wenn sie zum Auftreten eilen, mit ihren Gazeschleiern dicht an Ihnen vorüber. Es tanzt für Sie ein badehosiger starker Jüngling mit einer Dame, die außer der Badehose nur noch eine Art Büstenhalter trägt, tanzt mit ihr, wirbelt sie, während sie nur mit Knöchelschleife um seinen Hals hängt, hantelt mit ihr. Die deutschen Girls aber rutschen als Ruderballett auf dem Boden hin und singen von unserer Zeit, der Zeit des Sports.

Nun haben Sie wohl ein bißchen Linderung von soviel Darbietungen. Da, wo überlebensgroß am Fenster der Teddybär steht, den die vorüberstreifenden Mädchen umarmen, gehen Sie auf den offenen Balkon und sehen in heller Nacht schön altberlinerisch, gelblichbraun, mild nüchtern den Potsdamer Bahnhof, denselben, auf den jetzt am Tage unser Sprecher zeigt.

Über die Freitreppe zur Station gehen Ausflügler in hellen Röcken und Waschkleidern. Die Glücklichen, es ist ein so schöner Herbsttag. Manche gehen auch den schmalen Durchgang hinüber zu dem kleinen Wannsee-Bahnhof. Ich möchte ihnen am liebsten nachlaufen. Ein Segelboot oder auch nur ein Paddelboot. Oder nichts als ein Gang durch einen der Potsdamer Parks. Potsdam und die Havelseen, die heimliche Seele, das irdische Jenseits von Berlin! Noch dazu heute, an einem Wochentag. Aber nun kommen wir auf den Potsdamer Platz. Von dem ist vor allem zu sagen, daß er kein Platz ist, sondern das, was man in Paris einen *Carrefour* nennt, eine Wegkreuzung, ein Straßenkreuz, wir haben kein rechtes Wort dafür. Daß hier einmal ein Stadttor und Berlin zu Ende war und die Landstraßen abzweigten, man müßte schon einen topografisch sehr geschulten Blick haben, um das an der Form des Straßenkreuzes zu erkennen. Der Verkehr ist hier offiziell so gewaltig auf ziemlich beengtem Raum, daß man sich häufig wundert, wie sanft und bequem es zugeht. Beruhigend wirken auch die vielen bunten Blütenkörbe der Blumenfrauen. Und in der Mitte steht der berühmte Verkehrsturm und wacht über dem Spiel der Straßen wie ein Schiedsrichterstuhl beim Tennis. Seltsam verschlafen und leer sehen jetzt am hellen Mittag die riesigen Buchstaben und Bilder der Reklamen an Hauswänden und Dächern aus, sie warten auf die Nacht, um zu erwachen. Scharf und glatt, jüngstes Berlin, zieht das umgebaute Haus, das die altberühmte Konditorei Telschow birgt, seine gläsernen Linien. Das Josty-Eck bleibt noch eine Weile alte Zeit. Aber an der anderen Seite der Bellevuestraße wächst – einstweilen noch hinter hoher plakatbedeckter Wand – etwas ganz Neues herauf, ein Warenhaus mit einem Pariser Namen. Ob es so schön werden wird, wie da drüben hinter dem Laub des Leipziger Platzes Messels Meisterwerk, das Haus Wertheim? Die Bellevuestraße, in die wir schnell einen Blick werfen dürfen, wird immer mehr eine ›*Rue La Boëtie*‹ von Berlin. Kunstladen gesellt sich zu Kunstladen. Und davon werden auch die Schaufenster der Modegeschäfte immer erlesener, immer mehr Stilleben. Und das kommt sogar den großen und kleinen Privatautos zugute, die in der Bucht der Auffahrt vor dem Hotel Esplanade warten. Ihre Karrosserien, immer besser werdende Kombinationen von Hülle und Hütte, haben wunderbare Mantelfarben.

Grünes Licht am Verkehrsturm. Wir umkreisen den Potsdamer und fahren an den weißen Säulen der beiden Tortempelchen vorbei den Leipziger Platz entlang. Rechts und links von dem erzenen General Brandenburg, der, wie der Berliner Volkswitz behauptet, mit seinem Visavis, dem General Wrangel, über das Wetter spricht (›Was für Wetter ist heut‹, fragt Wrangel und streckt die Hand mit dem Feldmarschallstab etwas vor. ›So hoher Dreck‹, erwidert Brandenburg mit flachgehaltener Rechten), neben diesem Kriegsmann stehen wieder in langer Reihe die Blumenfrauen. Vor uns der Seiteneingang und die stolzsteigenden schmalen Pfeiler und Metallzierate des Warenhauses Wertheim. Von den neuen strahlenden Stof-

fen seiner hohen Schaufenster wandert der Blick hinüber zu den zartbunten und weißen Schüsseln, Tellern und Schalen aus Altberliner Porzellan drüben im Hause der staatlichen, einst königlichen Manufaktur.
Recht leer und wie zu vermieten sieht das lange Herrenhaus aus, es soll zurzeit in Ermangelung von Herren ein bißchen Staatsrat und Volkswohlfahrt darin untergebracht sein.
Auch das benachbarte Kriegsministerium ist ziemlich ehemalig. Selbst die meisten Reichswehrangelegenheiten werden anderswo erledigt. Wie Spielzeug von weiland Fürstenkindern, in deren Schlössern und Gärten man ja auch die kleinen Spielkanonen sehen kann, stehen über dem Portal ein paar steinern winzige Soldaten in altertümlicher Uniform. Über dem Postministerium, das uns der Cicerone an der nächsten Ecke zeigt, schleppen sich einige Giganten oder Atlanten mit einer mächtigen steinernen Weltkugel, die ihnen hoffentlich nicht verkehrsstörend auf die Straße fallen wird. Solcher Weltkugeln gibt es mehrere in Berlin, sie gehören mit zu den Schrecken der letzten Jahre des vergangenen Jahrhunderts, die jetzt an vielen Privatgebäuden in großartiger Aufräumearbeit weggeputzt werden. Ich kenne persönlich eine in der größten Geschäftsstraße von Schöneberg, die auf hohem Eckhause über buckelndem Zwiebelgetürm schräg als Glasveranda liegt. Diese und eine nicht minder stattliche im bayrischen Viertel sind aus Glas. Und da sie nicht einmal von zuverlässigen Giganten gestützt werden, wie hier die über dem Postministerium, fürchte ich immer, daß sie noch einmal herunterkugeln, und hoffe, sie werden beim nächsten Großreinemachen beseitigt. Man könnte sie ja dann in ein zu gründendes Museum der neowilhelminischen Architektur und Plastik unterbringen, wohin sich vieles, was jetzt an öffentlichem und Privatprunk störend herumsteht, entfernen ließe. Das beste an diesem gewaltigen Eckhaus ist drinnen eine Sammlung alter Verkehrsmittel; da gibt

es Postkutschen und erste Eisenbahnen *en miniature,* vor allem aber eine Menge alter Briefmarken und Stempel, ein Erinnerungsfest für jeden, der als Kind Thurn und Taxis und Alte Preußen, den Kolibri von Guatemala und den Schwan von Australien ›getauscht‹ hat.

Zur Rechten und zur Linken rundet sich an dieser Ecke die Mauerstraße, angenehme Unterbrechung in dieser Welt der rechten Winkel. Ihre Kreislinie bezeichnet die Strecke einer alten Stadtmauer, und der Soldatenkönig Friedrich Wilhelm I., der die ganze Friedrichstadt mit hübsch in Reih und Glied stehenden Häusern hat bebauen lassen, soll seinen Verdruß an den unvermeidlichen Rundungen der alten Straße gehabt haben. Ehe wir noch eine der beiden gleichfalls rundlichen Kuppelkirchen deutlicher gesehen haben, zur Rechten die Bethlehemskirche, zur Linken Schleiermachers Wirkensstätte, die Dreifaltigkeitskirche, fährt unser Wagen schon weiter. Und statt auf alte Kirchmauern haben wir auf Pelz, Leinen, Seide und Stahl der prächtigen Auslagen zu schauen. Bevor aber die gewaltigen nackten Steinmädchen über dem Portal uns in das riesige Warenhaus Tietz locken können, biegen wir in der Richtung auf den Gendarmenmarkt ein. Schon von weitem haben die beiden patinierten Kirchenkuppeln und das grüne Flügelpferdchen auf dem Dach des Schauspielhauses gegen den lichten staubblauen Himmel geleuchtet. Nun halten wir. Ich starre auf ›Bühneneingang‹. Ihr anderen, ihr richtigen Fremden, habt hier nie als Schüler gewartet, um die hehre Darstellerin der Jungfrau von Orleans herauskommen zu sehen. Ihr bekommt die beiden Kirchen mit den berühmten Gontardschen Kuppeltürmen, die Friedrich der Große anbauen ließ, gezeigt und eingeprägt, daß die eine der deutsche, die andere der französische Dom ist. Die beiden Türme sind erheblich stattlicher als die zugehörigen älteren Kirchen, die sich schüchtern neben ihnen ducken. Dafür ist das Schauspielhaus, das

Schinkel auf den stehengebliebenen Mauern nach dem großen Brande, welcher das frühere Nationaltheater der Ifflandzeit zerstörte, errichtet hat, eine wunderbare Einheit. Die schöne Freitreppe zu der stolzen Vorhalle mit den schlanken ionischen Säulen! Hinaufgegangen ist man sie zwar nie. Für die einfachen Besucher gab's da unter dem Durchgang den Zuweg. Die Freitreppe war am Ende für den Hofstaat reserviert, zur Zeit, als dies noch ein königliches Theater war. Der Begas-Schiller steht etwas unglücklich vor dem Ganzen. Er wäre hier wohl lieber ein braver moosansetzender Brunnentriton geworden als so in der Toga und mit mehreren prätentiösen Damen am Sockel, welche Lyrik, Drama, Geschichte und Philosophie vertreten, immer geradeaus repräsentieren zu müssen.
Die Fremden werden auf die Preußische Staatsbank, die alte ›Königliche Seehandlung‹, aufmerksam gemacht, indessen schiele ich hinüber nach der berühmten Weinstube, in der Ludwig Devrient mit E. Th. A. Hoffmann gezecht hat. Der wohnte hier an diesem Platze zur Zeit, als noch lauter Immediatbauten den Gendarmenmarkt umgaben. Und ›Des Vetters Eckfenster‹ muß man sich auch hierhin denken und ihn dazu, wie er in seinem Warschauer Schlafrock und die große Pfeife in der Hand den munteren berlinerischen Markt übersah.
Wir biegen um eine Ecke und sind wieder auf einem dieser merkwürdigen schrägeckigen Plätze, die in alter Zeit Bastionen der Stadtmauer waren. Er heißt Hausvogteiplatz und früher war in der Nähe ein garstiges Haus, das in den vierziger und fünfziger Jahren politische Gefangene vergitterte. Jetzt ist ein fleißiges Geschäftsviertel rings umher. Altertümlich ist hier nur noch der Grundriß, hier beginnt die Gegend der verschiedenen Wallstraßen und das Gelände des alten Friedrichwerders, dieses dritten Berlin neben dem, das jenseits beider Flußarme liegt, und dem näheren Cölln an der Spree. Hier könnten wir rechtshin fahren, erst an den Engelchen vorbei,

die in den Fensterkreuzen des Hospitals der Grauen Schwestern von der heiligen Elisabeth beten, und weiter in die Alte Leipziger Straße und die wunderlichen Winkel bei Raules Hof. Statt dessen lenkt unser Gefährt auf breiterem Damme gen Norden, vorbei an dem rötlichen Mauerwerk der Reichsbank, einem Werke Hitzigs, des Erbauers der Börse, der für das reicher werdende Berlin der sechziger und siebziger Jahre eine Art gediegener Renaissance für Handel und Industrie schuf, die den bescheidenen Klassizismus der letzten Schinkel-Schüler ablöste, immer noch besser war als das, was hinterdrein kam, aber doch den Weg ins Wilhelminische Spiel mit alten Stilen vorbereitet hat. Noch recht unschuldig ist dagegen die sogenannte ›modifizierte Gotik‹, in welcher Schinkel Ende der zwanziger Jahre die Friedrich-Werdersche-Kirche am Werderschen Markt, unserem nächsten Ziel, erbaut hat. Das ist ein brav altpreußisches Werk, hat den braunen Backsteinton, wie ihn in unserer guten Stadt eine ganze Reihe Kirchen und Bahnhöfe haben, mehr pflichtgetreu als fromm aussehend, mehr an ›Treu' und Redlichkeit‹ als an Mystik gemahnend. Ein strenger Erzengel tötet über dem Portal einen unbefugten Drachen und schaut dabei nicht träumerisch ins Weite wie seine älteren Vettern aus Holz, Stein und Farbe, sondern zielend auf sein Opfer. Ob ihm dabei wohl manchmal die eleganten Verkäuferinnen und Besucherinnen des großen Modehauses gegenüber zuschauen? Ob sie es sympathisch finden, daß er so beschäftigt ist mit seiner Mission oder es lieber hätten, er träumte ein wenig ins Ungewisse, und herüber?
Über die Schleusenbrücke und den Schloßplatz. Denen, die die Hälse nach dem stolzen Bau recken, verspricht der Führer, daß wir nachher wieder hierher kommen, doch jetzt erst eine kleine Tour durch Alt-Berlin machen wollen. Die muß leider etwas eilig ausfallen, denn wir haben noch so viel zu absolvieren. Ich aber rate dir, lieber Fremdling und Rundfahrtnachbar,

wenn du noch einmal in diese Gegend kommst und Zeit hast, dich hier ein wenig zu verirren. Hier gibt es noch richtige Gassen, noch Häuserchen, die sich aneinanderdrängen und mit ihren Giebeln vorlugen, gar nicht weiter berühmt außer bei ein paar Kennern, und auch nicht so leer oder nur so am Rande besiedelt, wie es die richtig sehenswürdigen Häuser sind. Nein, sie sind dicht bewohnt von ahnungslosen Leuten, die durch die weit offene Haustür eine steile Treppe mit breitem Holzgeländer herunter kommen oder hinter Blumenkästen und Vogelbauern aus schöngerahmten Fenstern schauen. Sieh, da zur Rechten zweigt so ein Gäßchen ab, Spreegasse heißt es und ist Raabes Sperlingsgasse, und da steht auch das Haus, in dem der Dichter gewohnt hat, und gleich daneben weiß ich eins mit reizenden Steingirlanden über den Fenstern und wunderbar altgrünem Holz an Tür und Torfassung. Die Brüderstraße, durch die wir fahren, hat noch Schwung, und ihre Häuser, ob alt, ob neu, stehen in bewegter Kurve. Dort in das unscheinbare mußt du gehen. Das ist eine wichtige Berliner Stätte. Dem berühmten und berüchtigten Friedrich Nicolai hat es gehört. Die schöne Barocktreppe, die du innen sehen wirst, hat ein früherer Bewohner, ein Kriegskommissar, bauen lassen. Eine Zeitlang hat es der ›patriotische Kaufmann‹ Gotzkowsky besessen, der, als er noch reich war, Berlin im Siebenjährigen Krieg vor Plünderung durch die Russen rettete und später die Porzellanmanufaktur an Friedrich den Großen verkaufte. Dies Haus hier kam dann, als er ruiniert war, mit all seinem Besitz unter den Hammer und ist noch von mehreren anderen bewohnt worden, bis es der Buchhändler Nicolai erwarb. Da wurde es zum gesellschaftlichen Mittelpunkt von Berlin. Davon spürst du vielleicht etwas, wenn du in den großen Saal mit den Wandspiegeln und Paneelen kommst. In den kleineren Räumen aber, die jetzt ein Lessing-Museum bergen, haben ein paar entzückende Kinder gespielt und gelernt, worüber zu lesen in den unvergleichlichen Tagebüchern der Lily Partey, die des alten Nicolai Enkelin war. Viele bedeutende und manche kuriose Berliner der geistig-geselligen Zeit im Anfang des neunzehnten Jahrhunderts gingen in diesen Räumen ein und aus und waren zur Sommerszeit in der Gartenwohnung der Parteys zu Besuch, die in der Blumenstraße lag, draußen bei der Contrescarpe, dem späteren Alexanderplatz.

Petrus ist der Patron der Fischer, und nach ihm heißt die Kirche, um die wir jetzt herumfahren. Sie steht an der Stelle des Heiligtums der Fischer von Alt-Cölln. Einem anderen heiligen Wesen, an dem das Herz der Cöllner und Berliner hing, ist dort auf der Brücke, über die der Weg zum Spittelmarkt führt, ein Denkmal, allerdings erst in neuerer Zeit, errichtet. Das ist Sankt Gertraudt, die Äbtissin, die Spitäler und Herbergen für Reisende gegründet hat. Der Spittelmarkt hat seinen Namen von dem Gertraudtenhospital, als dessen letzter Rest noch bis in die achtziger Jahre die kleine Spittelkirche stand, mitten auf einem idyllischen Marktplatz, aus dem mit der Zeit einer der verkehrsreichsten, von hohen Geschäftshäusern umgebenen Plätze der Stadt geworden ist. Vor der Heiligen auf der Brücke kniet ein fahrender Schüler, dem sie einen Trunk reicht. Sieht sie nicht, daß er eine gestohlene Gans an einer Leine mit sich führt, oder übersieht sie es gnädig? Als Freundin der Wanderer ist sie auch den Seelen der Verstorbenen auf ihrer Wanderschaft hold. Die verwandeln sich nach einer Volkssage in Mäuse und kommen in der ersten Nacht nach dem Tode zu Sankt Gertraudt, in der zweiten zum heiligen Michael und erst in der dritten in ihr Dauerjenseits. Daher die Mäuseschar am Sockel des Denkmals. Sankt Gertraudt hat in der Hand einen Spinnrocken. Sie ist der Frau Holle und der heidnischen Gottheit, aus der die Frau Holle wurde, verwandt und beschützt den Flachsbau und die Spinnerinnen. Die

Frühlingsblumen aber, die als Spende zu ihren Füßen liegen, bedeuten Dankgaben der Landleute, deren Flur und Feld die Gebieterin der Mäuse vor den Tieren, die unter ihrem Zauber stehen, schützt. Es ist gerade kein großes Meisterwerk, das Denkmal, das hier so ausführlich beschrieben wird, aber es passiert so viel darauf, daß man davon berichten kann wie Pausanias von dem heiligen Steinwerk Griechenlands.

Die Gertraudtenstraße führt uns zum Cöllnischen Fischmarkt, der einstmals der Hauptplatz von Cölln an der Spree war. Hier stand bis vor dreißig Jahren das Cöllner Ratshaus. Aber ein putzigeres Gebäude aus älterer Zeit ist schon seit Jahrhunderten verschwunden. Das Narrenhäuslein meine ich, in das man in alten Tagen die Betrunkenen brachte, damit sie ihren Rausch ausschlafen konnten. Wenn das Narrenhäuslein nicht mehr steht, so gibt es doch nicht weit von hier ein uraltes Haus, in dem es auch recht närrisch zugehen kann. Das ist am Ende der Fischerstraße, die an alten Gassen vorbei vom Fischmarkt zu der Friedrichsgracht führt, das Gasthaus zum Nußbaum. Man behauptet, es sei Berlins ältestes Haus und es sollen hier schon die Landsknechte mit berlinisch-cöllnischen Dirnen gezecht haben. Es hat einen hohen mittelalterlichen Giebel. Wer es richtig kennenlernen will, der muß spät abends hingehen. Da ist eine seltsam gemischte Gästeschar versammelt. Seidenbluse und Schürze sieht man nebeneinander am selben Tisch und Fischer- und Fuhrmannskittel neben Bratenröcken. An der Wand hängen unter alten Gastwirtsdiplomen echte Zille-Bilder, vom Meister selbst geschenkt. Hier habe ich zum ersten Male die neuerdings veränderte Loreley singen hören mit den schmetternden Strophenanhängseln:

Sie kämmt sich mit dem Kamme,
Sie wäscht sich mit dem Schwamme

und die Bekanntschaft von Ludeken gemacht, die sich selbst ›eine Alte von Zille‹ nennt, zu allem, was sie sagt, den Finger geheimnisvoll an den Mund legt und, wenn sie munter wird, abwechselnd ihre Papiere und ihre weiße Unterwäsche zeigt. Sie bekommt von aller Welt zu trinken, gießt aber doch noch heimlich in ihrer Ecke die Neigen einiger Gläser zusammen. Tanzen tut sie auch manchmal mit Kavalieren oder allein, und das ist ein erbaulicher Anblick. Nur wenn ihr ›Chef‹ kommt, hockt sie sich brav in ihre Ecke. Der Chef ist einer, dessen Pferde Ludeken in aller Morgenfrühe betreuen und füttern muß; und dazu nüchtern zu sein, ist nicht leicht.

Unser Wagen rollt über den Mühlendamm, das ist die Brücke, die Cölln und Berlin verband, als es noch ihrer zwei waren, verband und trennte. Denn auf dieser Stelle haben sich die Bürger der Nachbarstädte des öfteren die Köpfe blutig geschlagen. Am Brückenrand stehen zwei bronzene Markgrafen: Albrecht der Bär und Waldemar. Sie sind einem nicht gerade im Wege, aber sie brauchten nicht unbedingt hier zu stehen, sie haben ja schon ihren Standort in unserer kompletten Siegesallee. Hübsch muß, nach den alten Bildern zu schließen, dieser Mühlendamm gewesen sein, als noch Bogenhallen und Trödlerläden hier waren. Und die Mühlen selbst waren gewiß auch erfreulicher anzusehen, als es das städtische Dammühlengebäude ist, diese falsche Burg aus den neunziger Jahren, in der jetzt eine städtische Sparkasse untergebracht ist. Wenn sich das große Bauprojekt für das Berliner Wasserstraßennetz verwirklichen und die Mühlendammschleuse umgebaut werden wird, um den Ansprüchen größerer Schiffe zu genügen, wird unter anderem auch dies Gebäude fallen, und dann gibt es schöne Aufgaben für unsere Stadtbaumeister und Architekten.

Wir halten auf dem Molkenmarkt. Da fällt uns ein schönes Haus aus friderizianischer Zeit auf, das Palais Ephraim, das des großen Königs berüchtigter ›Münzjude‹ erbauen ließ, der Verfertiger der minderwertigen Friedrichsdors, der sogenannten ›Grünjacken‹, von denen man reimte:

Von außen schön, von innen schlimm,
Von außen Friedrich, von innen Ephraim.

Innen kann man das schöne Haus nicht besehen, da sitzen Behörden. Außen bildet es als Eckhaus mit seinen auf toskanischen Säulen ruhenden Balkonen, den korinthischen Wandpfeilern, den zierlichen Putten überm Gitterwerk ein wunderbares Halbrund. Um den Molkenmarkt herum lag die älteste Ansiedlung auf der berlinischen Seite der Spree, und hier finden wir auch die einzige ganz erhaltene mittelalterliche Gasse, den oft beschriebenen und oft abgebildeten Krögel, der so berühmt ist, daß unser Wagen vor seiner Einfahrt hält und die Insassen aussteigen und den schmalen Gassengang nach dem Wasser zu gehen. Ursprünglich soll hier ein schon in alter Zeit zugeschütteter Kanal oder Spreearm gewesen sein, der dem Verkehr vom Markte und Packhof zum Flusse diente. Ein Torweg führt in den inneren Hof der Gasse. Hier war im Mittelalter das einzige Badehaus von Berlin. Da bedienten den Badenden die Töchter der Stadt, von denen man sagte, daß sie ›an der Unehre saßen‹. Sie hatten eine Art Berufstracht, kurze Mäntel, und mußten ihr Haar kurzgeschoren tragen. Es war also wohl sehr beleidigend, als anno 1364 der Geheimschreiber des Erzbischofs von Magdeburg, ein leichtfertiger Lebemann, eine ehrsame Bürgerstochter aufforderte, ihn nach dem Krögel zu begleiten, und die Wut der Bürger ist zu verstehen, die zum Hohen Haus zogen, wo des Bischofs Gefolge zu Gaste war, den Frevler von der Tafel wegrissen und auf dem Markte zu Tode prügelten. Zu besonderen Gelegenheiten sind aber auch ehrsame Frauen in den Krögel gekommen. Es war Sitte, daß man die Brautfeierlichkeiten mit einem Bad und Frühstück beim Bader begann. Dann kam ein bunter, munterer Zug die alte Gasse herauf, voran die Musiker und der Spaßmacher. Sehr zartfühlend werden die Scherze nicht gewesen sein, die sich die Braut gefallen lassen mußte. An eine spätere Zeit erinnert die alte Sonnenuhr, die noch heute an einer Mauer zu sehen ist. Sie zeigte die Stunde den Hofleuten fremder Fürstlichkeiten, die hier einquartiert wurden, wenn ihre Gebieter beim Kurfürsten zu Gaste waren. Heut sind in den überhängenden Stockwerken und hinter den kleinen Fenstern der Erdgeschosse Werkstätten und kleine Wohnungen. Und einer der Anwohner dieses Restes Mittelalter besitzt ein Museum mit Waffen, Stichen und altem Hausrat. Zur Sommerzeit hallt manchmal der lustige Lärm vom neuesten Freibad herüber, das nach der Waisenbrücke zu und Neucölln am Wasser gegenüber liegt. Da hat sich aus dem Schutt der Umbauten für die Untergrundbahn, deren Tunnel hier aus der Spree taucht, eine Art Strand gebildet. Den hat sich junges Volk zunutze gemacht und das Freibad Paddensprung eröffnet. Sonst aber ist es recht still im Krögel, und wenn abends auch noch die Arbeitsgeräusche der Werkstätten verstummen, kann im späten Licht mit Fachwerk und Giebel hier ganz altes Berlin erstehen.

Vom lebhaften Molkenmarkt führt rund eine Gasse auf den stillen Platz, auf dem die älteste Kirche der Stadt steht, sie ist dem Schutzpatron der Reisenden und Kaufleute, Sankt Nikolaus, geweiht gewesen. Von ihrer älteren Mauer ist noch ein massiver Turmunterbau aus Granitquadern erhalten, alles andere verbrannte bei einem der vielen Brände, die Berlin verheert haben, im Jahre 1380. Die späteren Teile, Chor und Langschiff, sind viel umgebaut worden. Hier mußt du einmal wochentags mittags eintreten an Tagen, an denen die Orgel zu stiller Andacht spielt. Unter ihrer Masse erkennt man im Dämmerlicht die Umrisse eines Erbbegräbnisses, das von Schlüters Meißel stammt. Je länger man hinschaut, um so deutlicher tritt die Rundung der Vasen und barocker Faltenwurf hervor. Die gotische Halle hat viel große und kleine Kapellen mit

In der Schützenstraße, um 1929

Gr. Gelegenheitskauf
1 Schlafzimmer Mahagoni
1 Speisezimmer Eiche
2 engl. Bettstellen
1 Waschtoilette m. Spiegel
2 Nachttische
1 Ankleideschrank
1 Bufett Nussbaum
1 Bufett Eiche
1 Schreibtisch Eiche
1 Trimeau m. Stufen
1 Kleiderschrank m. Vertiko
1 Chaiselong 1 Standuhr
1 Nähmaschiene
2 Metall Bettstellen
1 Ausziehtisch
1 Ausziehtisch Eiche
1 Komode 1 Eisschrank
1 Küchenschrank
1 Schreibtisch
1 Spiegelspind m. Spiegel
1 Bücherschrank
2 Moderne Bettstellen
1 Schreibsekreter 1 Piano
1 Sofa mit Umbau
Unsere Väter wollten früher
gut und billig kaufen
Th. Will gelaufen.
auch heut' im Norden,
Süden, Osten, Westen.

Münzstraße

Denkmälern aller großen Kunstepochen und heiligt das Gedächtnis mancher Männer, die weit über den Stadtbereich hinaus berühmt geworden sind. Da gibt es Porträts von Militärs, Pröpsten, Gelehrten, Ratsherren und ihren Ehegattinnen. Viel bärtige Häupter in Fältelkragen und Allongeperücke, gekrönt von allegorischen Frauenhänden mit Lorbeer oder von Putten mit Sternenkronen. Auf Urnen rahmt Akanthus alte Wappen. Ein kleiner Amor weint über Stundenglas und sinkender Fackel. Unter geflügelten Totenköpfen erscheint auf dunklem Grund ein Bildnis, umringelt von der Schlange der Ewigkeit.

Die Nikolaikirche ist wie die Marien- und die Klosterkirche protestantisch geworden, aber sie hat wie jene noch etwas von der alten Pracht behalten. Schade, daß es nicht mehr nach Weihrauch riecht in ihren Hallen. Interessant zu wissen, daß hier der Ablaßkrämer Tetzel gepredigt hat, umlagert von dem damaligen *Tout-Berlin*, das ihn mit Würdenträgern, Zünften, schwarzen und weißen Mönchen vom Stadttore abgeholt hatte.

Der stille Platz, der die Kirche umgibt — diese Trauminsel mitten im Lärm der Großstadt — war und hieß früher Nikolaikirchhof, und das paßte zu den vielen Grabmälern im Innern der Kirche und außen an der Kirchenwand. An diesem Platz stehen noch ein paar sehr alte Häuschen, und wenn man in eines geht, sieht man auf winzig kleine Höfe. In die Wohnungen führen steile Stiegen, manche der Häuser haben keine selbständige Giebelmauern, sondern sind ans Nachbarhaus ›angebacken‹; und eins, das sich rühmt, Berlins kleinstes Haus zu sein, hat zwar einen Privatmittagstisch, aber keine Hausnummer, und man kann es nur vom Nachbarhaus her betreten. Von solchen Häusern können wir bei einer Wanderung durch die Altstadt noch hie und da einige sehen. Sie sind oft nur drei Fenster breit. Die Haustür hat zwei Flügel, der eine öffnet sich direkt vor der Wohnung im Erdgeschoß, der andere stößt

auf die schmale Treppe, die an der Türschwelle beginnt und ins obere Stockwerk steigt.
Wir fahren zurück zum Mühlendamm, dann die Straße ›An der Fischerbrücke‹ entlang und kommen über die Inselbrücke nach Neukölln am Wasser. Hier und gegenüber auf der Friedrichsgracht gibt es wieder einige alte Häuser, teils mit spitzen Satteldächern, teils mit den hübschen Mansardendächern der Barockzeit, mit Girlanden unter den Fenstern und Pilastern, die die Hausfront schön gliedern. Unser Wagen fährt zu eilig, um das alles anzusehen, wir müssen es auf eine Fußwanderung durch die Straßen und die nahen Gassen am Fluß verschieben. Da werden sich neben dem Malerischen auch einige Kuriosa finden, wie die Riesenrippe an einem Eckhaus des Molkenmarkts oder an einem Hause in der Wallstraße das Relief eines Mannes, der eine Tür auf dem Rücken trägt. Er wird nach der biblischen Sage vom Tore zu Gaza der Simson genannt. Nach einer Überlieferung soll diese Gestalt an die Zeit erinnern, da hier das Köpenicker Tor stand, dessen Haspen seinerzeit in diesem Hause aufbewahrt worden seien. Witziger aber ist die Deutung, die von einem armen Schuster zu erzählen weiß, der hier mit seiner kinderreichen Familie kümmerlich lebte. Als nun Friedrich der Große mit seinem Lotteriedirektor Casalbigi, den wir aus Casanovas Memoiren kennen, eine große Lotterie aufmachte, die ihm viel Geld eintrug und seine Bürger viel kostete, soll dieser Schuster ein Los gekauft und, da er fürchtete, seine Kinder könnten es in der engen Schusterstube beim Spielen verbringen, mit Pech an die Stubentür geklebt haben. Gerade dieser Arme hatte Glück und zog das große Los. Um nun seinen Schein vorzuweisen, blieb ihm nichts übrig, als die Tür aus den Angeln zu heben und auf den Rücken zu laden. So wanderte er zur Verwunderung seiner Mitbürger zum Lotteriegebäude. Und nachdem er sein Geld bekommen, ließ er aus Dankbarkeit das Bildnis an seinem Hause anbringen. Sol-

cher an Altertümer anknüpfender Geschichten gibt es auch in unserer nicht gerade sagenreichen Stadt einige. Die bekannteste ist die oft erzählte vom Neidkopf in der Poststraße, den der Soldatenkönig und gute Hausvater Friedrich Wilhelm I. anbringen ließ, eines fleißigen Goldschmieds neidisches Gegenüber zu bestrafen.

Jetzt wollen wir im Vorbeifahren wenigstens auf die Brücken einen Blick werfen, Waisenbrücke, Inselbrücke und die schöne Roßstraßenbrücke, welche der Stadtbaurat Ludwig Hoffmann, dem Berlin so viel verdankt, gebaut hat. Nirgends ist die Spree so sehr wie in dieser Gegend ein Teil der Stadtlandschaft geworden und geblieben. Hoffmann und seine Mitarbeiter haben es verstanden, was neu zu bauen war, dem alten anzupassen, ohne in Historismus und Abhängigkeit zu verfallen wie die ›romanischen‹ Baumeister Wilhelms II. An einem der Meisterwerke dieses Künstlerkreises kommen wir jetzt vorbei, dem Märkischen Museum. Cöllnischer Park heißt der Garten, an dem dies stolze Bauwerk sich erhebt, und im Grünen lagern Säulenstücke und stehen brüchige Engel, zwischen denen man umherspazieren, spielenden Kindern zusehen oder die eine Front der Museumsburg anschauen kann. Um den dicken eckigen Turm sind in Backstein allerlei märkische Stilperioden, wie sie in reicher bedachten Städten, Tangermünde, Brandenburg usw., vertreten sind, vereinigt. Und diese Vielgliedrigkeit paßt gut zu dem Museumscharakter des Ganzen. Im Innern läßt sich reichlich Heimatkunde treiben, von ältester Zeit bis in Theodor Fontanes Tage. Hier kann man Hosemanns Kleinbürgerstadt kennenlernen, Berliner Zimmer aus der Biedermeierzeit sehen, eine Putzstube wie die, von der Felix Eberty erzählt; man könnte allerdings aus Berliner Privatbesitz noch viel mehr Biedermeier sammeln, all den rührenden Kleinkram an Etuis und Bestecks, Spieldosenhäuschen aus Zitronenholz, Stammbuchbildern, das viele herbstliche Goldgelb der Möbel aus flammender Birke und das Mahagoni der Schränke. Ja, ich könnte mir ein ganzes Museum Berliner Inneneinrichtung denken, wo als Kuriosum auch das späte neunzehnte Jahrhundert mit Plüsch und Nippes, verdunkelnden Butzenscheiben, Gipsengeln und Reisealben zu sehen wäre. Eine sehr reizvolle Abteilung des Märkischen Museums ist auch die Flora- und Faunasammlung: schöne Schachtelhalm- und Weidenarten, Rohr, Farren und Getreide und die Schnecken und die wunderbaren Ornamente der Wespennester.

Vor dem Museum steht ein Roland, der dem Roland von Brandenburg nachgebildet ist. Seinen eigenen Roland hat Berlin schon früh verloren. Er soll als Sinnbild der städtischen Selbständigkeit auf dem Molkenmarkt oder da in der Nähe gestanden haben. Und Friedrich II. der Kurfürst, der der Stadt ihre Macht raubte und den Bären ihres Wappens unter den Adler des seinen zwang, soll ihn haben fortnehmen und in seine Zwingburg bringen lassen. Da man aber nie ein Stück von diesem Roland auffand, entstand die Sage, der Kurfürst habe ihn in die Spree geworfen. Nun neuerdings hat Berlin wieder Rolande, den am Kemperplatz, welcher den träumerisch grünen sogenannten Wrangelbrunnen unserer Kindheit und seine freundlichen Meergötter verdrängt hat. Und den, der als eine Art Brunnenbübchen vor dem einen der unglücklichen romanischen Häuser an der Kaiser-Wilhelm-Gedächtniskirche steht. Der wird aber, wie wir hören, demnächst dem überhandnehmenden Verkehr aus dem Wege geschafft werden.

Wir fahren über die Waisenbrücke zurück und sehen zur Rechten, da, wo die alte Jannowitzbrücke abgebrochen wird, ein wunderbares Schauspiel aus Ruinen und Neubauwelt. Zwischen Kranen und Kähnen, Schuttbergen und Baggermaschinen schwimmt der Trümmerrest der alten Brücke, ein ›Ponte rotto‹ mitten in der Spree. Auch an dem Stadtbahnbogen da oben wird gearbeitet und sein aufgebrochenes Mauerwerk ist

ein von Erinnerungen angeräuchertes Stück Tempel des Dampfes, dieser schon altertümlich gewordenen Lokomotion.
Die Stralauerstraße führt uns an dem mächtigen Stadthaus entlang, das Ludwig Hoffmann gebaut hat. Wir blicken hinauf zu dem hohen Turm mit seinen zwei Säulengeschossen und der ›welschen Haube‹, die ihn deckt. Wir biegen in die Jüdenstraße ein und sehen an dem Eingang zur Festhalle des Stadthauses den bronzenen Bären von Wrba, der hier als wackeres Totemtier des Berliner Volkes Wache steht. Der gute Bär von Berlin, er muß durch irgendeine immerhin begreifliche Volksetymologie zu seiner Stadttierwürde gekommen sein. Denn das Wort Berlin hat nichts mit Bär zu tun, sagen die Gelehrten, vielmehr bedeutet es hier wie an mehreren anderen Orten, wo Plätze so heißen, auf wendisch das Wehr. Und solch ein Wehr oder Wasserrechen verband in der wendischen Vorzeit das rechte und das linke Spreeufer, so daß schon vor den Zeiten des Mühlendamms eine Gemeinschaft zwischen den späteren Orten Berlin und Cölln bestand. Aber nun ist der Bär einmal unser Stadttier geworden, und der von Wrba ist besonders sympathisch. Jetzt schaut der spitze grüne Turm der Parochialkirche auf uns nieder, in dem ein schönes Glockenspiel Sonntag und Mittwoch mittags erklingt.
In der benachbarten Parochialstraße stehen ein paar uralte Häuschen, die bald abgerissen werden sollen. Sie sind so baufällig, daß die Baupolizei den Aufenthalt von Menschen darin nicht länger dulden kann. Man weiß aber oft gar nicht recht, wer da wohnt, und so werden denn die unbekannten Einwohner durch Anschläge aufgefordert, die Stätte zu räumen. Eins heißt bei den Nachbarn das Spukhaus, dessen ›Schwarzmieter‹ lassen sich tags überhaupt nicht sehen. Da sind die Fenster und Türen zum Teil schon herausgenommen. Ein anderes ist die provisorische Stätte einer sehr merkwürdigen Ausstellung. Da hat ein Friedensfreund sein ›Antikriegsmuseum‹ aufgemacht.

Als Blumentöpfe hat er vor dem Laden Helme aufgehängt, wie man sie im Schützengraben trug. In der Auslage gibt es vielversprechende Sprüche und Bilder. Stufen führen hinunter in einen kellerähnlichen Raum, der hinterwärts an ein schon im Abbruch begriffenes Stück Haus stößt. Ein Todesgrinsen liegt auf den Photographien gräßlich Verwundeter, den Waffenteilen, Geschoßstücken, den Mobilmachungsbefehlen und Aufforderungen zu goldenes Zeitalter verheißenden Kriegsanleihen. Helmchen und Säbelchen für die lieben Kinder zu Weihnachten, Kissen, auf denen gestickt zu lesen ist ›Unserem tapferen Krieger‹, Erkennungsmarken, Auslandskarikaturen auf die Großen der großen Zeit, Seifenkarten, Brennholzscheine, ›deutscher‹ Tee neben Bleisoldaten und Tassen mit der Inschrift ›Gott strafe England‹. Eine lehrreiche Sammlung, die hoffentlich eine würdige Stätte finden wird, wenn hier alles abgerissen ist.

Ein paar Schritte weiter die Jüdenstraße hinauf öffnet sich zwischen den Häusern ein Durchgang zum sogenannten Großen Jüdenhof – wie schon das Beiwort andeutet, hat es außer ihm ehedem noch einen kleinen nicht weit von hier gegeben, der inzwischen einer Straßenverbreiterung zum Opfer gefallen ist. Der große aber ist noch ganz vorhanden und umgibt mit einem Dutzend Häuser einen stillen hofartigen Platz. Vor dem stattlichsten der Häuser, in das eine Freitreppe mit Eisengitter führt, steht ein alter Akazienbaum. Unter diesem Baum ›vor dem Haus mit der Treppe‹ sollen die Juden, als sie wieder einmal vertrieben wurden, ihr Gold vergraben haben – sie wußten gewiß, der Markgraf oder Kurfürst, der sie fortjagte, werde bald wieder seine ›Kammerknechte‹, so nannte man sie, nicht entbehren können. Das war in der Zeit, als sie hier hinter Eisentoren hausten, die des Nachts verschlossen und bewacht wurden. Auf der Straße durften sie sich nur in ihrer Zwangsuniform, Kaftanen von bestimmten Farben und spitzen Hüten, zeigen. Festen Wohnsitz durften sie nicht erwerben, auch nicht während der Märkte und Messen Handel treiben, und sie mußten hohe Schutzgelder zahlen. Offenbar wird es ihnen hier doch gefallen haben, denn aus jeder Verbannung sind sie, sobald sie konnten, wieder hierher zurückgekehrt, haben Reichtümer erworben, sich verdächtigen und foltern lassen. In ausführlichen Darstellungen und Bildern ist die Geschichte jenes Lippold erhalten, der an des Kurfürsten Hof in hohem Ansehen stand, aber von dem Sohn und Nachfolger seines Gönners schwer beschuldigt und zu qualvollem Sterben verurteilt wurde. Der Henker im hellgrauen Hut mit der roten Binde mußte ihn auf dem Armesünderkarren von Stätte zu Stätte führen, wo der Karren an einer Ecke hielt, gräßlich martern und endlich auf dem Markte vierteilen. Die Gassenbuben liefen hinterdrein von Ecke zu Ecke, es war ein Fest für sie, zuzusehen, wie der Henker dem Verurteilten den Staupbesen gab. Als dann humanere Zeiten kamen, bezogen die Juden Quartiere außerhalb des alten Ghettos, das nun ganz zum Idyll mitten in der lärmenden Stadt geworden ist.

Etwas Ghettoähnliches gibt es noch heute an anderer Stelle, übrigens auch nur noch für kurze Zeit, denn das Scheunenviertel mit seinen vielen Gassen zwischen Alexanderplatz und Bülowplatz, das dieses Wahlghetto birgt, ist im Begriff, vom Erdboden zu verschwinden. Man muß sich beeilen, wenn man das Leben in den Straßen mit den merkwürdig militärischen, gar nicht ans Alttestamentarische erinnernden Namen wie Dragoner- und Grenadierstraße, noch kennenlernen will. Schon erheben sich die neuen Häuserblöcke und überragen die Reste, die langsam Ruine werden. Aber eine Zeitlang gehen noch die Männer mit den altertümlichen Bärten und Schläfenlocken in langsamen, die schwarzhaarigen Fleischertöchter in munteren Gruppen den Damm ihrer Straße auf und nieder und reden Jiddisch. An Läden und Stehbierhallen sind hebräische Inschriften. Noch sind diese Straßen eine Welt für sich und den ewigen Fremden eine Art Heimat, bis sie, die vor noch nicht langer Zeit von einem Schub aus dem Osten hergetragen worden sind, sich soweit in Berlin akklimatisiert haben, daß es sie verlockt, tiefer in den Westen vorzudringen und die allzu deutlichen Zeichen ihrer Eigenart abzutun. Es ist oft schade darum, sie sind eigentlich so, wie sie im Scheunenviertel herumgehen, schöner als nachher in der Konfektion und an der Börse.

Böse Zungen haben die schmale Privatstraße, die von der Potsdamer an alten Gärten entlang führt und zur Lützowstraße umbiegt, das neue Ghetto genannt. Dieses Scherzes sind die, welche hinter dem Gitter des Durchgangs wohnen, wohl kaum würdig, man wird da keinen Kaftan und keine Schläfenlocke finden.

Rasch fährt unser Wagen durch die Klosterstraße. Er hält nicht vor den Wandelgängen des alten Gymnasiums zum Grauen Kloster, dem ältesten Berlins. Es ist aus dem Kloster der Franziskaner oder Grauen Brüder hervorgegangen und enthält in seinen Mauern noch Konvent- und Kapitelsaal. Im Hofraum erhebt sich die Klosterkirche. Sie ist von dem großen Brande des Jahres 1380 bis auf den Turm unversehrt geblieben, und ihre Mauern bergen das meiste Mittelalter von allen Berliner Kirchen. Im dämmerigen Chor wird der Besucher die fünfzig Gestühle der Mönche bewundern, sie sind aus Eichenholz, mit reichem gewundenen Schnitzwerk geziert. Über ihnen sind in der Wandbekleidung geschnitzte Sinnbilder, merkwürdige Allegorien der Passionsgeschichte, ein Zählbrett mit Silberlingen, das den Verrat des Judas, zwei aneinandergeschmiegte Köpfe, die seinen Kuß bedeuten, Fackel und Laterne gemahnen an die nächtliche Verhaftung im Garten Gethsemane, Ket-

ten an Jesu Fesseln, Schwert und Ohr an Petri Hieb nach dem Knecht der Hohenpriester.
Als das Gymnasium gegründet wurde, bekam es nur die Hälfte der Klostergebäude, die andere, und zwar die nach dem sogenannten Lagerhause zu, bekam Leonhard Thurneysser, der Tausendkünstler aus Basel. Er hatte hier und in dem Lagerhause selbst seine Buchdruckerei, Schriftgießerei, Werkstätten für Holzschnitt und Kupferstich, er machte Goldtinkturen und Perlenelixiere, Amethyst- und Bernsteinessenzen, ja auch Schönheitswässer für die Damen der hohen Gesellschaft, die ihn jede einzeln in Dankbriefen baten, er solle doch ja keiner anderen den gleichen Zaubersaft zukommen lassen. Man erzählte sich von ihm, daß er Satan in Gestalt eines Skorpions in einem Glase gefangenhalte und daß täglich drei schwarze Mönche mit ihm speisten, die gewiß Abgesandte der Hölle seien.
Das Lagerhaus war hervorgegangen aus dem Hohen Hause, der alten Markgrafenresidenz, die der erste Zollernkurfürst bezog und seine Nachfolger erst verließen, als ihre Zwingburg zu Cölln an der Spree vollendet war. Da wurde dann das Lagerhaus wie alles in dieser Gegend Burglehen. Was in diesen Burglehen hauste, war abgabenfrei, aber zum Schloßschutz verpflichtet. Aus den Burglehen sind die späteren Freyhäuser geworden, deren noch eine Reihe an den Inschriften überm Hauseingang kenntlich sind. Die Geschichte des Hohen und späteren Lagerhauses ist interessant: hier wurde von Friedrich II. der Schwanenorden gestiftet. Bei der Aufteilung kam es an einen Ritter von Wardenfels und nach ihm an eine Reihe Adliger und Geistlicher. Im siebzehnten Jahrhundert wurde es eine Zeitlang Privatbesitz, im achtzehnten Ritterakademie. Dann gab es Friedrich Wilhelm I. dem Staatsminister Johannes Andreas Kraut als Lagerhaus für Wollwaren. Der König, der für sein Militär kein ausländisches Tuch kaufen wollte, begünstigte sehr die Fabrik seines Getreuen. Sie ist erst im

Anfang des 19. Jahrhunderts eingegangen. Die Räume wurden staatliche Dienstlokale. Eine Zeitlang war das Geheime Königliche Staatsarchiv darin. Jetzt steht an den Erdgeschoßfenstern des immer noch stattlichen Hauses ›Zu vermieten‹.
An dem mächtigen Gebäude des Land- und Amtsgerichts entlang kommen wir zu den Stadtbahnbögen und dem Alexanderplatz, auf dem es zur Zeit recht unordentlich aussieht, weil hier ein ganzes Stadtviertel eingerissen und umgebaut wird. Die Heimlichkeiten der Umgebung dieses Platzes zu erforschen, ist hier vom Fremdenwagen aus keine Zeit. Das muß einem Spaziergang nach dem Osten vorbehalten bleiben. Ein Stück Neue Friedrich- und ein Stück Kaiser-Wilhelm-Straße fahren wir bis zum Neuen Markt. Zu Fuß wären wir dahin die schmale Kalandsgasse gegangen und hätten uns der etwas rätselhaften Kalandsbrüder erinnert, von denen sie ihren Namen hat und deren Kalandshof hier im Schatten von Sankt Marien stand. Die alte Elendsgilde dieser Gesellen, deren Name rätselhaft bleibt (die Deutung nach *calendae* wird angezweifelt), verwandelte sich mit der Zeit aus einer nach gestrengen, in manchem an Templersitten gemahnenden Gesetzen lebenden Bruderschaft der ›elenden Priester der Propstei‹ in eine recht wüste Rotte, deren Lebensweise bewirkte, daß man hierzulande unter ›Kalandern‹ eine besonders wüste Art Müßiggang verstand.
Auf dem Neuen Markt steht vor der Marienkirche ein großes Lutherdenkmal. Da ist der Reformator mit obligater Bibel nebst seinem ganzen Stabe zu sehen. Die Mitstreiter bewohnen sitzend und stehend den breiten Sockel des großen Steinwerks, und zwei sitzen sogar noch auf den Treppenwangen.
In alter Zeit hat hier ein Galgen gestanden für Soldaten, die zu einem schimpflichen Tode verurteilt waren. Als er errichtet wurde, war gerade Peter der Große von Rußland bei König Friedrich Wilhelm I. zu Besuch. Der Zar interessierte sich sehr

für das neue Hinrichtungsinstrument und bat den König, an einem seiner langen Kerle den Apparat auszuprobieren. Als der König sich entrüstet weigerte, sagte Peter: ›Nun, dann können wir's mit einem aus meinem Gefolge versuchen.‹ Hoffentlich haben die Monarchen von diesem Versuch Abstand genommen. Es ist immerhin besser, daß jetzt da kein Galgen, sondern nur ein Denkmal steht. Am besten aber stünde gar nichts oder nur die bunten Buden eines Marktes wie in früheren Zeiten. Die Marienkirche hat breite Steinquadern, Granit der Findlingsblöcke, aus der Zeit, bevor man in der Mark mit Backstein baute.

Diese Kirche, mein lieber Fremder, mußt du dir innen anschauen, wenn du irgend Zeit hast. Da ist eine wunderbare Kanzel von Schlüter. Und das Ergreifendste an dieser Kanzel sind zwei große Engel, welche die Ekstase von den tastenden Zehen bis zu den emporgedrehten Hälsen bewegt. Im Flaum ihrer mächtigen Marmorflügel zittert Verzückung. In den Kapellen schöne Grabmonumente: hinter schmiedeeisernem Gitter das reichverzierte Grabmal eines Patrizierehepaars. Zwischen derben Engeln ein wackerer Reitersmann mit dem würdigen Vorbauch der Wallensteinzeit, halbleibs über einem Totenkopf betend. Eine süß lagernde Barockputte zeigt auf das Reliefbildnis einer Verstorbenen. Im Chor das große Grabmal des Grafen Sparr, der ein Wohltäter der Kirche war; ein Antwerpener Künstler soll das geschaffen haben. Der Feldmarschall kniet mit den bepanzerten Beinen in säulenumgebener Kapelle vor seinem Betpult auf einem Marmorkissen. Unterm Pult aber legt ein Hündchen die Pfote über die Leiste und schaut zu seinem Herrn hinauf. Das hat ihm einmal, als er auf Feldwacht war, des Feindes Ankunft durch Bellen verraten, darum ist es hier zu Füßen seines Herrn begraben. Hinter dem Grafen steht ein schöner Page und hält den federngeschmückten Helm seines Herrn. An Sparrs Türkensiege erinnern die

Gestalten von Mars und Minerva, die da oben von rechts und links her sein Wappen halten. Zu ihren Füßen hocken je zwei mit Fesseln an Kanonenrohre geschmiedete Sarazenen. Hier wie in Sankt Nikolai und in der Klosterkirche sah sich der Adel und die Patrizierschaft von den Grabmälern der Ahnen umgeben, und sie sind eine Welt für sich: die aufrecht stehenden Grabsteine an den Wänden, die abgetretenen Sandsteinplatten, auf denen die Wappen mit den reichen Helmen dem Hinschauenden langsam deutlicher werden, die Holztafeln mit Bildern der Stifter, umgeben von steinern rankender Allegorie. Zu all diesem Grabgestein in der Kirche und an ihren Außenmauern muß man nun noch die Gräber des Volkes hinzudenken, die vor der Kirche auf Plätzen waren, über welche Herden weideten und die auch zur Bleiche oder als Seilerbahn dienten. Mehr und mehr sind diese Friedhöfe von den Kirchen abgewandert. Nur ganz wenige sind noch bei ihrem Gotteshaus wie der alte Parochialfriedhof. Schon unter Friedrich Wilhelm I. fing man an, die Begräbnisplätze der Gemeinden vor die Tore der Stadt zu verlegen.

In der Marienkirche findet sich noch etwas, wovon ich sprechen muß, und zwar in der Turmhalle. Da läuft ein über zwanzig Meter langes Fresko die Kirchenwand hin, das man erst vor einem halben Jahrhundert unter der Tünche entdeckt hat, mit der es bilderfeindliche Zeiten verbargen. Vor blauem Himmel und grünem Anger bewegen sich zwischen den tanzführenden Toden geistliche und weltliche Gestalten. Neben der Kanzel des braunbekutteten Franziskaners, zu dessen Füßen teuflische Fratzenungeheuer den Tanz lauernd und musizierend verfolgen, beginnt den Reigen der Küster im Chorhemd, von einem Tode angefaßt, der seine Linke dem nächsten Geistlichen reicht, den verbindet der grausige Nachbar mit dem grauen Augustiner, den wieder einer mit dem Kirchherrn in rotem Gewand, und so geht es weiter über den Kartäuser, den Doktor

— den zählte das Mittelalter auch zu der Geistlichkeit und ließ ihn mit frommem Schauer die Flüssigkeit in seinem Glase beschauen —, den zierlichen Domherrn, den feisten Abt, den prunkenden Bischof, den roten Hut des Kardinals bis zu des Papstes dreifacher Tiara. Hinter dem Papste bildet die Wand eine Ecke, und da ist der Tanz durch das Bildnis des Gekreuzigten unterbrochen, zu dem die Mutter und der Lieblingsjünger betende Hände erheben. Dann kommen die Weltlichen. Zunächst wird hier der Kaiser mit Zepter und Krone und blaugolden gekleidet vom Tode zur Kaiserin hingetanzt, die ihr Schleppgewand rafft. Sehr jung in seinen hellen Tuchschuhen ist der König. Im Harnisch muß der Ritter, in pelzverbrämter Schaube der Bürgermeister sich zum Tanze bequemen und sich's gefallen lassen, daß, nur eine Todesbreite von ihm entfernt, der Wucherer, nicht minder vornehm und verbrämt angetan, denselben Reigen tritt. Der Junker in Joppe und prallem Beinkleid, der Handwerksmann im Kittel und ein armer stolpernder Bauer folgen. Den Abschluß aber macht im Schellenkleid der Narr. Der immer selbe und immer verschiedene Tod, der bald schreitend, schleifend, bald mit erhobenem Fuße hüpfend die Menschenkinder zum Reigen vereint, ist nicht eigentlich als Gerippe dargestellt wie auf den meisten Totentänzen, sein magerer Leib ist nur umrissen, nicht Skelett, auf den spitzigen Knochen seines Gesichtes wechseln in reicher Variation die Grimassen starren und belebteren Hohnes. Um die Schultern hängt ihm als Mantel, der seinen Leib frei läßt, das weiße Grabtuch. Und einmal in der Gestalt, die nach dem Heiligen Vater greift, ist er ganz nackt.

Es ist das älteste Stück Berliner Malerei, was wir hier im Kirchendämmer wandentlang wandern sehen. Und in altem Niederdeutsch stehen, zum Teil erloschen, bittere Reime darunter, die von der Unabwendbarkeit des Reigens reden. Der ist ja nicht so berühmt wie die Totentänze von Lübeck, Straßburg,

Basel usw., aber er hat ergreifende Realität und berlinische Helle und Kühle. Die Menschen, für die dieses Bild gemalt wurde, haben übrigens das große Sterben und die Lebenslust mit einem wirklich getanzten Reigen gefeiert, der Totentanz hieß. Der kam nach einem der großen Pestjahre auf, in einer Zeit, in der, wie immer nach der furchtbaren Seuche (und oft schon, während sie wütete, ihr zum Trotz), die Freude am Dasein besonders stark war. Bei diesem Tanze traten jung und alt unter Jubel und Gelächter zu einem Reigen zusammen. Plötzlich hörte die muntere Musik mit einer schrillen Dissonanz auf, eine leise düstere Melodie hob langsam an und ging in einen Trauermarsch über, wie er bei Begräbnissen gespielt wurde. Währenddessen legte sich ein junger Mann auf den Boden und blieb dort regungslos ausgestreckt wie ein Toter. Die Frauen und Mädchen tanzten um ihn herum, gaben ihrer Trauer in komischer, höhnischer Weise Ausdruck und sangen lustig ein Trauerlied dazu, dem allgemeines Lachen Echo machte. Dann traten sie eine nach der anderen an den Toten heran und suchten ihn durch Küsse ins Leben zu rufen. Eine Ronde der ganzen Gesellschaft beschloß den ersten Teil der grotesken Zeremonie. Beim zweiten Teil tanzten Männer und Jünglinge um eine, die die Tote spielte. Ging es dann ans Küssen, war des Jubels kein Ende.

Wir kreuzen die Spandauer Straße. Ehe wir südlich wenden, ein Blick auf die Heiligegeistkapelle. Sie ist erhalten geblieben, indem man ein neues Haus, die Handelshochschule, ihr anbaute und sie diesem Hause so einfügte, daß sich in ihrem tief herabreichenden Ziegeldach mit den Mansardenfenstern das Dach der Hochschule fortsetzt. Innen ist sie jetzt Vortragssaal. Zu dem gotischen Sterngewölbe steigen Belehrungen über Bilanz, Buchführung und Bankwesen empor. Im Mittelalter lag sie am Armenhospital zum Heiligen Geist. Viel Efeu rankt um die spitzbogigen Fenster.

Wir kommen an der Hauptpost vorbei und zum Ratshaus, dem ›Roten Hause‹ aus Ziegelstein und Terrakotta. Den hohen Turm mit den schmalen Säulen an den durchbrochenen Eckvorsprüngen haben wir auf unserer Fahrt schon ein paarmal über alle Dächer ragen sehen, und er wird uns noch ein ganzes Stück nachschauen. Von dem alten Ratshause, an dessen Stelle dies Gebäude in den sechziger Jahren des vorigen Jahrhunderts errichtet worden ist, gibt es in dem Park des Schlosses Babelsberg bei Potsdam noch einen Rest zu sehen, die Gerichtslaube mit ihrem allegorischen Zierart, dem Affen der Wollust, dem Adler des Raubes und Mordes, dem Wildschwein der Verkommenheit und einem seltsamen Vogel mit Menschengesicht und Eselsohren, dem blutsaugenden Vampir der Habsucht und des Wuchers.

Nun fahren wir die Königstraße bis zur Spree und erreichen die ›Lange Brücke‹, die jetzt Kurfürstenbrücke heißt. Da läßt unser Führer halten, um uns das berühmte Denkmal des Großen Kurfürsten zu erklären. Während unten am Sockel die Sklaven grollend sich ducken, einer die gefesselten Hände zu dem stolzen Überwinder hebt, der Führer von Schlüters Entwurf und von Johann Jacobis Erzguß berichtet, denke ich an die Volkssage, nach welcher der da oben in seinem Imperatorenmantel auf seinem ehern schreitenden Roß in der Neujahrsnacht Schlag zwölf mit einem Geistersprung das hohe Postament verläßt und durch seine gute Stadt reitet, zu sehen, was aus ihr geworden ist. Vor ihm auf dem Sattel sitzt dann das Kind von Fehrbellin, welches er selbst aus dem brennenden Hause gerettet hat, in dem die Schweden alle anderen Lebendigen erschlagen hatten, und das sein schützender Engel wurde. Schlag ein Uhr kehrt er auf seinen Sockel zurück. Unter diesem Sockel aber ruht ein reicher Schatz. Diesen Hort darf nur der Preußenfürst heben und der auch nur, wenn er in großer Not ist.

Der Führer zeigt uns von hier teils rekapitulierend, teils ankündigend Ausblicke auf das Dammühlengebäude, das Rathaus und die ältesten Teile des Schlosses, den grünen Hut und die Schloßapotheke, erzählt uns dabei von der kleinen Zwingburg des zweiten Zollernkurfürsten und dem Renaissanceschloß, das Kaspar Theyss für Joachim II. erbaute. Das hören ein paar Straßenjungen mit an. Denen kommen wir armen Fremden recht lächerlich vor. Sie machen des Führers erklärende Gebärden nach und rufen ›Det da drüben is Wasser und die ins Auto sind Zoologscher Jarten‹.

Wir dulden still, bis der Wagen weiterfährt, um vor dem Neptunsbrunnen und den herrlichen Säulen und Pilastern an der Südfassade des schönen Schlüterbaues wieder zu halten.

Etwas zu lange verweilt unser Führer bei dem Brunnen, an dessen Rand es immerhin eine gut lagernde Nixe mit einem Fischnetz im Schoße gibt, und dem ehemaligen königlichen Marstall drüben, von dem nur zu sagen ist, daß er stattliche Breiten- und Höhenmaße aufweist und jetzt eine städtische Bibliothek mit vielen interessanten Büchern über Berlin enthält. Ich bleibe während seiner Erläuterungen mit den Augen auf Schlüters Pilastern, Fensterfassungen und den Statuen über dem Gitter des Balkons. Auf diesem Balkon mußte am 19. März 1848 König Friedrich Wilhelm IV. erscheinen, um die Bürgerleichen zu sehen, die von der Breiten Straße nach dem Schloß angefahren wurden. Die Volksmenge sang und schrie, und alles hatte den Kopf entblößt, nur der König hatte die Mütze auf, da hieß es gebieterisch ›Die Mütze herunter!‹ und er nahm sie ab. Die Leichen wurden durchs Schloß nach dem Dom gefahren. Auf dem inneren Schloßhof machte der Zug halt, und dort mußte wiederum der König auf der Galerie erscheinen, vieles anhören und das Haupt entblößen.

Wir fahren um die Ecke und halten vor dem Eosanderportal. Hier zwingt der Erklärer unsere Blicke, statt sie auf diesem

Auf dem Alexanderplatz, 1927

Abbrucharbeiten hinter dem Alexanderplatz, um 1929

barock gesteigerten Severusbogen von Berlin zu lassen, hinüber zu den Steinfalten, Allegorien, trophäenraffenden Löwen und Umbauten des Begasschen Nationaldenkmals für Kaiser Wilhelm I., dem da oben eine Balletteuse sein Zirkuspferd gängelt, und er behauptet, das Portal und darüber die Kuppel der Kapelle komme erst recht zur Geltung, seit das Nationaldenkmal die alten Gebäude der Schloßfreiheit verdrängt habe.

Da kann man anderer Meinung sein und sich nach dem bescheiden gedrängten Holz- und Mauerwerk zurücksehnen, wie man es auf alten Stichen sieht. Es hat gewiß das Königsschloß gesteigert wie in alten Städten Marktbude und angelehnte Häuschenschar die Kathedrale, von der sie überschattet und gehegt wurden in den Tagen, als echte Pracht gut inmitten echter Armut wohnte.

Unter dem Portal ist der Eingang in das Schloßmuseum. Im Erdgeschoß und einem Teil des ersten Obergeschosses ist seit einigen Jahren Kunstgewerbe untergebracht. Es ist ja noch nicht lange her, da wohnten hier die letzten von der Familie, der man dies Schloß gebaut hat. Wir haben sie noch herausfahren sehen aus den Portalen und auf dem Balkon stehen, von dem aus sie zu dem Volk sprechen konnten. Nun sind alle Räume des Riesenbaus Museum geworden. Außer den richtig zu Museenzwecken eingerichteten Räumen kann man nun auch die anderen, die Königskammern und Repräsentationsräume und sogar die historischen Wohnräume jederzeit besichtigen. Meistens ist leider ein Führer dabei. Es wird einem nicht leicht gemacht, Schlösser anzusehen. In manchen, wie dem reizenden Gartenschlößchen Monbijou, welches das Hohenzollernmuseum birgt, kann man ungestört herumgehen und Krückstöcke, Uhren, Porzellan und Prunktabaksdosen des alten Fritzen, die Zimmer seiner Mutter, das chinesische Kabinett, die kuriosen Wachsbilder der Fürsten und Fürstinnen usw. in aller Ruhe betrachten. Aber so gut hat man es sonst in Berlin, Charlottenburg und Potsdam selten. Meist wird man geführt, und was der Führer erzählt, steht besser, prägnanter und wissender im Baedeker. Und was das schlimmste ist, das Tempo der Betrachtung hängt ganz von ihm und seiner Herde ab. Wenn man nicht Gelegenheit zu einer Sonderführung bekommt, bleibt einem also nichts übrig, als auf gut Glück vor einem schönen Möbel oder Bilde zu verweilen, während der Fremdenwärter sein Sprüchlein über den ganzen Saal aufsagt. Manchmal empfiehlt sich's auch, statt der Altertümer die drollige Gegenwart des Kunst- und Fürstenportiers und seiner filzpantoffelschlurfenden Herde, welche die Anwesenheit von Sehenswürdigkeiten mit merkwürdigen Ausrufen und Aussprüchen begutachtet, zu genießen. Während wir uns freuen, die Räume, die im Berliner Schloß der letzte Kaiser bewohnt hat, in den Zustand zurückversetzt zu finden, in dem seine Vorfahren sie ihm hinterließen, meint der Kundige, der uns nun herumführt und der die letzte Pracht noch gekannt hat, die Räume seien jetzt etwas kalt, und beschreibt ausführlich, was hier vor zehn Jahren an Perserteppichen gelegen, an Schlachtenbildern und Porträts gehangen habe. Er zeigt uns sogar die Stelle, wo die hochmodernen elektrischen Zigarrenanzünder von damals waren. Wenn er in die Zimmer der Kaiserin kommt, muß der Kunstfreund die ganze Zeit, die jener über ihre Gewohnheiten und Lieblingsgegenstände spricht, nutzen, um mit einiger Gründlichkeit die herrlichen Watteaus zu betrachten, die sich als verwunderte Fremdlinge in den Zimmern dieser watteaufernsten aller denkbaren Damen befinden. Und wenn im Charlottenburger Schloß der Wanderwart die gräßliche Trompetenuhr aufzieht und blasen läßt, von der er behauptet, sie habe Napoleon, als er hier übernachtete, aus dem Schlafe geschreckt, halte man sich die Ohren zu und sehe so lange die süße Seide um den Schlaf der hübschen munteren Königin

Luise an, ihre kleinen Öfchen oder ihr apartes Bild in Totenhusarentracht. In solchen Räumen müßte man lange allein oder unter seinesgleichen sich aufhalten dürfen, um mit den Geistern derer zu verkehren, für die einst die Schlüter und Schinkel und ihre Schüler und Helfer gearbeitet haben, und die großen Zeiten des älteren Berlin, das preußische Barock und Rokoko und den preußischen Klassizismus zu erleben.
Einiges wird einem vielleicht auch auf den ersten Blick zuteil, die strotzend blühende Pracht im Rittersaal, den Schlüters Gruppen der vier Erdteile schmücken, die reinen Formen und angenehmen Farben des Parolesaals mit Schadows Marmorgruppe der jugendlichen Kronprinzessin Luise und ihrer Schwester, das Gold und Grün des runden Kuppelkabinetts, das Friedrichs des Großen Schreibzimmer war. Und nach Herzenslust verweilen kann man in dem inneren Schloßhof vor Schlüters Bogenhallen. Die Höfe nämlich versperrt uns kein König mehr und kein Führer zwingt hier zur Eile.
Wir halten an der Lustgartenseite des Schlosses vor den beiden Rossebändigern, die der russische Kaiser dem Preußenkönige in den vierziger Jahren geschenkt hat. Der Berliner Volkswitz nannte sie den gehemmten Fortschritt und den beförderten Rückschritt.
Aus dieser Zeit stammen auch die einzelstehenden Säulen aus geschliffenem Granit an den Ecken der Terrasse, auf denen goldene Adler horsten. Varnhagen, der als kritischer Zeitgenosse beobachtete, fand diese Verzierung zu elegant für das mächtige, schwerfällige, düstere Gebäude und diese Sucht, zu schmücken, sehr geschmacklos. »Die Leute«, schreibt er, »stehen davor und machen ihre Bemerkungen darüber, sie finden die Sache unnötig, man vergleicht sie mit den Achselklappen der königlichen Lakaien, die waren dem König auch zu einfach, es mußte eine Krone hinein.« Den einen goldenen Adler an der Ecke nannten die bösmäuligen Berliner den ›größten

Eckensteher‹ – anspielend auf die vielbewitzelten, etwas faulen und versoffenen Vorläufer des Berliner Dienstmanns. Und sie meinten: Nun weiß man doch, wie das Hotel heißt, das Schild sagt's: ›Zum goldenen Adler.‹ Zu dieser Zeit kurz nach den Revolutionstagen 1848 waren immer noch viel Aufläufe von Arbeitergruppen und Studenten und Lehrburschen unter den Linden und vorm Schloß, da ließ ein Hofmarschall Eisengitter an die Schloßportale befestigen. Die Bürgerwehr konnte nicht verhindern, daß ein großes Gitter von den Arbeitern ausgerissen und an der Kurfürstenbrücke in die Spree geworfen wurde, ein anderes, kleineres schleppten die Studenten auf die Universität. Später ließ man alles ruhig geschehen und sah die Gitter als Denkmal des 18. März an, das Schloß, sagte man, sei dadurch zum Käfig geworden, der König bemitleidenswert, und es sei ein Schildbürgerstreich von ihm, Gitter *nach* der Gefahr zu machen. Die Adler gibt es noch, die Gitter sind gefallen. Das Schloß ist von der Lustgartenseite gesehen schöner, ehrwürdiger und historischer denn je.

Der große weite Platz dem Schloß gegenüber, der Lustgarten, geht bis an die Stufen des Alten Museums, und die führen in ein wunderbares Eiland mitten in der Stadt. Es ist nicht nur topographisch richtig, daß dieser von schützenden Wassern umflossene Stadtteil die Museumsinsel genannt wird. Die Welt, die hier mit Schinkels jonischer Säulenhalle beginnt, ist des jungen Berliners Akademoshain – oder war es wenigstens für meine Generation – und was er auch später im Louvre und Vatikan, in den Museen von Florenz, Neapel, Athen wird zu sehen bekommen, er kann darüber die Säle des Alten und Neuen Museums und unserer großen Bildergalerien nicht vergessen, ja selbst die Wandelgänge hinter den Säulen hier nach dem Platz zu und innen am Neuen Museum entlang und rings

um die Nationalgalerie sind ihm dauernder Besitz und Stätte unvergeßlicher Stunden.
Doch wir wollen in der Stadt und auf der Straße bleiben. Für einen kurzen Besuch der Museen unterrichtet der Baedeker ausgezeichnet, seine einfachen und Doppelsternchen orientieren über das, was eine Art *consensus gentium* letzthin für besonders schön und wertvoll hält, und das hindert niemanden, seine eigenen Entdeckungen zu machen.
Aus der Vorhalle des Alten Museums gelangt man unter die Kuppelwölbung der Rotunde, die mit meist römischen Nachbildungen griechischer Statuen ins Eigentliche einlädt. Es ist schön, in dem Kreis dieser Marmorwesen zu sein, ohne sie genauer anzusehen, und seine Kräfte zu sammeln für all das Wunderbare, was uns im archaischen Saal und in den Sälen des 5. und 4. Jahrhunderts, der Spätzeit und bei den Römern erwartet. Im Oberstock versammelt das Antiquarium die Kleinkunst in Bronze, Gold und Silber, Schmucksachen und die grotesken und reizenden Terrakotten der Meister von Tanagra und ihrer Schüler. In Stülers Neuem Museum wirst du, wenn ich dir raten darf, Fremder, dich nicht allzu lange in dem großen Treppenhaus mit den riesigen Fresken von Kaulbach aufhalten, die sich bekanntlich mit den Hauptmomenten der Weltgeschichte befassen und als Anschauungsunterricht für Volksschulen vielleicht nicht allzu viel Schaden anrichten. Du wirst in der ägyptischen Abteilung gewaltige Statuen und Sarkophage und die holden kleinen Köpfe der Königinnen Teje und Nefretete finden, und bei schwarz- und rotfigurigen Vasen in den Dämmerzustand versinken, in dem man nicht weiß: fließt draußen die Seine oder der Tiber? Werden wir auf dem Posilipp oder im Savoy frühstücken? Gibt's bestimmt eine Gegenwart? Fürs Kupferstichkabinett laß dir etwas Zeit, sieh nicht nur an, was an den Wänden hängt oder in den Glaskästen ausliegt. Man gibt dir gern eine der vielen schönen

Mappen, einen guten Platz, und du kannst dich ein Stündchen gebärden wie ein Kunstgelehrter. Es lohnt. Bis diese Zeilen in deine Hand kommen, ist vielleicht auch schon der Museumsneubau endlich vollendet, den Alfred Messel begonnen hat. Dann wirst du den herrlichen Altar von Pergamon aufgebaut sehen mit seinen Göttern und Giganten. Was die Nationalgalerie anbetrifft, so muß ich als dein Führer durch Berlin dich besonders auf die Bilder hinweisen, in denen Berlinisches verewigt ist. Menzels wunderbares Balkonzimmer und sein Schlafzimmer, das höfische Ballsouper, den Palaisgarten des Prinzen Albrecht, die alte Berlin-Potsdamer Bahn, ferner die Maler des alten Stadtbildes und Volkslebens, vor allen Theodor Hosemann, und Franz Krügers Porträts und seine großen Paradebilder. Berliner Romantik wirst du in den Landschaftsbildern des großen Schinkel, der ja eigentlich kein Maler, sondern ein Baumeister war, finden. Er hat sie für eines der alten Patrizierhäuser in der Brüderstraße gemalt, und wenn du Muße dafür hast, so lies, was Hans Mackowsky in seinen ›Häusern und Menschen im alten Berlin‹ darüber schreibt, und lies weiter, was er von diesem Haus und anderen berichtet, das wird dir eine vergangene Stadt mitten in der gegenwärtigen aufbauen. Über das Kaiser-Friedrich-Museum, das nach dem Manne, der es zu einer Weltberühmtheit gemacht hat, besser Wilhelm-von-Bode-Museum hieße – statt sich auf den recht kunstfeindlichen Herrn zu beziehen, dessen garstiges Reiterdenkmal leider vor der Tür dieser Schatzkammer steht – über diese Welt von Bildern und Bildwerken habe ich hier nichts aufzuschreiben, denn wenn sie auch höchster Ruhm von Berlin ist, so hat sie doch mit unserer guten Stadt selbst nichts zu tun. Man ist hier von ihr noch weiter fort als in den Sälen der griechischen Bildwerke, nach denen in den Versuchen des preußischen Klassizismus eine Sehnsucht – nüchtern abgeblaßt, verhalten, prunkfeindlich und redlich bemüht – hindrängt.

Aber zurück aus dieser schönen Ferne zum Lustgarten und unseren Rundfahrtwagen. Die weite Fläche dieses Platzes hat auch schon etwas inselhaft Ruhevolles. Von der langen Schloßfront mit den breiten Portalen ist – hoffentlich auf recht lange Zeit – keinerlei Gegenwart vorauszusehen. Die einzige Unruhe an dieser gelassenen Stätte ist der Dom mit seinen vielen Hochrenaissanceeinzelheiten, Nischen, Hallen, Kuppelaufsätzen. Er macht sich da breit, wo noch bis in die neunziger Jahre ein kleinerer aus Friedrichs Tagen stand. Er bedeckt eine Fläche von 6270 qm, während der Kölner Dom es nur bis zu 6160 qm gebracht hat. Es ist höchst überflüssig, hineinzugehen, denn auch innen verletzt dieses Riesengefüge aus eitel Quantität, Material und schlecht angewandter Gelehrsamkeit jedes religiöse und menschliche Gefühl. Die Akustik soll übrigens ausgezeichnet sein, und um sie zu verstärken, hängen eigens noch Bindfäden von der Innenkuppel des Mittelbaues. Mit Recht verkündet ein marmorner Engel ›Er ist nicht hier, Er ist auferstanden‹. Wahrhaftig, hier ist Er sicher nicht. Schade um ein paar schöne Sarkophage, mit denen die Namen Peter Vischers und Schlüters verbunden sind. Vielleicht kommt noch einmal eine Zeit, in der man dieses Gebäude und manches andere so kurz entschlossen abreißt, wie man es jetzt mit häßlich gewordenen störenden Privathäusern tut. Dann wird diese Stätte ganz der Vergangenheit und Ruhe gewidmet sein.

Belebt wird sie auch jetzt immer wieder nur, wenn Volksversammlungen sich ihrer bemächtigen, und dafür ist sie sehr geeignet, seit der Lustgarten nichts als ein großer Sandplatz ist. Sein Name erinnert noch an eine ganz andere Zeit, die der Parkkunst, der Grotten und Grottierer. In des Großen Kurfürsten und seines Sohnes Tagen waren hier ein Kolossalneptun mit Grotten und Wasserstürzen zu sehen, Vexierspringbrunnen und die Riesenmuscheln an Meinhards Lusthaus. Da hatten die ›Grottenmeister, Sprützenmacher und Stukkateure‹ reichlich Arbeit wie später wieder unterm Großen Friedrich, dem sie in Sanssouci eine Neptunsgrotte, im Neuen Palais einen Muschelsaal bauten. Auf der Remusinsel zu Rheinsberg schufen sie das chinesische Haus. Und später hat dann noch der Erbauer des schlichten Landschlößchens zu Paretz in einem Parkwinkel als eine Art Relikt aus der Rokokozeit ein muschelbuntes japanisches Tempelchen errichtet. Die letzten Nachklänge dieser Grottenkunst aber sind mitten in der Großstadt die schaurigen Tropfsteingebilde an den Aufgängen zu veralteten Nachtlokalen und an den Bühnenrahmen verstaubter Tingeltangel. Den nüchtern verständigen Friedrich Wilhelm I. verdrossen die Blumenparterres und Lusthäuser dieses Paradieses seiner Vorfahren. ›Alfanzereien‹ nannte er das und machte aus dem Pomeranzenhaus eine Tapetenfabrik mit einer Art Börse im oberen Stockwerk und aus den Blumenparterres einen Exerzierplatz für seine Grenadiere. Seit hier nun nicht mehr exerziert wird, kann das freie Volk seine Versammlungen abhalten. Da kann man mit Fahnen und Fähnchen zum Beispiel die Kommunisten demonstrieren und lagern sehen. Rote Pfingsten: Sie sind weither gekommen aus allen Teilen Deutschlands, Textilproleten aus dem Erzgebirge, Kumpel aus den Zechen in Hamm und in der Kanonenstadt Essen, die eine Hochburg der Rotfront geworden ist, dazu rote Marine von der Waterkant. Aber auch das fernere Europa und die weite Welt senden ihre Vertreter; die Schutzwehr der Schweizer Arbeiterschaft, die tschechische Arbeiterwehr rückt an mit Fahnen und Plakaten, und ehrfürchtig wird die Sowjetstandarte begrüßt. In langen Zügen sind sie hermarschiert von den Enden der Stadt, seltsame Musikinstrumente wandern ihnen voran, Trompeten mit mehreren Schlünden, Jazztuben, Negertrommeln. Diese Kämpfer sind uniformiert, wie auch die es waren, die sie kämpfend ablösen wollen. Kriegerisch gegürtet sind die grauen Blusen und braunen Kittel. Und wie einst von den Tressen der Chargierten wird jetzt das Wanderbild des Zuges skandiert von den roten Armbinden der festleitenden Flügelmänner. Sogar die Kinder haben ihre Uniform. In weißen Hemdblusen mit rot flatternden Krawatten haben sie ihr Lastauto erklommen, dessen Aufschrift die Abschaffung der entwürdigenden Prügel verlangt. So einen Zug habe ich begleitet von der Bülow-Promenade im Südwesten, die Yorkstraße hin unter den Bahnübergängen, deren Eisenbrücken das ›Rot Front!‹ und das ›Seid bereit!‹ mächtig widerhallten. Von den bürgerlichen Klebebalkons der langen Avenuen schauten etwas verdrossen alte Männer und Frauen auf das muntere Volk, das waren vielleicht pensionierte Beamte, die sich noch nicht ›umgestellt‹ haben. Aus den Seitenstraßen aber wehten rote Fahnen von den Häusern, und ein paar Jungen auf Rädern, deren Reifen rot umwickelt waren, schlossen sich an. So ging es weiter das Planufer hin und über die Kanalbrücke in die Altstadt. In der Alten Jakobstraße stand auf einem Altan, das Haar im Wind, ein graues Weib wie eine Parze des Weltgeschicks oder Furie der neuen Begeisterung. Jüngere lagen sonntäglich träge mit nackten Armen auf ihren Fensterkissen und freuten sich an dieser Musik und Menge wie ehedem am Aufmarsch der Soldatenkompanien. Die Geschäftshäuser der Markgrafenstraße waren ganz menschenleer. Nur auf einem hohen Dach bewegte sich ein Wesen und winkte mit einem winzigen Fähnchen. In der Oberwallstraße wehte dem Zug eine tiefe Stille entgegen von dem Torbogen, der die verträumte Auffahrt und die alten Balkone und Mansardenfenster des Prinzessinnen-Palais abschließend schützt vor aller Gegenwart. Durch dies Tor drang der Zug, um auf dem Platz vor dem Zeughaus mit den Zügen aus anderen Vorstädten zusammenzutreffen.

Eine unabsehbare Menge erfüllte in Einzelgruppen und Zügen

von der Schloßbrücke bis zur Kaiser-Wilhelms-Brücke den ganzen Lustgarten und die Schloßfreiheit. Die Schloßfront entlang liefen an den Gittern rote Plakatbänder, hinter denen sowohl die Bronzestandbilder der niederländischen Fürsten und des Admirals Coligny wie auch die der beiden liberalen Rossebändiger fast verschwanden, abgetan von den flammenden Buchstabenbändern. Auf der obersten Stufe der Domtreppe stand ein Redner, dessen verkündigende Schlußworte die Menge unten wiederholte wie die Gläubigen in der Litanei des Priesters Worte. Rings auf dem Anstieg zum Denkmal Friedrich Wilhelms des Gerechten, der seinen Luftritt beklommen fortsetzte, und um die Granitschale herum und auf der Museumstreppe unter der Amazone, die den Tiger abwehrt, und unter dem Löwenkämpfer lagerten die Massen und sahen hinunter auf die vielen hin und her wandernden Züge mit ihren Fahnen, Plakaten und Karikaturpuppen, die den Genfer Völkerbund verhöhnten, und hinüber zu der Meetingsbevölkerung des Kaiser-Wilhelm- und National-Denkmals an der Schloßfreiheit.

Den Dom, von dem ich wegschaue, so gut es geht, erspart uns der Rundfahrtführer nicht, er läßt eine schrecklich lange halbe Minute vor ihm halten und nennt ihn ›sehr hübsch, besonders innen‹. Aber mir zum Trost ist hier dicht vor uns an der Bordschwelle ein holdes kleines Gefährt gelandet. Auf roten Kinderwagenrädern bauen sich zwei Etagen auf mit Glasscheiben, darinnen stehen blinkende Nickelmaschinen mit Tellerchen und Löffelchen. Ein Eisverkauf: eine niedliche Zwergenwirtschaft, durchschimmernd wie Schneewittchens Sarg.

Ein Blick übers Wasser auf die Börse in der Burgstraße. Von ihren ›Renaissanceformen‹ gilt, was schon über die Reichsbank gesagt wurde. Sie ist der erste Bau aus echtem Sandstein im neueren Berlin. Für uns ist das Innere des Gebäudes erheblich interessanter als seine Architektur und Skulptur. Mir ist einmal gestattet worden, von der Galerie auf die drei großen Säle hinunterzusehen, in denen sich die Berliner Kaufmannschaft zur Mittagszeit versammelt. Ich sah die vereidigten Makler hinter ihren Schranken, die wilde Menge, welche sich um ihre beweglicheren Kollegen schart, die Gebärden des Kaufs und Verkaufs, erhobene Hände, die ›Brief‹ winkten, gespitzte Finger, die ›Geld‹ bedeuteten, sah die Nischen der Großbanken, die Tische der kleineren, viel Lebhaftes im Saal der Industriepapiere, Gelinderes im Saal der Banken und in dem des Getreides die Tüten und blauen Kästchen mit Roggen- und Weizenproben in den Händen der Händler. Man könnte stundenlang niedersehen auf dies Meer von Glatzen, unruhigen Schultern, winkenden Händen, auf die Schicksalszahlen, welche auf den Tafeln sinkend und fallend wechseln, auf die gelben und blauen Lichter, die, besondere Winke bedeutend, in den Ecken aufflammen. Vor dem Ausgang zur Burgstraße warten allerlei Händler und Bettler; und aus der Art, wie ihre Gegenwart von den heraustretenden Handelsherren berücksichtigt wird, könnte man Schlüsse auf die guten oder schlechten Geschäfte machen, von denen sie kommen.

Wir fahren über die Schloßbrücke, deren schöner Schwung und gußeiserne Brüstung auf Schinkel zurückgeht. Die berühmten acht Marmorgruppen: Kriegs- und Siegesgöttinnen, junge Krieger lehrend, erwachsene geleitend, habe ich leider nie mit ernsten Blicken ansehen können, da in meiner Schuljungenzeit so unvergeßliche, nicht zu wiederholende Witze über ihre besondere Art von Nacktheit gemacht wurden. Nun lese ich in Varnhagens Tagebüchern, der Kultusminister Raumer habe an den König Friedrich Wilhelm IV. den Antrag gestellt, die nackten Bildsäulen von der Schloßbrücke wieder abnehmen zu lassen und sie im Zeughaus zu verwahren. Erfreulicher ist, daß um dieselbe Zeit Bettina von Arnim zu Varnhagen sagte, auch sie verdamme die Schloßbrückengruppen, aber nicht aus Nacktheitsgründen. Er selbst notiert, daß sie wohl schön gearbeitet seien. ›Aber das Antike ist nicht antik genug, ist wider Willen modern, ohne zu den anderen Bildsäulen, denen der Generale, zu passen. Sie stehen auch zu hoch.‹ Brummig fügte er hinzu: ›Ein Unstern waltet über unserem Kunstwesen, nie etwas Rechtes, Ganzes, Übereinstimmendes.‹ Nun, wir wollen das nicht weiter erörtern, sondern lieber einen raschen Blick werfen auf eine Berliner Sehenswürdigkeit, die kein Reisebuch verzeichnet.

Ich meine da rechts unten im Wasser, dessen Ufer am Zeughaus entlang geht, den angeketteten Spreekahn. Den habe ich vor kurzem zum erstenmal besichtigt. Ich kam zufällig vorüber und sah auf dem Brettersteg, der zu dem Kahn hinüberführt, ein paar Straßenjungen stehen, die wollten sich gerne den großen Walfisch ansehen, der seit vielen Jahren in dem Kahn hausen soll. Ich war, als ich im Alter dieser Jungen stand, auch immer sehr neugierig gewesen, ob da ein wirklicher Walfisch liege, und nie hatte man diese Neugier befriedigt. So ist es wohl zu begreifen, daß ich mit den kleinen Burschen an die Kasse gegangen bin. Es war sehr billig, ein Programm bekam ich gratis dazu, und das ist ganz besonders schön und jedem Besucher, ja auch Liebhabern älterer Druckschriften zu empfehlen. Sein Titelblatt lautet: ›Das größte Säugetier der Welt und sein Fang. 22 m 56 cm lang, vollständig geruchlos präpariert. Herausgegeben von der Direktion der Walfischausstellung.‹ Ist das nicht ein schöner Anfang? Und dann lernen wir, daß dieser Koloß wie wir rotes warmes Blut hat und lebendige Junge zur Welt bringt, ›welche von der Mutter gesäugt und mit Aufopferung eigener Lebensgefahr verteidigt werden‹. Da liegt er, präpariert nach einer damals ganz neuen Methode, und sieht aus, als wäre er aus Papiermaché, riecht gar nicht nach Tran, nur nach Kahn. Man möchte sich durch Anfassen überzeugen, ob das da auch wirklich keine Pappe ist.

Aber es steht angeschrieben: Nicht berühren! Giftig! Eine Zeitlang schauen wir ihm in den Schlund und auf die berühmten Barten, aus denen, wie wir lernen, das Fischbein gewonnen wird. Dann wenden wir uns der Sonderausstellung zu, wo des Riesen Bestandteile ausgeweideterweise im Einzelnen uns breiteren Volksschichten zum Studium zugänglich gemacht sind. Da ist zum Beispiel der sogenannte Heringssack, worin das Tier zwei bis drei Tonnen Heringe aufnehmen kann. ›Denn – so lehrt das Programm – die Nahrung spielt bei solch einem Riesentier die Hauptrolle.‹ Wir bekommen im Extrakasten die Schwanzflosse zu sehen, von der – immer laut Programm – die Erfindung der Dampfschraube angeregt worden sein soll. Und außer den Knorpelschichten, Rückenfinnen, Ohren und Augen des Wals gibt es noch andere Tiefseetiere seiner Umgebung zu sehen, und darunter finden sich einige Namen, die nach Christian Morgensterns Verskunst verlangen, wie zum Beispiel die Kammeidechse und der Seestier oder Kofferfisch.

Daß ich mich so ausführlich über diese bemerkenswerte Walfischausstellung auslasse, hat seinen Grund: ich getraue mich nicht recht, über das benachbarte Zeughaus etwas zu sagen. Es ist zu vollkommen, um gepriesen zu werden. Preußisch ist es und barock, berlinisch und dabei phantastisch, übersichtlich gegliederte Maße und schön verschwendeter Schmuck, breite Phalanx des Sieges und schlanke Trophäe. Herrlich sind Schlüters Panoplien auf der Balustrade und Schlußsteine der Fensterbögen. Da hat er auf den vier Außenseiten Helme angebracht, die lebendige Antike sind, und innen im Lichthof die Köpfe sterbender Krieger, deren grausige Todesgrimasse schürzender Steinknoten der Fensterwölbungen, Agraffe des Gewandes, Zierat ist.

Für den Waffen- und Kriegskundigen finden sich innen unter Gewölbejochen in düsteren Hallen die ältesten Kanonen, morgenländische Säbel, Prunkharnische für Mann und Roß,

Standarten, Uniformen der Feldherren und Könige, Zietens Zobelmütze und Pantherfell und der letzte Soldatenrock des Großen Königs.
Das ehemalige Kronprinzen-Palais dem Zeughaus gegenüber ist von außen kein sehr erfreulicher Anblick. Hohe Säulen tragen einen breiten Balkon, hinter welchem das aufgesetzte Stockwerk niedrig erscheint. Besonders wenn man von einem so wohlproportionierten Gebilde, wie es das Zeughaus ist, herüberschaut. Und es hilft nichts, zu wissen, daß dies Palais früher einmal besser beschaffen war und seine jetzige Gestalt erst in den fünfziger Jahren bekam, als es für den damaligen Kronprinzen, späteren Kaiser Friedrich III. umgebaut wurde. Im Innern aber erfüllt es, seit es keine Fürsten mehr beherbergt, eine würdige Aufgabe. Die moderne Abteilung der Nationalgalerie ist hier untergebracht. Um auch hier als Fremdenführer nur auf das speziell Berlinische hinzuweisen, man findet manches wertvolle Stück Stadtlandschaft, berlinische Geschichte und märkische Landschaft in den unzähligen Blättern der Menzelmappen, in einigen Bildern Liebermanns, Lesser Urys und jüngerer Künstler, auch manches Porträt bedeutender Berliner Persönlichkeiten innerhalb der reichen Sammlung impressionistischer und zeitgenössischer Malerei. Eine Flanke des Palais stößt an den Schinkelplatz, an dessen Südseite im oberen Stockwerk eines schöneren Gebäudes wiederum ein Teil Nationalgalerie beherbergt ist, die große Bildnissammlung, die an Malern und Gemalten ein gut Teil Berliner Kunst- und Kulturgeschichte veranschaulicht. Das Haus, das diese Schätze birgt, ist die Bauakademie, die Schinkel in rotem Backstein mit schön eingefügter Terrakotta erbaut und in den letzten Jahren seines Lebens bewohnt hat. Der Platz vor der Akademie trägt den Namen des Meisters und außer seinem Standbild noch zwei andere erzene, einen ›Begründer des wissenschaftlichen Landbaus‹ und einen um die industrielle Ent-

wicklung verdienten Mann, Männer, deren Namen wir Halbgebildeten meist nur als Straßennamen kennen, weshalb ich sie erst gar nicht nennen will. Aber die Reliefs auf ihren Sockeln muß man ansehen. Da sind kuriose Musterbeispiele der echt berlinischen Mischung aus Klassizismus und Realismus, antikisierte Maschinen und Herren im togaähnlichen Bratenrock.

Daß diese Mischung bei Uniformen besser glückte als bei Zivil, beweisen Rauchs erzene Feldherren, zu denen wir nun, am Prinzessinnen-Palais vorbei, den Lindentunnel überquerend, gelangen. Wie der alte Blücher in Wirklichkeit war, ist aus dem Allerlei von Berichten, Bildern, Urteilen schwer zu entnehmen, aber für uns ist sein Wesen dauernd verwirklicht in dieser Erzgestalt im Soldatenmantel, in der Faust den gezogenen Säbel, den Fuß auf das Kanonenrohr gestellt. Die nachdenklicheren und, wie die Kriegswissenschaft lehrt, bedeutenderen Strategen, Gneisenau und York, zu seiner Rechten und Linken umgeben neidlos sein munteres Kriegertum. Bülow und Scharnhorst, die den drei Erzenen gegenüber bei der Neuen Wache stehen, sind marmorn. Warum, das habe ich mich schon als Kind gefragt und gemeint, es bedeute einen anderen Grad des Heldentums, eine höhere Milde. Aber es wird wohl, zumal die zwei früher aufgestellt worden sind als die drei, sinnfälligere und vernünftigere Gründe haben. Die Neue Wache, die nun außer ihnen beiden niemand mehr bewacht, Schinkels schönes ›römisches Castrum‹ mit den mächtigen dorischen Säulen, jetzt innen leer – nur die klassischen Gewehrständer sind geblieben – ist ganz Denkmal und Altertum geworden. Es ist besser so, aber manche Berliner denken mit einer gewissen Wehmut zurück an die Stunden, als noch die Wache aufzog.

Unterhaltend zu lesen ist, was der Franzose Jules Laforgue aufgezeichnet hat, der als Vorleser der Kaiserin Augusta in dem gegenüberliegenden Prinzessinnenpalais seine Dienstwohnung und somit oft Gelegenheit hatte, diesen Vorgang zu beobachten. Er freute sich über die wartenden Straßenjungen am Gitter und die Spatzen oben am Relief des Giebels. Er beschreibt, wie sich vom Brandenburger Tor her die Truppe nähert. »Die Pfeifen spielen die herb monotonen Melodien, welche die Berliner Straßenjungen *en flânant* pfeifen. Kurz vor dem Palais (nämlich dem des alten Kaisers jenseits des Opernplatzes) gibt der Tambourmajor ein Zeichen, die Pfeifen schweigen und die Musik beginnt. Merkwürdig ist die Standarte, die der Musik vorangeht. Man stelle sich einen silbernen Stern vor, über dem mit ausgebreiteten Flügeln ein Adler schwebt, über dem Adler regen sich die Glöckchen eines *chapeau chinois,* der seinerseits einen Halbmond trägt, von dessen Spitzen zwei Roßschweife, ein roter und ein weißer, hängen. In der Höhe des Palais machen die Soldaten Stechschritt, wobei sie wütend mit den Sohlen aufprallen, und fixieren alle mit gestrecktem Hals des Kaisers Eckfenster. *L'heure culminante, l'heure militaire . . .«* Ausführlich beschreibt er auch, wie es zuging, wenn die Wache herausgerufen wurde. Erst den Ruhezustand. »Vorn sind zwischen Gitter und Portikus in zwei Reihen die vierzig Piquets, jede mit einer Gewehrstütze, aufgestellt. Diese Piquets bezeichnen den Platz eines jeden der Soldaten und erleichtern die genaue Reih- und Gliedstellung. Bemalt sind sie in Preußens Farben wie die Schilderhäuser. Am letzten hängt die Trommel, die kleine flache preußische Trommel, die so trocken klingt. Eine Schildwache, die nicht auf und ab geht, sondern stillsteht, gibt nach rechts und links acht. Sobald ein Hofwagen erscheint, schon von weitem erkennbar an Achselband und Hutbord des Kutschers, und der Kutscher deutet durch die Haltung seiner Peitsche an, daß der Wagen nicht leer ist, wendet sich die Schildwache zum Portikus, legt die Hand an den Mund und brüllt ›Raus!‹ (Abkürzung von Heraus). Gleich steht alles

Das Schloß, nach dem Krieg

Der Reichstag, 1948

in Reih und Glied. Der Trommler hat seine Trommel umgehängt, der Offizier hält sich bereit, mit dem Degen zu grüßen. Der Wagen fährt vorbei. Die Wache präsentiert, der Tambour schlägt seinen Wirbel. Und wer saß im Wagen? Zwei Gouvernanten mit Prinzenbabys auf dem Schoß. Trommel gerührt wird nur für die kaiserliche Familie. Für einen General kommt die Wache nur halb heraus.«

Laforgue beschreibt vortrefflich das militärische Aussehen und Wesen, das dieser Platz und die Straße Unter den Linden und ganz Berlin in den achtziger Jahren hatten. Einmal bleibt er in einem *moment de torpeur involontaire* wie im Traume Ecke-Linden- und Friedrichstraße stehen. Da hört er nur das beherrschende Geräusch der Straße: das eines nachschleppenden Säbels. Diese Zeiten, da sich unter den Linden die komischen kleinen Kadetten steif grüßten, da der militärische Gruß in allen Ständen gang und gäbe war, sind – bis auf einige Reste – ja nun vorüber.

Solange wir an der Neuen Wache halten, wirf auch einen Blick auf das kleine Kunsttempelchen da hinten, halb von Laub verdeckt. Das ist die Singakademie, Zelters, des Goethefreundes Werkstatt, nachdem der Maurermeister ein Musikmeister geworden war. Die kleine Büste im Grünen vor dem Gebäude, das ist Zelters Lehrer und der Begründer des Vereins, aus dem die Singakademie hervorgegangen ist, lange bevor sie hier dieses mitten in der Stadt schön abseits liegende Haus bezog. Das Leben dieses Mannes, er hieß David Christian Fasch, hat Zelter selbst in seinem handfesten und dabei klassischen Deutsch beschrieben. Und aus seinem Büchlein erfahren wir, wie der Hofmusikant in der Privatkapelle Friedrichs des Großen und seines Nachfolgers eine junge vortreffliche Demoiselle Dieterich unterrichtete und accompagnierte. In dem Hause dieser edlen Musikliebhaberin fanden sich öfters noch zwei oder drei Musiklustige ein; daraus entstand sehr bald ein kleines Vokalkonzert, für das Fasch fünf- und sechsstimmige Stücke komponierte. Diese Gesellschaft, die sich erst nur ›wie von ongefähr‹ zusammengefunden, bestimmte nun gewisse Tage zu ordentlichen Singübungen und wuchs durch Zutritt neuer Mitglieder, bis dann eine andere würdige Freundin des Schönen ihren größeren Saal hergab. Schließlich bekam die Gesellschaft von den Kuratorien der Kgl. Akademie einen der Säle des Akademiegebäudes. ›Im Jahre 1796 ward es durch das ordnungsgemäße und eifrige Bestreben der Rendantur so weit gebracht, daß ... die Frauenzimmer der Gesellschaft bei einem mäßigen Zuschuß zur Kasse in Wagen abgeholet und wieder zu Hause gefahren werden konnten.‹ Und bald hatte die Singakademie zu Mitgliedern und Zuhörern ›die Blüte des schönen Berlin, die Jugend und das Alter, Adel und Mittelstand‹. An diesen Verein und seine Kunststätte hier hinter den Büschen knüpft sich ein gut Teil Berliner Musikgeschichte zu den Zeiten Zelters und Mendelssohns, und mehr als das, ein Stück Leben der besten Berliner Gesellschaft, die es bisher gegeben hat, jener meist ziemlich eingeschränkt lebenden bürgerlichen Menschen der ersten Jahrzehnte des 19. Jahrhunderts, in deren Stammbücher die besten Maler Landschaften tuschten, die besten Dichter mit der anmutig fließenden Schrift von damals Gedichte schrieben. In allen Künsten Liebhaber zu sein, in der guten alten Bedeutung des Wortes zu dilettieren, war eine gesellige, zwanglose und eifrige Gewohnheit, die bisweilen ans Rührend-Komische streifen mochte, aber doch an der erfreulichen Einheit des Empfindens, Gebahrens und somit auch des Stadtbildes mitschuf.

In dieser Zeit wurde aus dem nächstfolgenden Gebäude, dem ehemaligen Palais des Prinzen Heinrich, des Bruders Friedrichs des Großen, die Universität. Und die beiden Männer, die davor recht bequem auf ihren marmornen Lehnsesseln sitzen, die Brüder Humboldt, haben bald aus unmittelbarer Nähe, bald aus römischer und überseeischer Ferne die geistigen und wissenschaftlichen Bedürfnisse der Berliner Gesellschaft gesteigert.

Das Gebäude ist der nördliche Abschluß des jetzt Kaiser-Franz-Joseph-Platz, ehemals Platz am Opernhaus heißenden ›Forum Fridericianum‹, dessen Südhälfte durch die Alte Bibliothek, jetzt Aulagebäude der Universität, und das Opernhaus flankiert werden. Friedrichs Baumeister, der große Knobelsdorff, hatte für dies Palais Schöneres geplant, als dann gebaut worden ist, er wollte seinem Opernhause gegenüber ein ähnliches Gebilde aus Tempel und Palast schaffen und der ganzen Nordhälfte des Platzes so monumentale Gestalt geben, wie er es am Opernhause unternahm. Wenn nun auch sein großer Plan nicht ausgeführt wurde, so kam doch auf Grund seiner Pläne unter der Bauleitung Boumanns des Älteren etwas recht Imposantes zustande. Aber dieser Palast stand meist öde, der Prinz liebte Berlin nicht und blieb gern in seiner Rheinsberger Solitude. 1810 wurde die Friedrich-Wilhelm-Universität hier gegründet und ihr erster vom Senat erwählter Rektor war Fichte. Aus den 300 Studenten des ersten Jahres sind mit der Zeit 10 000 geworden. Ob die Wissenschaft sehr durch diesen Zuwachs gewonnen hat, darüber wollen wir uns lieber jeder Meinung enthalten und nur schüchtern äußern, daß es vor zwei, drei Jahrzehnten angenehmer war, sich in den Räumen der Alma Mater aufzuhalten. Es gab noch nicht so viel examensüchtige Gesichter. Auch war dazumal der Vorgarten noch nicht so überfüllt mit berühmten Männern aus Marmor und Bronze, die weder das würdige Behagen der beiden freundlichen Humboldts vor dem Garten, noch den steinernen Schwung der neuen Statuen Savignys und Fichtes vor dem Aulagebäude drüben haben. Dies Gebäude, einst Bibliothek, soll Friedrich der Große nach wienerischem Vorbild, und zwar nach einem Fassadenentwurf des großen Fischer von Erlach haben bauen lassen. Im Volksmund heißt es die ›Alte Kommode‹, und eine anzuzweifelnde Anekdote läßt den König seinen Baumeistern ein geschweiftes Rokokomöbel als Vorbild hinstellen. Das paßt zu der Geschichte, die über den Bau der pantheonähnlichen runden Hedwigskirche im Hintergrunde des Platzes überliefert wird: es kamen einst die Katholiken Berlins zum Alten Fritzen und baten, er möge ihnen in Berlin eine schöne Kirche bauen. Der König saß gerade beim Frühstück, war gut gelaunt und ›wohlaffektioniert‹. Als sie ihn dann fragten, wie die Kirche, deren Erbauung er ihnen versprach, aussehen werde, nahm Friedrich seine Kaffeetasse, stülpte sie um sagte: ›So soll sie aussehen.‹ So kam es, daß der Baumeister die Kirche ganz rund machte und eine runde Kuppel daraufsetzte. Laterne und Kreuz, die wir heute über der Kuppel erblicken, stammen erst aus den achtziger Jahren des vorigen Jahrhunderts. Aus dieser Zeit ist auch der wunderbar grüne Kupferbelag der Kuppel, einer der wärmsten Farbflecken auf dem immer noch etwas zu grauen Bilde Berlins.

An unserer Oper, dem Meisterwerk Knobelsdorffs, haben Zeiten und Menschen allerlei verändert und nicht gerade zu ihrem Vorteil. Immerhin können wir uns freuen, daß beim letzten Umbau die scheußlichen Eisentreppen weggefallen sind, die der letzte kaiserliche Besitzer zum Schutz gegen Feuersgefahr außen anbringen ließ, und die, wie Mackowsky sagt, ›dem edlen Gebäude das Aussehen einer Bauattrappe für Feuerlöschübungen gaben‹.

Eingeweiht wurde das Opernhaus im Jahre 1742 mit ›Cäsar und Cleopatra‹ von Graun, einem der Lieblingskünstler Friedrichs. Der König nahm den lebhaftesten Anteil an den Aufführungen, er stand oft hinter dem Kapellmeister, der die Partitur vor sich hatte, und sah fleißig mit hinein. ›Er ist wirklich ein ebenso guter Generalmusikdirektor hier als Generalissimus im Felde‹, sagt ein Zeitgenosse. Er ließ seinem Geschmack entsprechend viel Französisches aufführen. Wir hören von Werken wie *Le Mercure galant, Le Cadi dupé*. Nun, in späteren Zeiten hat man hier bedeutendere Musikwerke zu hören bekommen, als jene Opern gewesen sein mögen. Aber die Könige und Kaiser haben dem Kapellmeister nicht mehr ins Notenblatt geguckt. Dafür haben oben im höchsten Rang Musikschüler und -schülerinnen mit aufgeschlagener Partitur gesessen und jeden Ton verfolgt, und wir haben als junge Studenten neben ihnen gesessen und durften mit hineinschauen. Das alte Opernhaus und dieser alte Platz sind uns Berliner Kindern lieb geblieben, trotz aller Veränderungen. Seitdem nun noch das Kaiserinnendenkmal mit seinen Anlagen entfernt worden ist, erweckt der Platz in seiner pflasternen Leere oft deutlich das Bild der alten Zeiten. Man kann ihn sich vorstellen, wie die Stiche um 1800 ihn zeigen, kann alte Herren in Dreispitz und Wadenstrumpf neben jüngeren im damals neumodischen Taillenfrack und in Stulpstiefeln als Begleiter von Damen mit hoher Empiretaille und breitem Umschlagetuch übers Pflaster promenieren lassen.

Wand an Wand mit der ›Kommode‹ steht das Palais Kaiser Wilhelms I., ein bescheidenes Fürstenschloß. Wilhelm I. war schon in seiner Jugend ein sparsamer Haushalter, und der Baumeister, der in den dreißiger Jahren dem Prinzen von Preußen dies Haus aus einem alten Privatpalais umgestaltete, mußte von allem unnötigen Aufwand Abstand nehmen. Da man immer sagte, daß innen nichts Besonderes zu sehen sei, bin ich früher nie hineingegangen, bis ich vor kurzem Laforgues Berliner Aufzeichnungen las. Der erzählt so hübsch von der Stille dieser Räume, in denen nur das Monarchenpaar mit einem halben Dutzend Kammerfrauen der Kaiserin hauste, während der sonstige Hofstaat im großen Schloß, im Prinzessinnenpalais und in dem benachbarten Niederländischen Palais untergebracht war. Wenn er, um sich zur Kaiserin zu begeben und ihr vorzulesen, morgens eintrat, hörte man nur das Ticktack der Uhren und den Fall der Wassertropfen im Wintergarten. Und den ganzen Tag dauerte die Stille, nur minutenweise unterbrochen vom Sporengeklirr einer Ordonnanz, die mit einer Meldung eintrat. Da las er denn der Fürstin das Wichtigste aus den Pariser Zeitungen *Le Temps, Les Débats, Figaro* und aus der *Revue des deux Mondes,* ferner Auszüge aus Romanen und Memoiren. Den Kaiser bekam er selten zu sehen. Das Fürstenpaar lebte ziemlich getrennt unterm gemeinsamen Dach. Von den Hofdamen hörte er, daß der alte Herr ›goldig‹ sei, und die Gemahlin, die sehr empfindliche Nerven hatte, wie ein höheres Wesen schone und respektiere. Wenn es doch Gegensätze gab und Auguste heftig wurde, pflegte Wilhelm verständnisvoll zu sagen: ›Es regt sich wieder einmal ihr russisches Blut‹. Sie war meist abgespannt, mit langer blasser Hand fuhr sie sich über die Stirn. Sehr soigniert war die alte Dame und gar nicht populär. Die Berliner sagten von ihr ›Sie ist nicht von hier‹. Was Laforgue erzählt, machte mich neugierig auf das Interieur der beiden alten Leute, und so bin ich denn kürzlich mit einem Schub Besichtiger eingetreten. Wir bekamen Filzpantoffeln zum Schlittern, und die Sichersten sahen alles an, als ob sie hier mieten wollten; sie überzeugten sich diskret — mit Rücksicht auf die Führerin, die den Vormieter vertrat (er war vielleicht noch gar nicht ausgezogen, war vielleicht nebenan) — von der Lage der Zimmer und erwogen, welche Gegenstände man eventuell übernehmen könnte.

Ja, da war es nun wirklich, das Arbeitszimmer mit dem historischen Eckfenster, an dem der Kaiser sich zeigte, wenn draußen die Wache vorüberzog. Er soll jedesmal, wenn die Musik näher kam, mitten im Gespräch den Überrock über der weißen

Weste zugeknöpft und den Orden pour le mérite zwischen den Aufschlägen der Uniform vorschriftsmäßig zurechtgerückt haben. Es ist derselbe Orden, den wir auf vielen Porträts seiner Zeitgenossen sehen, er nimmt sich gut aus am Halse all dieser würdigen Männer, die sich so gerade hielten, wie das heute kaum mehr möglich ist. Einer von ihnen, erzählt man, hat noch kurz vor seinem Tode es vermieden, sich in seinem Stuhl anzulehnen, und den Angehörigen erklärt, er wolle das nicht, es könne zu einer schlechten Angewohnheit werden. Gleich diesem Manne hielt sich sein alter König aufrecht zwischen all den unbequemen Möbeln, die hier sein Arbeitszimmer überfüllen. Es ist noch ganz in dem Zustande erhalten, in dem er es verlassen hat, um ein paar Türen weiter in einem bescheidenen Hofzimmer, welches das Nachbargebäude verdunkelt, sich sterben zu legen. Tische, Etageren, Vertikows, Stuhl und Sofa sind bedeckt mit Souvenirs, Mappen und Büchern. Der alte Herr behielt das alles eng um sich und fand sich mit peinlicher Genauigkeit darin zurecht.

So viel Gerahmtes und Briefbeschwerendes, eine solche Menge von wert- und geschmacklosen Photographien, Vasen, Kissen und Statuetten hat wohl selten ein Sterblicher geschenkt bekommen wie dieser freundliche Greis, und alles hat er mit rührender Pietät aufgehoben. Was Tisch und Wand nicht mehr fassen konnten, hat er einfach auf den Boden gestapelt, und da steht es noch. Die ausführlich gemalten Ölbilder und Porzellanmalereien glaube ich alle zu kennen, das römische Landmädchen, das den Handrücken in die Hüfte stützt, die frommblickende Älplerin mit dem tressengeschmückten Mieder und dem süßen von Lockenschnecken gerahmten Ovalgesicht, das Prinzeßchen in Miniatur mit Höschen unterm Rock und Kranz in der Hand. Und dort die offenhaarige Dame, die über einer Blume sinnt, war gewiß in einer ›guten Stube‹ bei Großeltern oder Großtanten. Und über den Polstern der guten Stube waren auch meistens Bezüge, wie wir sie hier finden. Nur daß hier Krönchen darauf gewebt sind, weil der bewohnende Bürgersmann König war. Aus dem nächsten Zimmer schaut leibhaftig das altvertraute Märchen von Thumann her. Im Samtrahmen lauscht's herüber, mit dem blendenden Ellenbogen der Linken, die das Haupt stützt, ins Walddunkel vorstoßend. Auf dem Absatz des Bücherschranks stehen Photographien kostümierter Familienmitglieder zur Erinnerung an kleine Verkleidungsfeste, den intimen Maskenball guter Bürgerfamilien. Und auf demselben Absatz wurde dem Kaiser das zweite Frühstück serviert, das er stehend einnahm. Aus der Bibliothek führt eine schmale Wendeltreppe hinauf in die oberen Räume. Diese beschwerlichen Stufen stieg Wilhelm I. noch in hohem Alter empor, um in die Gemächer seiner Gattin zu gelangen. Wir nahmen dahin den weiteren, bequemeren Weg, kamen durch das Vortragszimmer, wo auf einem der steifen Stühle, mit dem eingepreßten Preußenadler auf der Rückseite, Bismarck etwas unbequem sitzen mußte, wenn er seinem lieben Herrn als treuer Diener seine Politik zu insinuieren hatte. Wir traten ins marmorne Treppenhaus, da heben Viktorien von Rauch ihre Kränze, friedlich anmutende Göttinnen lang vergangener Kriege. Oben die Räume der Kaiserin sind festlicher und prächtiger als die, welche wir verlassen haben. Schon als Prinzessin hat sich Augusta viel mit Inneneinrichtung beschäftigt und soll behauptet haben, an ihr sei ein Dekorateur verlorengegangen. Wir Fremden trieben etwas stumpfsinnig an Repräsentation und Behagen dieser lichten Zimmer, an Malachit und Alabaster der üblichen Russengeschenke vorbei, sahen viel aus dem Fenster und wurden erst wieder aufmerksam, als man uns im Tanzsaal ein Echo vorführte, das zufällig, sozusagen aus Versehen, hier miteingebaut worden ist. Einige aus unserer Herde machten schüchterne Versuche, es selbst zu wecken, was unsere Führerin lächelnd zuließ.

Unser Rundfahrtführer hat dies immerhin denkwürdige Haus mit ein paar Worten abgetan und um so ausführlicher auf die schrecklich ›maßvollen Barockformen‹ der gegenüberliegenden riesigen neuen Staatsbibliothek hingewiesen. Dort ist überm Tor zwischen seinem perückentragenden und seinem gezöpften Ahnherrn der letzte Zollernfürst als Büste mit marmorn gezwirbeltem Schnurrbart zu sehen. Im Inneren gibt es unglaublich viel Bücher und eine große Handschriftensammlung, Musik- und Kartenabteilungen, Grammophonplatten von zweihundert Sprachen, allerlei Institute, die man alle besichtigen kann; am schönsten aber ist es, sich hinter einen Wall von Büchern in den kreisrunden Lesesaal zu setzen und die unterschiedlichen Männlein und Weiblein zu beobachten, die in konzentrischen Ringen um eine leere Mitte studieren, notieren, frühstücken und träumen.
Ach, frühstücken! Wir sind ja wieder bei dem Alten Fritz und unserem Ausgangspunkt angelangt. Wollen wir nicht hinübergehen in Habels altväterische Weinstube in dem schönen hundertjährigen Hause, uns an einen der blankgescheuerten Tische setzen und die große Weinkarte studieren? Leider fahren wir weiter, unser Pensum ist noch nicht beendet. Wir dürfen nur einen raschen Blick auf Vasen, Masken und Weinlaub des Reliefs überm Eingang werfen.

Die Straße Unter den Linden, noch immer mit ihren vier Baumreihen, schönen Läden, Gesandtschaften, Ministerien und Bankhäusern Herz und Mitte der Hauptstadt – um sie ganz zu würdigen und im Gegenwärtigen das Vergangene zu erleben, müßte man all ihre Epochen heraufbeschwören, seit der Große Kurfürst sie als vorstädtische Allee zu seinem Jagdpark, dem Tiergarten, hin anlegte. Über die fritzische Zeit müßte man in der vortrefflichen Beschreibung der Haupt- und Residenzstädte Berlin und Potsdam von Friedrich Nicolai nachlesen, da steht jedes Haus der Straße verzeichnet, Gasthäuser wie die Stadt Rom, das spätere Hotel de Rome, Ecke der Stallgasse, jetzt Charlottenstraße, dessen stattlicher Neubau erst vor kurzem Bureau- und Geschäftshäusern Platz machen mußte, Palais, wie das des Markgrafen von Schwedt, mit Benennung all seiner Vorbesitzer, aus dem dann das Palais des Alten Kaisers geworden ist, oder das der Prinzessin Amalie von Preußen, Äbtissin von Quedlinburg, nahe der Wilhelmstraße, wo jetzt die russische Botschaft wohnt, und das eines von Rochow und das eines Grafen Podewils usw. Sodann müßte man den berühmten Lindenfries im Märkischen Museum betrachten, der alle Häuser Unter den Linden im Jahre 1820 festhält. Tust du nun noch das Bild der Gegenwart mit den Auffahrten der Hotels Bristol und Adlon (der Neubau des letzteren hat das herrliche Redernsche Palais verdrängt), dem stattlichen Kultusministerium und den vielen wohlerhaltenen älteren Gebäuden hinzu, die altberühmte Läden und Geschäftshäuser enthalten, so ergeht es dir vielleicht wie Varnhagen, der über einen Spaziergang die Linden bis zum Tor hinab und zurück notiert: ›Der Anblick erweckte in mir eine großartige Bilderreihe der Vergangenheit und Zukunft, eine herrliche Geschichtsentwicklung, die gleich einem wogenden Meere das kleine Schiff des eigenen Daseins trug.‹

Auch als altbewährte Promenade der Lebensfreude empfehlen sich die Linden. Dafür gibt es neben Heinrich Heines berühmtem

Blamier' mich nicht, mein schönes Kind,
Und grüß mich nicht unter den Linden

Zeugnisse weniger bekannter Poeten, zum Beispiel die Berliniade oder Lindenlied eines F. H. Bothe, die der letzte der hübschen Berliner Kalender von Adolf Heilborn zitiert:

Unter den Akazien
Wandeln gern die Grazien
Und der Mädchen schönste finden
Kannst du immer untern Linden
In Berlin, in Berlin,
Wenn die Bäume wieder blühn.

Liebende gehn Arm in Arm
Einsam durch den bunten Schwarm.
Und es sagt ein Händedrücken
Und ein Streifkuß ihr Entzücken
In Berlin, in Berlin,
Wenn die Bäume wieder blühn.

Untern Linden auf und ab
Wallen Herr'n in Schritt und Trab,
Schöne Herr'n und hübsche Herrchen,
Große Narren, kleine Närrchen,
In Berlin, in Berlin,
Wenn die Bäume wieder blühn.

Freilich ist dann wohl Mama,
Auch Papa wohl plötzlich da.
Doch nicht oft wird sich's begeben;
Denn warum? Man weiß zu leben
In Berlin, in Berlin,
Wenn die Bäume wieder blühn.

Merkwürdige Varianten dieses Liedes enthält ein Stück der Scherzhaften Lieder eines gewissen Karl Müchler vom Jahre 1820:

Untern Linden, wie ihr wißt,
Wandeln die da rufen: Pst.
Mild gesinnte Herzen finden
Kannst du immer untern Linden
In Berlin, in Berlin,
Wenn die Bäume wieder blühn

Für acht Groschen ist Mama
Hinten auf dem Hofe da,
An den Herrn und an Jeannettchen
Leiht sie Kammer, Licht und Bettchen
In Berlin, in Berlin,
Wenn die Bäume wieder blühn.

Inwieweit seither der Charakter unserer ehrwürdigen Hauptpromenade sich gleich geblieben ist oder sich geändert hat, dies zu behandeln wollen wir erfahrenen Forschern der Sittengeschichte überlassen und beim bloßen Anblick der Gegenwart bleiben.

Der neugierige Fremde interessiert sich wohl vor allem für die berühmte Ecke Friedrichstraße und fragt nach Café Bauer und Kranzler. Nun, Bauer heißt nicht mehr Bauer, sondern schlechthin Café Unter den Linden, die wacker dionysischen und elysäischen Wandgemälde sind verschwunden und eigentlich ist im gegenüberliegenden Café König ›mehr los‹ – womit ich nichts gegen die Annehmlichkeiten eines Aufenthalts im Café Unter den Linden gesagt haben will, im Gegenteil! Und Kranzler? Da sind zwar noch die merkwürdigen Eisenpfähle und Ketten, über die schon die eleganten Offiziere des alten Regiments Gensd'armes zur Zeit der Königin Luise ihre enghosigen Beine hängen gelassen haben, aber seit dem letzten Umbau hat es sein altes Cachet verloren, womit ich wiederum nichts gegen die Kuchen, die man dort verspeisen kann, sagen will.

Von der Friedrichstraße, auf die du Fremder in Eile einen heftigen Blick wirfst, will ich dir noch nichts sagen, sie muß mit ihren alten, veraltenden und lebendig gebliebenen Geheimnissen und Sichtbarkeiten einem Abendspaziergang vorbehalten bleiben.

Aber gern würde ich dich auf ein paar Minuten durch den Torweg dort in die kleine Mauerstraße entführen. Der Anblick der

Torwölbungen von der Innenseite dieser alten Steinwelt, die mehr ein Durchgang als eine Straße ist, der anschließende Rundbau, die Balkongitter, der Glaserkergang, das Hellgrau und *›café au lait‹* aller Nachbarhäuser ist rein erhaltene Vergangenheit. Der jenseitige Torbogen aber führt dich in die ›Zentrale des deutschen Zahlungsverkehrs‹, die Mauerstraße und ihre Nachbarn. Vor allem findest du dort die mächtigen Gebäude der Deutschen Bank, die durch neuzeitliche Seufzerbrücken miteinander verbunden sind.

Vorbei an kleinen, vornehm aussehenden Häusern, die mit ihren klassizistischen Fensterrahmungen wohlerhalten zwischen den jüngeren größeren Nachbarn stehen, und den Reihen schöner Privatautos vor den Hotels und parkenden in der Mitte des Dammes sind wir an den Pariser Platz gekommen. Die Form dieses Platzes mit dem abschließenden Tor, den zurückweichenden Fassaden der einfachen Palais und dem erfrischenden Rasengrün zur Rechten und zur Linken bewahrt eine Stille und Geschlossenheit, die vorübertosender Lärm und Betrieb nicht stören kann. Wohltuend ist der einheitliche Stil der Gebäude, den nur das Palais Friedländer etwas unterbricht, während das Barock der französischen Botschaft gut eingeht. Und erfreulich ist es, zu wissen, daß hier neben Akademien, Botschaften, Reichtum und Adel ein Maler und ein Dichter hausen.

Das Brandenburger Tor mit den beiden Tempelhäuschen, die Schinkel dem stolzen Bau des älteren Langhans anfügte, ist zwar den athenischen Propyläen — etwas ungenau und, wie der Erbauer selbst berichtet, nur nach Beschreibungen der Ruinen — nachgebildet, aber in seiner stämmigen sandsteinernen Geradheit für unser Gefühl eigentlich mehr altpreußisch als antikisch. Es ist *das* Tor von Berlin. Und bei der Victoria, die oben ihre Quadriga lenkt, denken wir Kinder von hier nicht nur an die Entführung durch Napoleon und ihre siegreiche Wiederkehr, sondern auch an die Rolle, die sie in ›Teufelchens Geburtstag‹ in den entzückenden Berliner Märchen von Walther Gottheil spielt, in denen auch der Große Kurfürst und der Goldfischteich und die Spree so unvergleichlich verewigt sind.

Wir umkreisen nun den Platz vor dem Tor. Sieh bitte nicht auf die marmornen Balustraden, Bänke, Springbrunnen und fürstlichen Herrschaften, die wir wilhelminischen Architekten und Baumeistern verdanken. Nimm dies grelle Weiß vor dem holden Grün des Tiergartens für Blendung und Augenweh! Wir wollen zusehen, daß das verunglückte Kaiserpaar, Friedrich III. und seine Gattin Viktoria, mit Gottes Hilfe entfernt ist, wenn du das nächste Mal nach Berlin kommst. Schau auf die schönen Bäume und Büsche an der Allee. Aber da schimmert schon wieder ärgerlich greller Marmor durchs Grün, und nun sind wir in der Siegesallee. Ja, da sind nun rechts und links 32 (in Worten: zweiunddreißig) brandenburgisch-preußische Herrscher und hinter jedem eine Marmorbank und auf jeder Bank sitzt — nein, sitzen kann da niemand, es ist zu kalt — aber auf jeder Lehne hocken zwei Hermen jeweiliger Zeitgenossen des betreffenden Herrschers. Es hilft nichts: unser Wagen fährt unerbittlich die ganze Reihe entlang, und man nennt dir die Namen. Ob wir bis zu deinem nächsten Besuch das alles werden entfernt haben? Berlin ist ja jetzt sehr tüchtig, was Aufräumungsarbeiten betrifft, aber verarbeiteter Marmor soll keinen rechten Wert haben. Man müßte doch das Material verkaufen können. 32 Herrscher nebst Bänken und Zeitgenossen! Da weiß ich keinen Rat. Du machst dir aber vielleicht einen Begriff, wie schön diese Allee hinauf zur braven alten Siegessäule und hinunter zur Viktoriastraße früher war. So, jetzt haben wir die eine Seite bis zu Friedrich Eisenzahnen geschafft. Hier sind wir am Kemperplatz, und das da soll, weil wir keinen alten mehr haben, der neue Roland von Berlin sein. Hier um die Ecke könnten wir in das etwas prunkvolle Café Schottenhaml gehen (bei diesem Namen denkt man eigentlich an etwas behaglich Münchnerisches) und oben das Porzellankabinett bewundern, alte Muster der Berliner Manufaktur. Aber unser Wagen wendet und erledigt die zweiten 16 von den 32. Da wirf einen Blick auf Otto den Faulen, den einzigen von diesen Herren, der sich einer gewissen Popularität erfreut, er hat eine so nett verdrießliche Art, das Repräsentieren nachlässig mitzumachen. Und nun harre aus, bis wir zur Siegessäule kommen! Sie ist nicht gerade schön, das kann man nicht behaupten. Immerhin erinnert der hohe Säulenschaft mit den Geschützrohren an einen Schachtelhalm. Und Schachtelhalme sind schön. Und das Ganze gehört nun einmal zu unserer Spielzeugschachtel Berlin. Du mußt zugeben, daß die Säule trotz der Kanonen etwas Harmloses hat. Wenn du übrigens Rundsichten liebst, da oben ist eine mit Baedekerstern, da kannst du über den ganzen Tiergarten weg nach Süden und Westen und nördlich Moabit sehen und östlich über die Reichstagskuppel die ganze Altstadt und alle Kuppeln und Türme, die wir heute aus der Nähe gesehen haben, noch einmal überschauen.

Weniger harmlos, selbst noch in Begas' eiliger Pathetik, ist dort der Riese auf dem roten Granitsockel. Der bronzene Kürassier mit der Faust auf der Urkunde der Reichsgründung schaut, seines eigenwilligen Werkes sicher, über alles Erreichte hinweg in die Fernen, welche die nicht mehr erreichten, die nach ihm kamen. Um das Volk an seinem Sockel, den Atlas mit der Weltkugel, den Opernsiegfried am Reichsschwert und die verschiedenen Damen, die Staatsweisheit und Staatsgewalt bedeuten, kümmert er sich nicht. Und das mächtige Reichstagsgebäude hinter ihm scheint sich zu ducken mit Kuppel und Türmen. Die Reichstagskuppel ist übrigens überhaupt nicht so hoch geworden, wie der Baumeister Wallot plante. Aber auch so wie es geworden ist, hat dies grollend lagernde Riesentier seine massive Schönheit und ist für die Zeit, in der es entstand, eine gewaltige Leistung. Hast du Lust an Glasfenstern mit Reichsadlern, Wandgemälden von Städten und Landschaften, Kardinaltugenden, marmornen und bronzenen Kaisern, gepreßten Ledertapeten von der Vornehmheit internationaler Speisewagen, ›reichem Renaissanceschmuck‹, allegorischen Damen, so laß dich durch die Wandelhallen, Lesesäle, den großen Sitzungssaal, Erfrischungsraum, Vorsäle und Ausschußsäle führen. Es dauert immerhin dreiviertel Stunden. Hast du unter Abgeordneten oder Leuten von der Presse einen Freund, laß dir von ihm eine Eintrittskarte zur Tribüne verschaffen und wohne einer Sitzung bei. Da mußt du dann vor allem achtgeben, daß du Rechts und Links nicht verwechselst. Es ist wie bei gewissen Bühnenvorschriften vom Schauspieler, nicht vom Zuschauer aus gemeint. Also orientiere dich gut, damit du die Kommunisten nicht für Völkische hältst und umgekehrt. Nach Zeitungsbildern, Kinowochenschau und Karikaturen wirst du unsere größeren und kleineren Politiker erkennen, und das macht ja immer Vergnügen. Im übrigen empfehle ich dir die Lektüre gewisser Seiten von Eugen Szatmaris Berlin-Buch. Das führt dich auf muntere Art in diese Welt ein, in der ich mich etwas fremd fühle.

Wo in Berlin ein Bismarck errichtet ist, pflegt Moltke nicht weit zu sein und auch auf Roon ist bisweilen zu rechnen. Unser Wagen bringt dich an beider Denkmälern vorüber und zwischendurch an der neuen vor einigen Jahren umgebauten Staatsoper, die einst als Krollsches Opernhaus in sommerlichem Garten stand.

Dies Etablissement hatte eine besondere Glanzzeit, als noch das Gaslicht vorherrschte. Da wurde der Garten ›märchenhaft‹ illuminiert, wie wir blasierten Zeitgenossen der Berliner Lichtwoche, der AEG und der Osramlampen es uns gar nicht mehr

Gaswerk in Tegel, 1928

Jannowitzbrücke, 1949

vorstellen können. Schon damals lockte Licht Leute hierher wie in den Pariser Jardin und Bal Mabille.
Am Reichsministerium des Innern, das früher Generalstabsgebäude und Moltkes Heim war – es gibt dort ein Moltkegedächtniszimmer –, kommen wir vorbei und die Alsenstraße hinauf, ein Stück am Kronprinzenufer entlang und über die Brücke. Da zur Rechten rund und weiß das Lessingtheater. Und jetzt hinter der mächtigen Schwebebrücke der Humboldthafen, an dessen Becken sich nördlich der Anfang des Spandauer Schiffahrtskanals anschließt, der Wasserweg zur Oder. Einer der sympathischsten älteren Berliner Bahnhöfe taucht auf, der nach der kleinen Stadt Lehrte heißt, aber gar nicht dahin seine Züge sendet, sondern vor allem nach Hamburg. Das ist eine schöne rasche Fahrt durch die Elb-Ebene und große mecklenburgische und niedersächsische Wälder und Felder. Mit alten Glaskuppeln und allerlei etwas unordentlich herumliegenden Gebäuden, Panoramen und Gartenrestaurants, erscheint, von der Stadtbahn überquert, der Ausstellungspark, früher im Sommer und wenn die Große Bilderausstellung die Säle füllte, ein ›Treffpunkt‹, jetzt ein bißchen veraltet, wie eingeregnet von lauter Vergangenheit, überholt von jüngeren Unternehmungen. Moabit mit Kriminalgericht, Zellengefängnis, der Meierei Bolle, den Kraftwerken, das ist ein Kapitel für sich. Wir fahren wieder über eine Spreebrücke und kommen zu den ›Zelten‹.
Die großen Gartenrestaurants erheben sich jetzt da, wo früher einmal wirkliche Zelte waren. Der Alte Fritz hatte französischen Kolonisten gestattet, hier Leinwandzelte aufzuschlagen und Erfrischungen an die Spaziergänger zu verkaufen. Später gab es hier Gerüste, auf denen musiziert wurde. In den Märztagen von 1848 scharte sich um die Gerüste das revolutionäre Volk, beriet Adressen an den König, Druck- und Redefreiheit, Volksvertretung usw. Eine Weile lang ließ man sie gewähren,

umstellte sie aber mit Reiterschwadronen. Es ging hier noch alles mit Maß und Haltung zu. Varnhagen berichtet von den schweigsamen Massen, die in dunkler Nacht ruhig von den Zelten durch das Brandenburger Tor in die Stadt zurückkehrten. Auch in den Novembertagen 1918 zog an den Gärten der großen Restaurants die Menge schweigend entlang, und wieder waren die Zelte eine Stätte verhalten maßvoller Revolution. Im allgemeinen aber ist hier friedlich kleinbürgerliche Erholung mit viel Musik, Vorstellungen, Tanz und den mächtigen Platten der ›Zeltentöpfe‹ und ›Stammessen‹ oder mitgebrachtem Abendbrot. Es geht beim Tanzen bieder zu; auch die Vorführungen sind ziemlich harmlos. So ist hier noch heute mitten in der Stadt eine Art Ausflugsrast für die unendlich vielen kleinbürgerlichen Familien, Gruppen, Vereine Berlins. Schönstes stilles Berlin ist die Straße, die sich im Anschluß an die Restaurants am Tiergartenrand hinzieht. Aber das kann man so im Vorbeifahren nicht sehen, das muß man mit Morgen und Abend erleben. Hier wohnt sich's altertümlicher und heimlicher als in den bekannten schönen Straßen am südlichen Tiergartenrand.

Grausam schnell saust unser Wagen den Spreeweg entlang am Garten und Schloß Bellevue vorbei zum Großen Stern. Bellevue: früher spähte man durch den Zaun, um zu sehen, ob da die kleinen Prinzenkinder spazierten. Jetzt kann man in den Alleen des alten Gartens sich ergehen, in den runden Saal zu ebener Erde im Seitengebäude schauen und sich dazu königliche Sommerfeste denken, Gartengrabmäler entziffern, hinübersehen nach der Altberliner Straße, die Brückenallee heißt, wo in verwitternden Balkons Altfrauenblumen sich halten. Auf der Schloßterrasse nach der Gartenseite zu saß viel in seinen letzten Jahren der tafelfrohe und lebenstraurige Friedrich Wilhelm IV., zeichnete vielleicht seine romantischen Gartenprospekte, wie man deren im Hohenzollernmuseum sehen kann, empfing seine Minister, die über seinen seelischen Zustand ihre Bedenken bekamen, und träumte sein verlorenes Kaiserreich, in dem ›kein Blatt Papier zwischen ihm und seinem Volke sein sollte‹, während die liberalen Berliner sich mit Parlament und Freiheit befaßten.

Zu Zeiten des Großen Friedrich hatte Knobelsdorff, der Meister von Sanssouci, hier Meierei und Landhaus, nach seinem Tode ging der Besitz durch verschiedene Hände, bis er endlich an Prinz Ferdinand, Friedrichs jüngeren Bruder, kam, dem Boumann der Jüngere das Schloß gebaut hat; der zierliche Pavillon aber mit den korinthischen Säulen ist Schinkels Werk.

Während wir am Großen Stern den Hubertusbrunnen und die Jagdgruppen passieren, brave Bronze, gegen die sich nichts einwenden läßt, versuche ich doch diesen Platz in alten Zeiten vorzustellen, als hier die echten Parkhüter des Jägerkreuzwegs standen, Gartengötter, die später noch auf den Korso der schönen Welt schauten. Oh, es hat schon viele Berliner Tiergarten und Große Sterne gegeben vor dem, den jetzt der Rundverkehr durchtost und in dem vor kurzem als Sinnbild des helleren Berlins ein Lichtturm grell aufleuchtete.

Bei der Fahrt die Charlottenburger Chaussee hinauf zeig ich dem Fremden schnell, wo im Grünen der Weg zu dem alten Gartenrestaurant Charlottenhof führt. Das war einmal ein schönes Privathaus und ist nun eines der wenigen Cafés im Tiergarten selbst, die zum Verweilen einladen. Noch hat der Berliner in seinem Park eine Art Luxus und Behagen nicht ins beleuchtete Laubwerk verpflanzt. Was würde Paris aus so schön gelegenen Plätzen, wie dies Charlottenhof oder das kleine Gasthaus bei der Bootanlegestelle am Neuen See es ist, gemacht haben!

An dem Stadt-Bahnhof Tiergarten findest du in einer kleinen Auslage die Schalen und Teller, die dort die Porzellanmanufaktur ausstellt; ich lege dir dringend ans Herz, ein paar freie

Stunden dem Besuch der nahegelegenen Fabrik zu widmen. Das ist ein Stück bestes Altberlin. Längs eines stillen Wasserarms zweigt hier die nach dem Privatbegründer der Manufaktur, Wegely, benannte Straße ab und führt zu den Verwaltungsgebäuden und zu der Fabrik. Während die Verkaufs- und Ausstellungsräume in der Leipziger Straße allgemein bekannt sind, ist dieser abgelegene Komplex mit seinem Museum und all den Hallen und Zimmern, in denen das Porzellan gewonnen, gebrannt und bemalt wird, bei weitem nicht so berühmt und besucht, wie er es verdient. Durch den gartenhaften Hof gehen wir an den langen schmucklosen Gebäuden entlang und durch einen Torweg in die Fabrik, deren Bau auch schon historischen Reiz hat. Dort führt man uns den ganzen Weg, den das Porzellan von der Schwemmerde bis ins Atelier des Blumenmalers zurücklegt. In den niederen Schlämmereikellern setzen sich in der ruhig gleitenden Masse in einem weiten Kanalsystem von Rinnen die festen Teil ab; aus denen wandert die Flüssigkeit in Kästen, wo auch die feineren Bestandteile sich vom Wasser scheiden. Der ›Hallischen Erde‹ wird Feldspat, der vor unseren Augen in mächtigen Kollergängen grob und in Trommelmühlen staubfein zerkleinert worden ist, beigegeben. Die Gesamtmasse wandert weiter, erlebt Filterpressen und Masseschlagmaschinen, die moderne Form der alten Knetbänke. Auf runden Tischen wird sie unter einen Walzengang gebracht. Wir dürfen die Gipsformer und die Arbeiter an der Töpferscheibe bei ihrem Werk beobachten. Wir besuchen die leichtgewärmten Trockenräume, wo die ausgeformten Gegenstände bleiben, bis sie reif zum ersten Brande sind, die Brennkammern der Gasringöfen, die Stockwerke des Rundofens, Gutbrandraum und Verglühraum und die Ateliers, wo die Tonnen zum Glasieren stehen. Eine seltsame Unterwelt, halb Backofen, halb Gang zum Eisenhammer. Zuletzt langen wir bei den Malern an, die auch heut noch treu-inniglich die alten

Blümchen mit spitzen Pinseln in Metallfarbe aufsetzen, welche sich beim Einbrennen verwandelt. Man zeigt uns die Teller und Schüsseln in allen Zuständen, vor und nach dem Einbrennen, vor und nach ihrem Aufenthalt in den Muffelöfen, in denen in schwachem Feuer das Flußmittel von der Farbe abschmilzt.

Ein freundlicher Bibliothekar führt uns in den Büchersaal und gewährt uns Einblick in die Kabinettsorders des Alten Fritz, der sich als Fabriksherr um alle Einzelheiten seiner ›Porcellainfabrique‹ kümmerte. Alle Berichte von Bedeutung mußten an ihn direkt gehen, er versah sie mit seinen gestrengen ›Erinnerungen‹. Er war ein guter Kaufmann und wußte seine Ware anzubringen. Wollten zum Beispiel Juden sich niederlassen, ein Gewerbe eröffnen oder heiraten, so mußten sie königliches Porzellan kaufen. Dem Philosophen Moses Mendelssohn wurden zu einer Zeit, als er schon einen großen Namen hatte, zwanzig lebensgroße massive Affen zugemutet. Durch große Geschenke, die er gern mit Hilfe seiner Fabrik machte, vermehrte der König ihren Ruhm. Weltberühmt wurde der Tafelaufsatz, den er der Kaiserin Katharina II. von Rußland überreichen ließ. Unter der Fürsorge des Königs gedieh das Unternehmen, immer neue Öfen wurden aufgestellt, und die technischen Errungenschaften des beginnenden neunzehnten Jahrhunderts kamen der königlichen Fabrik zugute. Wohl hatte sie Preußens schwere wirtschaftliche Kämpfe mit durchzumachen, bewahrte aber durch alle Zeiten die künstlerische Qualität und Eigenart ihrer Erzeugnisse. Ein Gang durch die Ausstellungssäle hier, ergänzt durch einen Besuch der Geschäftsräume in der Leipziger Straße, die Bruno Paul ihre neue Inneneinrichtung und ihm und Künstlern wie E. R. Weiß, Renée Sintenis, Edwin Scharff, Georg Kolbe, ihren Schmuck verdanken, zeigt uns das Berliner Porzellan durch alle Stilperioden als getreues Spiegelbild des Zeitgeschmacks.

Da sind die Putten und Parzen des Rokoko, die allegorischen Gruppen wie etwa das ›Wasser‹ als Schäferin mit einem winzigen Krug, Cupido als Kavallerist. Nach den mehr malerischen Blumen aus der Zeit des Neuen Palais-Services und des Breslauer Stadtservices mit seinem leuchtenden Dunkelblau erscheinen die zeichnerisch schönen Buketts des Empire, die klassizistischen Grazien, Kaffeetassen, deren Zierformen griechische und etrurische Vorbilder haben, die zarten Biskuitgebilde nach Schadows Entwürfen, die Luisenbüsten, die schöngestalteten Henkelvasen nach Schinkelzeichnungen. Im Berliner Stadtschloß, in Schloß Monbijou, in Potsdam, aber auch in altem Familienbesitz begegnen uns immer wieder diese Formen und Gestalten.

Wo die Charlottenburger Chaussee den Landwehrkanal überschreitet, erhebt sich ein etwas umständliches Torgebäude, das vermutlich hervorheben soll, daß hier eine neue Stadt beginnt. Es ist ziemlich neu und man glaubt ihm nicht. Es gibt hier ebensowenig wie anderswo für das Gefühl eine Grenze zwischen Berlin und Charlottenburg. Schwesterlich hat Charlottenburg der Nachbarin auch etliche Wissenschaft und Kunst abgenommen, so zum Beispiel gleich hier zu unserer Linken die Technische Hochschule. Das mächtige Gebäude feiert noch einmal mit aller Pracht von Säulen, Gesimsen und Skulpturen eine Welt, die mit Säulen, Gesimsen und Skulpturen eigentlich nichts zu tun hat. In der Vorhalle hat der Dämon des Dampfes ein Bronzedenkmal bekommen wie ein Renaissance-Held. Ein Stückchen weiter macht die Berliner Straße einen Knick, den man das Knie nennt. Schon Fontane sagt von diesem Knie: ›Seine Rundung ist heute völlig reizlos.‹ Reizvoller ist sie seither nicht geworden. Und ihre Form verschwindet ganz in dem Durcheinander von Autos und Bahnen, die hier die Kreuzung mehrerer Straßen überqueren. Die stillste dieser Straßen ist immer noch die Fortsetzung der Berliner Straße. An ihr liegen zwischen den neuen noch eine ganze Reihe älterer kleinerer Häuser aus der Zeit, als der Weg von Berlin nach Charlottenburg ein Ausflug war, eine Kremserpartie. Man fuhr mit dem Wagen vom Brandenburger Tor aus richtig über Land hierher. Man bezog Sommerwohnung in den idyllischen Behausungen, die an der Straße lagen, welche die Hauptstadt mit der Sommerresidenz verbanden, die der erste Preußenkönig seiner Gemahlin im Dörfchen Lietzow geschaffen hatte und die nach ihr den Namen Charlottenburg trägt.

Die Ankunft vor dem schönen Schloß dieser Königin wird uns etwas verleidet durch ein großes Reiterdenkmal Kaiser Friedrichs mit Umbau und Göttern von 1905 auf den Pylonen. Fort damit! Die Anlagen des Platzes sind doch dem Schutz des Publikums empfohlen! Dem Schloß gegenüber die beiden erfreulichen Kuppelbauten, die – man glaubt es kaum – einmal Kasernen waren, erinnern an die etwas unbestimmten Gartenarchitekturen, die der romantische Friedrich Wilhelm IV. zeichnete, und blicken ehrfürchtig zu Eosanders grüner Kuppel mit dem schwebenden Tanzgott hinüber.

Im Schlosse sind schöne, etwas leere Empirezimmer der Königin Luise mit viel unbesessenen Sesseln und zierlichen Kachelöfen. Im östlichen Flügel, den Knobelsdorff für Friedrich den Großen anbaute, ist ein weitläufiger Tanzsaal, die goldene Galerie genannt. Und noch älteren Prunk findet man auf der Gartenseite in den Gemächern, in Kapelle und Porzellankammer des ersten Königs. Durch das Ganze wird man leider pantoffelschlurfend geführt. Ungestört aber darfst du, Fremder, in dem großen Park spazieren. Auf dem Weg dahin ist ein Durchgangsraum. Pilaster und reiche Kapitelle und Medaillons in Stuck, der so aussieht, als müßte er im nächsten Windstoß bröckeln, und hält doch schon zweihundert Jahre.

Dieser wenig beachtete Raum ist ganz besonders voll Vergangenheit. Im Garten gehst du an schöner Schloßfront und den Büsten der römischen Kaiser entlang und stille Wege zum Mausoleum. Das ist auch in seiner in neuerer Zeit erweiterten Gestalt noch immer ein würdiges Gebäude, aber unvergeßlich ist für jeden, der es noch gekannt hat, das erste nach Schinkels Plänen erbaute Todestempelchen, das nur den Marmorschlaf der Königin Luise und ihres Friedrich Wilhelm hütete. Man hätte für ihren Sohn und ihre Schwiegertochter eine andere Ruhestätte bauen und Rauchs Meisterwerke allein lassen sollen. Es gibt in diesem Park noch ein merkwürdiges Gebäude weit hinterm Karpfenteich und nah dem Fluß, das Belvedere, in welchem in den neunziger Jahren des achtzehnten Jahrhunderts Friedrich Wilhelm II. zu Füßen seiner ›Gräfin Lichtenau‹ saß. Fontane hat das Innere des »seltsamen jalousienreichen Baus mit den vier angeklebten flachen Balkonhäusern und dem kupfernen Dachhelm« besucht (heute ist es eine Art Beamtenwohnung und unzugänglich). In den saalartigen Rundzimmern war er und in dem dämmerigen Kabinett, wo der König die Geister der Abgeschiedenen beschwor, die ihn mahnten, auf den Weg der Tugend zurückzukehren. Heute sind die Gespenster, die Fontane noch spürte, von ziemlich banaler Gegenwart vertrieben, und Vergangenheit wohnt eher in manchen Büschen und Wegen des Parks, der sich weit nach Norden und Westen hin erstreckt.

Unser Wagen aber lenkt südwärts ins neueste Charlottenburg auf den Kaiserdamm bis zum Reichskanzlerplatz. Auf die Reichsstraße werfen wir nur einen Blick und ahnen dahinten die werdende Kolonie Heerstraße. Südlich vom Kaiserdamm bekommen wir die Messehallen, die großen Ausstellungsbauten, Funkhalle und Funkturm zu sehen. Groß angelegt und mit Recht ein Stolz des neuen Berlins ist diese ganze Straße, die vom Brandenburger Tor hierher und weiter führt. Unser

Rückweg passiert in der Hardenbergstraße die Hochschulen für Musik und bildende Kunst, einen einheitlich entworfenen Komplex von Gebäuden in hübschem Sandstein. Und dann geht es unterm Stadtbahnviadukt hindurch und zur Kaiser-Wilhelm-Gedächtniskirche, vor der unser Wagen hält. Der Führer erklärt, dies Gebäude sei eine der schönsten Kirchen Deutschlands.

Nun ist leider noch heller Tag, da sieht man sie zu deutlich. Ach, wenn hier eine echte alte Kirche stünde – aus Zeiten stammend, die eine der anderen den Torso ihrer Träume zu langsamem Weiterbauen übergab – und wenn nun heute an die altersgrauen Mauern und Zacken unter Engelleibern und Teufelsfratzen der wilde Rundverkehr der Trambahnen, Autos, Autobusse und Menschenmassen mit einem Echo aus Ruinenstein prallte – der ›Broadway‹ von Berlin-Charlottenburg mit seinen Cafés, Kinos, Leuchtbuchstaben und Wanderschriften hätte ein Herz, eine Mitte, eine Resonanz. Statt dessen steht, seit dreißig Jahren immer noch wie neu, hier das Schulbeispiel einer sogenannten ›spätromanischen Zentralanlage‹ mit Hauptturm und Nebentürmen als massives Verkehrshindernis mitten auf dem Platz, und gegenüber dem Hauptturm einerseits und dem Chor andrerseits sind von demselben Architekten – wir wollen seinen Namen vergessen – noch aus Stilgefühl zwei gleichfalls romanische Häuser errichtet. Es muß abends schon gewaltig von ›Capitol‹ und ›Gloriapalast‹ und der Ufa am Zoo Licht herüberdonnern, um die steingewordene Schulweisheit etwas aufzulösen. Wir Älteren denken manchmal an die Zeit, als hier einer der wunderbaren vom alten Tiergarten übriggebliebenen Bäume seine Zweige breitete (Zeitgenossen dieses herrlichen Baumes stehen noch heute, der eine in der Wichmann-, der andere in der Viktoriastraße), doch das ist belanglos, heute ist heute. Aber wenn diese Kathedrale mit dem langen Namen wenigstens ein bißchen altern und zerfal-

len wollte. Da steht sie im Gerassel und Gedröhn preußisch unerschüttert und macht Augen rechts nach dem lieben Gott.
Und das Innere? Schon in dem Vorraum, der vermutlich an den Narthex der echten romanischen Kirchen erinnern soll, geht's marmorn los. Als Knabe bekommt Wilhelm vom Vater das marmorne Schwert gereicht, reitet als junger Kriegsprinz durchs Schlachtfeld von 1814 hinter lagernden Schützen, die marmorn nach dem Innenportal der Kirche zielen, ratschlagt mit Bismarck und Moltke zwischen stilisierten Blumen über einer Feldzugskarte und sitzt marmorn zwischen Sohn und Enkel, sich huldigen zu lassen. Von den vielen Kirchenfenstern ist zu sagen, daß fast unter jedem der Stifter leserlich verzeichnet steht. Viel Prinzen sind darunter, aber auch Städte und einzelne Mäzene. Deren Enkel können, bis die Inschriften eines schönen Tages verlöschen oder verschwinden, noch ein kleines Jahrhundert lang sich ärgern, daß Großpapa und Urgroßmama etwa einen glasgemalten lächerlichen Satan, der in roten Flammen neben dem ruhevollen Heiland brennt, gestiftet haben. In der großen Fensterrose bemühen gebildete kleine Propheten sich mit ihren Spruchbändern um ein naiv mittelalterliches Benehmen und auf dem Goldgrund der Dekkenmosaiken halten strebsame Leute mit Heiligenschein sich so katholisch, wie es ihre protestierenden Gliedmaßen irgend zulassen. Und das alles muß unter elektrischer Beleuchtung ein Heiland segnen. Er hat den vornehmen Bestand aufzunehmen. Außer den Statuen rings ein Taufbecken aus kostbarem Material, eine Ringkrone von 5,5 m Durchmesser, eine Orgel mit einem Prospekt in getriebenem Kupfer, 80 Registern und 4800 klingenden Stimmen. – So, hier will ich, ehe der Wagen weiterfährt, aussteigen, nicht um in die Kirche, sondern ins Romanische Café zu gehen. Es ist Spätnachmittag, es ist noch nicht zu voll. Ich finde die alten Münchner und Pariser Freunde. Fahrt ohne mich weiter, ihr richtigen Fremden!

Auf einem Wege, der durch den Tiergarten nach Charlottenburg führte und den zu passieren es besonderer Erlaubnis und des Schlüssels zu einem Schlagbaum bedurfte, weil man auf diesem Wege das Chausseehaus umging und die daselbst zu entrichtende kleine Abgabe ersparte«, lag in den zwanziger Jahren die Königliche Fasanerie, so erzählt Eberty in seinen Erinnerungen eines alten Berliners. Diese Fasanerie war von Friedrich dem Großen im Jahre 1742 durch seinen Oberjägermeister angelegt worden. Hundert Jahre später wurde ihr Gelände auf Anregung des berühmten Zoologen Lichtenstein zur Anlage eines Zoologischen Gartens benutzt. Lichtenstein und Alexander von Humboldt machten König Friedrich Wilhelm IV. den Vorschlag, diese Fasanerie und dazu den Tierbestand der Pfaueninsel bei Potsdam dem Berliner Publikum zugänglich zu machen. Damals lag der neugegründete Zoo noch weit außerhalb der Stadt, und ihn zu besuchen bedeutete für die Familien eine Art Tagesausflug. Von drei Seiten hat ihn dann die wachsende Stadt umschlossen und nur im Norden behütet ein Stück Tiergarten seine Häuserferne. Aber auch da, wo ihm die Häuser dicht auf den Leib gerückt sind und der Lärm der Hupen, das grelle Licht der Scheinwerfer und Reklamen über seine Mauern dringt, — man hat kaum das Portal mit den torhütend lagernden Steinelefanten durchschritten und ist in einer anderen Welt. Um zunächst noch gar nicht von den Tieren zu reden, die doch schließlich hier die Hauptpersonen sind, hier gibt es einen ganz von Mummeln und Schilf bewachsenen Teich, den sogenannten Vierwaldstättersee, an dessen Ufern man wie in einer Sommerfrische sich bewegt, und an gewissen Frühlingsmorgen verwandeln sich die Alleen in Kurpromenaden der Brunnentrinker, die mit ihrem Glas Karlsbader in der Hand ihren heilsamen Rundgang machen. Auch ein herrliches Kinderreich ist der Zoo. Babys werden spazieren gefahren, Jungen toben auf den Spielplätzen. Und auf der sogenannten Lästerallee bei der Musik kann die reifere Jugend die Grundlagen des Flirts erlernen; wenigstens war das zu unserer Jugendzeit so.

Von Art und Sitte der Tiere ist schon so viel erzählt und geschrieben worden, daß ich dem nichts hinzuzufügen wage; dagegen möchte ich gern von den merkwürdigen Behausungen reden, die sie hier im Garten bezogen haben. Da sie nun einmal zu unserer Lust und Belehrung Gefangene sind, ist man darauf bedacht gewesen, ihnen ihr Gefängnis möglichst wohnlich einzurichten. Sie sollen das Gefühl haben, in ihre Erdhöhle, ihre Schlucht, ihren Hohlbaum, ihr Nest zu kriechen, wenn sie in das ummauerte Verlies müssen. Der Geier hat hier auch seinen Horst, einen echten Felsen mit Alpenkraut und Latschenkiefern, die in den Spalten wurzeln. Und doch sind die Felsblöcke wie Kulissen, wie Versatzstücke. Und wie vor dem Puppentheater stehen die Kinder vor den Eisenstäben, hinter denen der wilde Raubvogel hockt. Ach, ihren Augen ist sein Riesenkäfig vielleicht gar nicht größer als der enge Bauer des Piepmatzes zu Hause am Fenster. Der Zoo ist überhaupt eine Fortsetzung der Kinderstube. Die roten und gelben Steine des Bärenzwingers, die weißen und blauen des Vogelhauses, die gelben und blauen des Löwenheims, sie erinnern uns an die Steinchen der Baukästen. Zu Stein- und Holz- und Stahlbaukasten kommt noch etwas Mosaikpuzzle, und wir haben den maurischen Stil, das Venedig, die Tausendundeinenacht der schönen Gebäude im Zoo.

Der hat ja neben anderem auch die würdige Aufgabe, die alten Tierkulte der Vorzeit fortzusetzen, und so hat man denn den Tieren Tempel gebaut: das Kamel hat seine Moschee. Ihm zu Ehren, wenn es wohl auch nichts davon hat, ist die weiße

Wand mit einem ganz unbenutzten Gitterbalkon geschmückt, und es überragt sie ein Turm, der oben einen Halbmond trägt. Von da könnte der Muezzin das Abendgebet sprechen nach der Fütterung. Einen echt altägyptischen Tempel haben die Strauße. Wenn sie aus ihren Toren ins Freie wippen, sind sie von Hieroglyphen und Pharaonenstatuen umrahmt. Im Schlußstein ihrer Türen schweben die Sonnen des Heiligen Reiches. Auf den Säulen des Eingangs bewegen sich unter Blumenschäften Tänzerinnen, Zither- und Flötenspieler, und der Gott mit dem Sperberkopf wandert wandentlang. In einem Repräsentationsraum ihres Hauses, den sie selbst nie betreten, haben die Strauße zur Erinnerung an die Heimat zwei Memnonsäulen nebst Nil gemalt bekommen.

Das Nilpferd aber hat sein eigenes Haus. Innen ist ein schauriges rotes Götzenheim, in dem die Kinder vor den breiten Zwischenräumen der Gitterstäbe sich fürchten, dahinter die unheimliche Masse sich wälzt. Von außen gesehen ist es eine Art Badehaus aus Backstein mit einem Bassin, in welches das Ungeheuer sich bequem gleiten läßt wie eine dicke alte Dame. Dem Affen wird alles zu Turn- und Spielgerät. Um die Loggien seines Palmenhauses mit ihrem Blumenschmuck kümmert er sich nicht. Die überläßt er seinen Zuschauern.

Ob sich der Indische Elefant für die Mosaikdrachen interessiert, die auf den Türen seines Palastes abgebildet sind? Liebt das Zebra sein afrikanisches Gehöft, der Büffel sein Borkenpalais? Dem Rentier müßte es immerhin sympatisch sein, daß an seinem Haus der Dachzierat sich ganz so gabelig verzweigt wie sein eigenes Geweih. Und Bison und Wisent sollten Ehrfurcht haben vor den Totemsäulen, wo über Vogelschnäbeln Fratzengötter Frösche schlucken.

Die weißen Mäuse wissen wohl kaum, daß auf den Fenstern ihrer Villa schöne Glasmalereien sind. Ihnen ist der Brotlaib, den sie durchnagen und durchwandern, mit seinen Löchern

Haus genug. Aber von den koketten Meerschweinchen glaube ich, daß sie ihren winzigen Barockpalast genau kennen, sie schnuppern an seinen Malachitsäulen, beäugen seine Wölbungen. Und die Stelzvögel sind sicher stolz auf die japanische Pracht ihres Heims, die Tauben auf die Schiebeläden ihres Boardinghouse. Stolz sind sie auch auf ihre Namen, die Masken ihrer Pracht: Mönchssittich, Büffelweber, Flötenwürger, Perlbart. Aber das ist ein Kapitel für sich . . .

Was ist denn dort für eine leere Pagode nahe bei den möblierten Schluchten des Lamas? ›Nur für Erwachsene‹ steht daran, also weder für Tiere noch für Kinder. Für Erwachsene ist auch der Musikpavillon. In dem werden am Tage Soldaten eingesperrt, die blasen und trommeln müssen. Nachts gehen — das hat den Kindern ein naseweiser älterer Vetter eingeredet — die Flamingos aus dem benachbarten Teich in den Pavillon schlafen.

Zu den hausbesitzenden eingesessenen Tieren gesellen sich bisweilen auch Nomaden, die nur eine Zeitlang bleiben, wilde Völker. Somalis in weißen wehenden Mänteln neigen ihre wolligen Köpfe über die glühenden Kohlen des Lagerfeuers und braten frischgeschlachtete Hammel am Spieß. Tripolitaner tanzen zu Tambourins. Inder wandeln würdig auf hochgestellten schmalwadigen Beinen einher.

Aquarium — da fällt mir das frühere ein, das in einer Seitenstraße der Linden lag. Ein sehr alter Onkel hatte in der Nähe seine Garçonnière und nahm mich kleinen Jungen ein paarmal mit in das Haus, in dem die Tiere des Meeres wohnen. Und gerade da, wo die Tiefseefische zwischen Algen und Korallen, Tierpflanzen und Pflanzentieren des seimig quellenden Meeresgrundes schwammen, war ein Büfett für die Besucher eingerichtet. Und da aß ich mit Schauer eine unterseeische Schin-

kenstulle, und der Onkel trank Bier, das hinter seinem Glase wallte wie der Met, den Thorr bei den Riesen aus dem Weltmeer ausgeschenkt bekommt.
Während dies alte Wassertierreich etwas Höhlenhaftes, Irrgartenähnliches hatte mit Überraschungen und Abenteuern wie das ›Tierleben‹ seines Begründers Brehm, ist das heutige hier am Zoo ein aufrechtes, übersichtlich gegliedertes Gebäude, dessen Stockwerke ungefähr den drei Elementen Wasser, Erde und Luft entsprechen: Erdgeschoß Aquarium, erster Stock Terrarium, zweiter Insektarium. Und alle Wesen wohnen, schwimmen und kriechen um Gestein, Sand und Pflanze ihrer Heimat, die in Schaubehälter und Glasbecken eingefangen ist. Ein hoher Mittelraum ist als halbtrockener Nil oder Rio Grande ausgestattet, und von einer Brücke aus Bambusstäben kann man zusehen, wie die Krokodile aus seichtem Wasser auf ihre tropisch warme Sandbank kriechen. Die Echsen bewohnen ihren Karst, die Klapperschlange ihr trockenes Stück brasilianische Erde. Für das Behagen der Riesenschlange ist durch künstliche Südsonne gesorgt. Nicht minder heimatlich haben es die Kleinen und Kleinsten. Der Helgoländer Hummer haust in echt Helgoländer Gestein, die Forelle in einem Gebirgsbach, der über Geröll plätschert. Die Biene arbeitet in ihrem Stock, dem Heimchen ist ein Herd gemauert und der Schabe ein echter Küchentisch mit schmutzigem Geschirr hingestellt. Der Scarabäus findet Kuhmist vor, um daraus die Kugelpillen zu drehen, in denen seine Eier Larven werden sollen. ›Seegras, Seerose und Seegries‹ wie für Christian Morgensterns Hecht vom heiligen Anton wachsen in bewellten Algengefilden. Sogar Seegurken gibt es, und unter den Seenelken ist eine mit wachsweißen Blütenblättern wie eine Chrysantheme, die durch Zauber zu einem gierig schlängelnden und langenden Tier geworden ist; manche Frau könnte sie gut statt der harmlos fallenden Stoffblume am Kleide tragen.

Aber am schönsten ist es im reinen Fischreich, wo papierdünne Flossenblätter ihre Kiemenfächer regen, wo die großen Welse mit Bartfäden tasten, wo das Seepferdchen den knochenzarten Kopf neigt, wo wechselnde Farben und wandernde Muster alle Kunstgewerbler-Phantasie überbieten, wo man Chanchito und Cichlide, Goldorf und Güster, Olm und Ukelei heißt. Da findet der Liebhaber auch die erstaunlichen Schleierschwänze, eine Zierfisch-Zuchtrasse, die mit ihrem bunten Schleppgewand in der Freiheit gar nicht leben könnte, so vornehm ist sie.

Kurfürstendamm, nachts. 1929

Kaiser-Wilhelm-Gedächtniskirche, nach dem Krieg

Die Tauentzienstraße und der Kurfürstendamm haben die hohe Kulturmission, den Berliner das Flanieren zu lehren, es sei denn, daß diese urbane Betätigung überhaupt abkommt. Aber vielleicht ist es noch nicht zu spät. Flanieren ist eine Art Lektüre der Straße, wobei Menschengesichter, Auslagen, Schaufenster, Café-Terrassen, Bahnen, Autos, Bäume zu lauter gleichberechtigten Buchstaben werden, die zusammen Worte, Sätze und Seiten eines immer neuen Buches ergeben. Um richtig zu flanieren, darf man nichts allzu Bestimmtes vorhaben. Und da es nun auf der Wegstrecke vom Wittenbergplatz bis nach Halensee soviel Möglichkeiten, Besorgungen zu machen, zu essen, zu trinken, Theater, Film oder Kabarett aufzusuchen gibt, kann man die Promenade ohne festes Ziel riskieren und auf die ungeahnten Abenteuer des Auges ausgehen. Zwei große Helfer sind Glas und künstliches Licht und dies letztere besonders im Wettstreit mit einem Rest Tageslicht und Dämmerung. Da wird alles vielfacher, es entstehen neue Nähen und Fernen, und die glückhafte Mischung,

où l'indécis au précis se joint.

Die aufleuchtenden und verschwindenden, wandernden und wiederkehrenden Lichtreklamen ändern noch einmal Tiefe, Höhe und Umriß der Gebäude. Das ist von großem Nutzen, besonders an Teilen des Kurfürstendamms, wo von der schlimmsten Zeit des Privatbaus noch viel greulich Getürmtes, schaurig Ausladendes und Überkrochenes stehengeblieben ist, das erst allmählich verdrängt werden kann. Diese schrecklichen Zacken, Vor- und Überbauten der ›Geschwürhäuser‹, wie wir sie früher zu nennen pflegten, verschwinden hinter den Reklamearchitekturen. Den Fassaden der Paläste mit den zu hohen Gesellschaftsräumen nach der Straße und den dunklen

Hinterräumen fürs Privatleben rückt man zunächst durch Ladeneinbauten zu Leibe, die das Erdgeschoß großzügig vereinfachen. Immer neue Läden entstehen, da die großen Geschäftshäuser der City hier ihre bunteren moderneren Filialen gründen und die schönsten Detailgeschäfte sich ihnen anschließen. Da ergeben sich für Glas, Metall und Holz neue Aufgaben und in das frühere Berliner Grau und Fahlgelb kommt Farbe. Und sobald eines der Häuser baufällig oder wenigstens reparaturbedürftig wird, schneidet ihm die junge Architektur den Bubenkopf einer einfachen linienklaren Fassade und entfernt alles Gezöpfte. Vor vielen Cafés gehen die Terrassen weit auf das Trottoir hinaus und machen Haus und Straße zu einer Einheit. Eins hat sogar schon in Pariser Art Kohlenbecken für die kalte Jahreszeit hinausgestellt, um diese Einheit auch im Winter nicht zu unterbrechen.

In diesem südlicher gewordenen Leben unseres Boulevards zeigt sich auch, was Wilhelm Speyer in seinem neuberlinischen Roman ›Charlott etwas verrückt‹ die Ansätze zu einem demokratischen Großstadtfrohsinn nennt. »In den Gliedern dieser einst so ungelenken Stadt«, sagt er, »dieser Stadt voll protestantischer Staats- und Militärphilosophie, zuckte ein anglimmendes Feuer. Ein Wille zum Leichtsein, zumal in den Frühlings- und Sommermonaten, begann dem Leib der Metropole die ersten, nicht mehr ganz unbeholfenen Bewegungen mitzuteilen. Sogar die Polizeibeamten hatten gelernt, zuweilen zu lachen, wenn es Verwirrung gab. Sie brüllten nicht mehr mit gesträubten Schnurrbarthaaren auf umgestülpter Lippe. Es waren großgewachsene, mit den Gebärden ihrer deutenden Arme hochaufgereckte, disziplinierte und dennoch im alten Sinne unmilitärische Gestalten. Die froh und frei bewegte täglich zunehmende Schönheit der Frauen und Kinder aller Stände stand außer Zweifel. So also zerstörte die Stadt die Schönheit nicht, sondern sie erweckte sie, sie förderte sie und

ließ sie strahlend gedeihen. In den Straßen wurde nicht mehr der sauere Bürger mit der allzu abgebürsteten Kleidung und der allzu gründlich gesteiften Wäsche sichtbar. Der Kleidungssinn war weniger dramatisch, war demokratischer und daher eleganter geworden.«
Im neuen Westen ist es für den Flaneur interessant, zu beobachten oder zu spüren, in welchen Richtungen der Verkehr, derber, berlinischer gesagt, der Betrieb, intensiver oder schwächer wird und wie eine Straße der anderen, ja oft in derselben Straßenflucht ein Teil dem andern das Leben wegsaugt. Die Tauentzienstraße, die doch die genaue Fortsetzung der Kleiststraße ist, hat diese ganz leer und still gemacht. Das letzte Stück Kleiststraße zwischen der Lutherstraße und dem Wittenbergplatz ist der deutliche Übergang. In diesem Teil hat man das Gefühl, bereits in der Tauentzienstraße zu sein. Das kann nicht nur daran liegen, daß hier die Häuser sich modernisieren, es muß ein sozusagen unterirdisches Gesetz der Stadt sein. Die Lutherstraße hat einen stillen Teil, der genau bis zur Ecke der Augsburger Straße reicht, von wo ab rings um die Scala starker Verkehr ist. Man kann Gründe dafür finden. Auf der einen Seite dieses Teils sind eine Reihe Privatvillen mit Gärten aus älterer Zeit. Aber warum ist denn auch die gegenüberliegende Seite still geblieben? Der Kurfürstendamm hat der Kantstraße, die an der Gedächtniskirche von ihm abzweigt und dann weiterhin mit langsam wachsender Entfernung auf annähernd gleicher Höhe mit ihm verläuft, den Verkehr weggenommen. Anfangs versucht die Kantstraße noch, es ihm gleichzutun, hat ein bißchen Kino und Theater, aber schon ehe sie den Savignyplatz erreicht, gibt sie den Wettkampf auf und wird weiterhin kleinbürgerlich. Es gibt also nicht nur den bekannten Zug nach dem Westen, der die Reihenfolge von Geschäftsviertel und Wohnviertel in einer Richtung weiterschiebt, sondern viele Sonderwege des Verkehrs. Es gibt An-

sätze, die nach einer Strecke Weges wieder aussetzen, und andere, die glücken. Grundstück- und Häuserspekulation muß eine der merkwürdigsten Mischungen aus Hasardspiel und Spürsinn sein.
Die Ringbahnbrücke am Ende des Kurfürstendamms führt in die Kolonie Grunewald. Ehe da die Villen und Gärten beginnen, erleben wir noch eine Strecke volkstümlicher Vergnügungen mit Kinos, Tanzsälen und vor allem — den Luna-Park. Dieses bemerkenswerte Etablissement faßt zusammen, was auch in anderen Großstädten von sogenannten Luna-Parks, *Magic cities* und dergleichen verlangt wird, mit dem besonderen Bedürfnis des Berliners nach dem Rummelplatz. Dies Bedürfnis ist alt. In seinem ›Alt-Berlin im Jahre 1740‹ beschreibt Consentius die Sommerwirtschaften an der Spree in der Gegend des jetzigen Schiffbauerdamms, ihre Irrgärten, ihre Karussells mit Ringestechen, ihre Schaukeln, ›Weiffen‹ genannt. Solch eine Weiffe war, wie Consentius nach alten Texten zitiert, »ein gemachter hölzerner Löwe mit einem ledernen Sattel, darauf setzet sich eine Mannsperson, welche sich von 1 oder noch besser von 2 anderen hin und her stoßen lässet, solange, bis er so hoch getrieben wird, daß er 5 oder 6 Kugeln einwerfen kann in einen darzu aptierten Beutel, welcher ungefähr 6 Ellen oder 2 Mann hoch stehet, eine Frauensperson kann sich auch hineinsetzen und sich pro lubitu weiffen und ziehen lassen«. Auch von dem Fortuna-Spiel berichtet er, es ist »an der Erde von Holz gemacht, hat 9 Löcher, das Loch in der Mitte gewinnet, denn eine Fortuna steht hierüber gemalet«. Viel lustige Bilder veranschaulichen uns die Zeit des Tivoli am Kreuzberg um 1830. Da taucht zum erstenmal die Kreisfahrbahn, genannt Rutschbahn, auf. Topfbäumchen stehen am Geländer der Bahn, die Karren haben Plüschtroddeln, und drin sitzt breitbeinig die dicke Berliner Madam und ruft dem bemühten mageren Gatten zu: ›Brennecke, halte mir, mir wird

schwimmlich!‹ Und so geht's weiter bis auf unsere Tage. Überall in den Vorstädten, wo Häuserlücken klaffen, füllt eine Zeitlang ein Rummelplatz mit seinen Schießbuden, Glücksrädern, Tanzplätzen auf Holzscheiben, großen Wurst-Wettessen und so weiter die Leere aus.

Hier im Luna-Park ist das nun alles moderner und in größerem Maßstab geboten. Über den Luftschaukeln, dem Eisernen Meer, der Berg- und Talbahn, der Kletterbrücke leuchtet abends ein Riesenfeuerwerk, ein Halensee in Flammen, das es mit dem flammenden Treptow und andern brennenden Dörfern des Vergnügens aufnehmen kann.

›Heiße Wiener‹ und ›Lublinchen‹ haben ihre Buden. ›Schokolade, Keks und Nußstangen‹ werden ausgerufen, aber man kann auch vornehm auf Terrassen speisen. Ganz Berlin kommt hierher, kleine Geschäftsmädels und große Damen, Bürger und Bohemiens. Luna-Park ist ›für alle‹. Neuerdings gibt es da noch eine besondere Attraktion, das große Wellenbad, wo man bis tief in die Nacht plätschern kann.

Wo dann Halensee in Sankt Hubertus und Hundekehle übergeht, beginnt die schöne Kolonie Grunewald, an die der Forst viele von seinen schmalen Kiefern und Föhren abgegeben hat, die nun inmitten gepflegter Büsche und Blumenbeete noch ein wenig Wald als Erinnerung bewahren.

Früher war es ein weiter Weg bis in den Grunewald, eine Landpartie wie nach Tegel oder Grünau, jetzt wohnen dort eine Reihe Wohlhabender und Prominenter. Und wir anderen sind manchmal zu Besuch im Grunewald, steigen aus Trambahnwagen, die umständlich und eingeschüchtert zwischen sanft gleitenden Privatautos ihren Schienenweg entlang rütteln, gehen ein paar Gartenstraßen hinauf, hinab und dürfen in die musikalische Teegesellschaft im Hause des jungen Künstlers und Kunstfreundes, in dessen Sippe seit mehr als hundert Jahren Kunst und Bankwesen angenehm verschwistert und verschwägert sind, oder in eine Abendgesellschaft bei dem großen Verleger, der die Vorkämpfer von 1890 mit denen von 1930 in seinem Hause und Herzen vereinigt.

Um heute Wald im Grunewald zu finden, müssen wir schon ein gut Stück weiter, etwa an die Krumme Lanke oder nach Paulsborn. Da gibt es hübsche Nachmittagswege, die einem das nötige Heimweh nach dem Abend an unserm Boulevard machen. Und so finden wir wieder den Weg, den wir gekommen sind. Neben der Aufforderung, durch Elida schön zu sein, Frigidaire und Elektroluxe zu kaufen, mahnen uns Plakate ›Und abends in die Scala‹. Wir gehorchen und begeben uns in das Varieté an der Grenze des alten und jungen Westens.

Wenn du dort von deinem Parkettsitz hinaufsiehst in den blauen weißbewölkten Himmel der Deckenmalerei, bemerkst du eine Reihe heller Scheiben, aus denen im Staubtrichter Lichtkegel auf die Artisten fallen. Über den Balkonlogen sind beleuchtete Metallapparate zu sehen und in dem Bühnenrahmen Öffnungen wie Schiffsluken. Ich bin einmal zu dem gegangen, der all diese Lichtquellen, das Rampenlicht und die Kronleuchter des Saals verwaltet. Statt Regisseure und Stars zu interviewen, habe ich den Beleuchtungsmeister und seine Getreuen aufgesucht. Er hat mich in seinem Hauptquartier empfangen bei den Apparaten seines Schaltraums. Da werden Rampen und Saalkronleuchter im Wechsel hell und dunkel gemacht. Von dort gehen Drähte zu den Regulierwiderständen und Telephone zu der Mannschaft dieses Lichtkommandanten. Dann sind wir heimliche Treppen hinaufgestiegen, erst in die Kammer der Widerstände, dann weiter durch das hölzerne Chaos des Dachbodens zu den ›Brücken‹. So heißen die Arbeitsräume der Mannen an den Scheinwerfern, die um die Bewegungen der Artisten den mitwandernden Lichtkreis schaffen. Und während wir herumspazierten, beschrieb er mir, wie der Vorhang hinter den Künstlern rot, schwarz und elfenbeinern auf ihre Kostüme und Nummern abgestimmt wird, wie Schatten unter den Augen und Entstellungen vermieden werden, wie vor jedem Programm beraten wird und dann eine Generalprobe fürs Licht stattfindet, bei der er neben dem Kapellmeister sitzt und mit seiner Schar da oben telephoniert.

Auch hinter die Szene bin ich über den Hof, aus dem man hinter einem verwilderten Garten unser Pantheon, den Wilmersdorfer Gasometer, sieht, gekommen zu den verständigen Leuten, die das törichte Künstlervolk beaufsichtigen, den Strippenziehern, die es dem Clown ermöglichen, scheinbar die Kugeln vom Gestell zu schießen. Hier walten, dem Publikum unsichtbar, Hände, die Reifen und Flaschen zuwerfen und abfangen, und gelassene Männer in Arztschürzen und Arbeiterblusen, die das zu laute Geschwätz der Girls dämpfen; sie sollen erst toben, wenn sie draußen auf der Bühne wie Kinder im Freien sind. Und sind die Kinder draußen, werden sie noch weiter verwaltet von den Erwachsenen, die mir vorkommen wie die wahren Akteure des Schauspiels. Sie schieben den Spielenden neues Gerät zu, wenn das vorhandene keinen Spaß mehr macht, sie halten den Hintergrundvorhang an Seilen zurück, damit die Bälle der Unvorsichtigen nicht anprallen. Und wenn sie dann pustend, erschöpft und schwitzend ankommen, die eitlen talentvollen Kinder, die immer des Guten zuviel tun, werden sie abgetrocknet und eingemummelt von den Hütern.

Beachte auch einmal die sichtbaren Helfer und Hüter, die ebenfalls nicht auf dem Programm stehen, wie sie sich aufopfern. Den bunten Wunderjongleur, den grotesk angezogenen musikalischen Clown begleitet ein ernster Herr im Straßenanzug. Er macht selbst ein paar Tricks, die eine gewisse klassische Vollkommenheit haben, aber nur, um die neuen seines Gefährten zur Geltung zu bringen, er hat seine liebe Not mit dem Gesellen, der so viel glitscht und purzelt, er muß achtgeben, daß der andere nicht heimlich an die Sektflasche geht, er hat Sorgfalt mit Gegenständen, die der Verwöhnte wegschmeißt. Er läßt sich lächerlich machen, besudeln, quälen und wendet sich immer wieder ohne Groll mit leidendem und stolzem Lächeln zu dem Publikum, und seine Handbewegung entfesselt Beifall für den anderen. Als Gebrauchsmännchen, als Drohne, begleitet er die starke Frau und ist ihr leichter Kavalier. Ehe sie sich an die Arbeit macht, soupiert sie mit ihm. Kurioses Souper: kaum hat sie einen Bissen gegessen, einen Schluck getrunken, so lüstet es sie schon, Tischbeine und Stühle zu stemmen und aus allem Gerät Hanteln zu machen. Da muß der Kavalier, der Frauenlaunen kennt, rasch Gläser retten, Teller räumen und dabei möglichst lange die Dehors des glücklichen verliebten Zechers wahren. Ehe er sich's versieht, wird er am Schlawittchen gepackt und in die Lüfte gewirbelt, und auch dabei darf er die Fassung nicht verlieren und muß weiter lächeln. Zuletzt gerät er ganz oben auf den Flügel, den die Gewaltige sich auf den Busen setzt, um darunter mit Nachtigallenstimme ›Still ruht der See‹ zu singen. Und er da droben legt die Hand an die Ohrmuschel und lauscht wie eine Nymphe.

Ganz Nymphe, Engel, Peri ist die Helferin. In gelbem Peplon und türkischen Hosen steht sie, Standbein und Spielbein, gelassen an der Kulisse und wartet, bis der Illusionist ihrer bedarf, an der schwertdurchstoßenen, unheimlich zusammengeschobenen Kiste, in der er einen jungen Burschen untergebracht hat. Ihr Mienenspiel lenkt ab von seiner Zauberei, die wir doch nicht durchschauen dürfen. Und die Selbstlose lächelt nicht, um uns zu gefallen, sondern nur, damit er uns gefalle. Sieh, jetzt ist sie selbst das Opfer und kommt in den Kessel des Magiers, dem sie wieder entsteigt mit dem langsamen Lächeln, das des Künstlers Pausen füllt.

Und jetzt die in Reiterstiefeln! Sie hat hinter der Szene den

kleinen Pudel betreut, der vor Lampenfieber zitterte. Sie weiß, wann das ungeduldig stampfende Pony Zucker bekommen muß und wann lieber nicht. Sie rückt die Taburetts, hält im rechten Moment die Reifen in die Höhe und tut bei alldem, als wär's ein Vergnügen und nicht saure Arbeit, deren Ruhm doch nur der erntet, der da in der Mitte mit der Peitsche knallt. Bisweilen tänzelt sie oder schlägt gar einen Purzelbaum, das alles aber nur dekorativ, nur Pedal, nur Farbfleck.
Die Tiere kann man ja nicht ganz zu den Nebenpersonen und Ungenannten rechnen. Arbeiten sie auch nur gezähmterweise, so ernten sie doch einen Teil vom Ruhm ihres Herrn und sind vielleicht sehr ehrgeizig, besonders die Seelöwen. Über die Gefühle der Pferdchen, Bären und Elefanten erlaube ich mir kein Urteil. Und von den Äffchen glaube ich, daß sie sich ein wenig ärgern über den zoologischen Verwandten, der die bessere Karriere gemacht hat.
Ein langes und breites gäbe es von den Gegenständen im Varieté zu sagen, den blinkenden Metallständern und -tischen, einem Salonmobiliar, das seine Vornehmheit preisgibt, um balanciert, geworfen und lächerlich gemacht zu werden, dem vornehmen Diwan, der mit einmal nur noch Kiste ist, aus der die Pirouettentänzerin steigt, den winzigen Plüschsesselchen, die sich's gefallen lassen, daß Elefanten auf ihnen hocken, der vergoldeten Metallbettstatt, die es zuläßt, daß ein Clown auf ihren Goldknöpfen musiziert, den Häkeleien der Decke, auf welcher Gläser und Messer hüpfen, der ländlichen Bank, von der sich die Exzentriks erhoben haben und die leer stehen bleibt wie am Hintergrund klebend, während sie vorn agieren. Und dieser Hintergrund selbst, die gemalten Kandelaber auf der Salonwand und die heroische Landschaft, alle haben sie den Reiz der unbeachteten Dinge, die selbstlos die anderen, die zielbewußten, zur Geltung bringen – im Varieté mehr als irgendwo sonst.

Der alte Westen – vom Tiergartenviertel abgesehen, das zwar auch viel gelitten, aber doch durchgehalten hat – der alte Westen hat verloren, wie man von Schönheiten sagt, die aus der Mode gekommen sind. ›Man‹ wohnt nicht mehr im alten Westen. Schon um die Jahrhundertwende zogen die wohlhabenden Familien fort in die Gegend des Kurfürstendamms und später noch weiter bis nach Westend oder Dahlem, wenn sie es nicht gar bis zu einer Grunewaldvilla brachten. Aber manche von uns, die im alten Westen Kinder waren, haben eine Anhänglichkeit an seine Straßen und Häuser, denen eigentlich nicht viel Besonderes anzusehen ist, behalten. Uns ist es ein Erlebnis, eine der Treppen hinaufzusteigen, die ehedem zu Freunden und Verwandten führten. Es haftet soviel Erinnerung sowohl an den nüchtern gediegenen Aufgängen mit braunem Holzgeländer, farbloser Wand und den graugeritzten Gestalten im Fensterglas als auch an gewissen Palasttreppen mit steil zu ersteigendem Hochparterre, falscher Marmorwand und pompöser Glasmalerei. Führt uns ein Anlaß oder Vorwand – zum Beispiel, ein möbliertes Zimmer zu besichtigen – in eine der altvertrauten Wohnungen, so finden wir unter neuer Schicht die frühere Welt wieder: hinter verbarrikadierenden Schränken die Glasschiebetür, die einst Salon und Berliner Zimmer trennte, im sichtbaren schrägen Diwan den Schemen des Flügels, der damals hier stand mit seiner Samtdecke und den Familienphotographien. Nahe dem Fenster ist in dem ärmlichen Topfblumengestell noch etwas von der Tropenwelt der Zimmerpalmen geblieben. Von dem Hautpas am Hoffenster des Berliner Zimmers sehen wir auf den Hof mit dem blassen Gras, das zwischen Steinen sprießt wie einst. Nur der Pferdestall und die Wagenremise des alten Ge-

nerals aus der Beletage sind verdrängt durch eine Autoreparaturwerkstatt.
Ein paar Häuser der alten Zeit sind noch unverändert in Nebenstraßen der Maaßen-, Derfflinger- und Kurfürstenstraße, die führen in Gärten ein wunderbares Inseldasein. Andere sind trotz ihrer Gärten verkommen, in Karlsbad zum Beispiel nahe der Potsdamer Brücke. Die eine Brunnenfigur dort im Grünen zerfällt so sehr, daß bald ihre Trümmer fortgeschafft werden müssen. Die ähnliche im Vorgarten des alten Familienhauses mitten im lebhaftesten Geschäftsviertel, Potsdamer Straße nahe der Linkstraße, ist noch ganz wohlerhalten, obgleich schon eine Zeitung mit ihrem Riesenplakat oben den antikisierenden Fries des Hauses verdeckt und im ersten Stockwerk sich der Vorderräume bemächtigt hat.
Alter Westen – selbst in den rauchgeschwärzten Straßen nahe den Bahnhöfen bewahrt er noch hie und da einen Traubenfries, eine weibliche Maske zwischen nackten Jünglingen, die, den Thyrusstab an der Schulter, auf Ranken hocken, eine Türfassung wie Tempeltür, all das erbaut, modelliert in schlechtem oder mäßigem Material von den allerletzten Schinkelschülern, letzte Reste des preußischen Griechenwesens.

Ehe wir in Museen und in fremden Ländern die echte Antike zu sehen bekommen, gesellt sich beiläufig dem Großstadtkind ein wenig Mythos aus zweiter Hand, im Elternhause etwa ein bronzener Apoll, der von des Vaters Schreibtisch zur Tür hinzeigt, oder im Salon eine Venusbüste, die den Marmor ihrer Armstümpfe in düsterem Glase spiegelt: seltsame nackte Wesen, man weiß nicht, ob sie zuschauen oder wegschauen. Kommt das Kind ins Freie, so begegnet ihm auf Schulweg oder Spaziergang bald ein und das andere Wesen dieser wartenden Welt. Hinter einem Gartenzaun hebt eine Flora

Kranz oder Schale. In einer Türnische schenkt eine Hebe aus einem Kruge Unsichtbares. Auf der Freitreppe vor der Kohlenhandlung steht, das rechte Knie vorgeschoben, in schmiegendem Faltenkleid eine der vielen Grazien, die etwas zu halten oder anzubieten scheinen, das meist nicht vorhanden ist. Von uns älteren Kindern des Berliner Westens erinnert sich mancher vielleicht noch an die vier oder sechs Musen, die in einem Vorgarten der Magdeburger Straße standen. Sie sind inzwischen verschwunden. Bruchsteinern standen sie da und hielten artig, soweit sie noch Hände hatten, ihre Kugel oder ihren Stift. Sie verfolgten mit ihren weißen Steinaugen unseren Weg, und es ist ein Teil von uns geworden, daß diese Heidenmädchen uns angesehen haben.

Ob es wohl noch irgendwo im Tiergarten den bärtigen Apoll gibt, der damals auf einem Spielplatz, den ich jetzt nicht mehr finde, stand? Wir haben gegen seine Hinterseite, da, wo sie den stützenden Rumpf überragte, Prallball gespielt. Das war nicht ehrerbietig, hat aber eine Beziehung hergestellt.

An unserm Wege geblieben sind mancherlei Sphinxe, die vier zum Beispiel, die auf der Brücke sich wegwenden von den beiden Taten des Herkules, welche auf mittlerer Brückenhöhe geschehen. Sie tragen sanft jede ein Kind mit Füllhorn auf dem Rücken und lassen die Autobusse vorübergehen. Die Herkulesse der beiden Taten sind etwas beunruhigend. Sie stehen so, daß man immer in Sorge ist, sie selbst oder ihre Gegner, der Löwe und der Zentaur, könnten ins Wasser fallen, wenn sie es weiter so treiben. Die Sphinxe hingegen sind beruhigend. Rätsel geben sie nicht auf. Eine noch harmlosere weiß ich über dem Portal eines Hauses, das der Mauer des zoologischen Gartens gegenüberliegt. Die wartet wie eine freundliche Hausmeistersfrau und hat doch Flügel und Tatzen. Allein diese Katze gehört schon halb in die Gegend des Kurfürstendamms und nicht mehr in die alte Welt, in der wir bleiben wollen. Wir finden zurück in stillere Straßen, und angesichts kleiner Kapitelle an den verschiedenen Etagen einiger Häuser fällt uns der erste Unterricht über Säulenarten ein, den uns bei einem Spaziergang der Vater oder der ältere Bruder gab: er lehrte uns den dorischen Fladen, die ionische Schnecke und den korinthischen Kelch mit seinen vielerlei Blättern unterscheiden. Und fortgesetzt wurde diese Vorschule vor ganzen Säulenhallen, wenn man bis unter die Linden kam und vom Brandenburger Tor bis zum Opernhaus und zur neuen Wache vordrang. Kam man aber nur bis zu den Tortempelchen am Leipziger Platz, gab es in nächster Nähe wieder etwas wenig Beachtetes zu entdecken. Ich meine, im Rasen verteilt, die acht Sandsteingruppen, die — einst Laternenträger auf einer längst abgerissenen Brücke — hier im Grünen gelandet sind. Daß es Laternen sind, was sie tragen, erkannten wir nicht, wir fanden sie nur geheimnisvoll um undeutliche Gegenstände und um einander bemüht. Sie haben mich immer viel mehr interessiert, als die beiden Generäle Graf Brandenburg und Graf Wrangel, welche näher an der Straße das Interesse auf sich zu lenken suchen. Wenn ich eine Stimme im Rat der Stadt hätte, würde eine ganze Reihe solcher Kriegshelden und sonstig berühmten Männer, die auf Plätzen, an Brücken und Alleen sich vordrängen mit ihren porträtähnlichen Steingesichtern oder Bronzeröcken, durch unbestimmte Gartengötter ersetzt, die nicht viel anhaben.

Nun, bis es dazu kommt, wollen wir zufrieden sein mit dem, was wir haben, und sei es auch nur das Kleinwerk an alten Häusern, Medaillons mit Mädchenköpfen in reichem Haar oder Jünglingsgesichtern unter phrygischer Mütze, kleinen Opfer- oder Triumphzügen in Flachrelief über einer Beletage und Putten, die zwischen Blattwerk und Arabesken über Türen oder unter Fenstern hocken. Diese Putten waren immer besonders vertrauenerweckend, da sie an den eigenen Knaben-

körper erinnerten. Ungewöhnlich verlockend aber wurden sie vor dem Zeughaus, wo sie überlebensgroß zu Füßen der Riesinnen stehen und, während die da oben nah bei ihren gewaltigen Brüsten Belehrendes vornehmen, sich selig an die Fülle der Gewandfalten schmiegen dürfen.
Bekommt man solche Putten und Göttinnen nur selten zu sehen, so gibt es doch eine andere Art mythologischer Personen, eine ganze *Plebs deorum,* die uns häufig Gesellschaft leistet: die Karyatiden und Atlanten. Von so gelehrten Namen weiß das Kind nichts, es sieht Mädchen, die, unter leichter Last in die Hauswand eingelassen, ihr kleines Kapitell als Kopfputz tragen. Schon vom Schoß ab werden sie Mauerwerk. Andere müssen sich mühen und ducken, um vorragendes Gebälk zu stützen. Da wechseln die Arme, bald wird der rechte, bald der linke gebraucht und die freie Hand ruht auf dem Knie. Bärtige Männer schleppen das Haus auf erhobenen Armen und mit dem Nacken. Jünglinge stemmen die eine Schulter unter den Torbogen und strecken den Arm dem Nachbarn hin, über ein Löwenhaupt. Manche haben wirklich schwer zu schleppen und schlagen gewaltige Bauchfalten, andere scheinen die Mühe etwas zu übertreiben und machen mehr Muskelspiel als erforderlich.
Während diese Männer und Weiber im Freien ihr Wesen treiben, erwarten uns bei seltenen festlichen Gelegenheiten einige von ihnen in geschlossenen Räumen. Man wird mitgenommen, um den Freischütz oder die Zauberflöte zu hören und sieh, da tragen die weißen Freundinnen von der alltäglichen Straße feierlich die Brüstungen des Zuschauerraums. Und in einem andern Kunsthause stehen zwei, die ich immer besonders geliebt habe, mühelos aufrecht unter ihrer Last wie ihre Vorbilder im Tempel zu Athen. Das sind die beiden an der großen Orgel der Philharmonie, die sich rechts und links von dem filigranenen Gitterwerk des mächtigen Musikheizkörpers er-

heben. Sie halten Leiern in den Händen, ohne hineinzugreifen, und schauen leeren Gesichts geradeaus. Und all unser Gefühl konnte in die Hülsen ihrer Gesichter eingehen, wenn die Wasser der Musik uns zu ihnen emportrugen. Wohl gibt es da näher als diese gestrengen Göttinnen zwei christliche Engel, die mit belasteten Flügeln unter der Saalwölbung sich ducken und viel entgegenkommender auf uns heruntersehen, wir aber bleiben den fernen Heidenfrauen treu.

TIERGARTEN

Herbstsonntag. Dämmerung... Die Erde dampft ein wenig, nicht so feucht wie Feld, mehr wie Kartoffelacker. Auf den vielen, vielen ins Halb- und Ganzdunkel verstreuten Bänken an den schlängelnden Pfaden sitzen Liebespaare. Manche scheinen mir noch ein bißchen ungeschickt in der Liebkosung, sie könnten von einem Pariser Arbeiter, der sein Liebchen streichelt, lernen. Manche haben für ihre Zweieinsamkeit eine ganze Bank erwischt, aber auch die, welche mit anderen Pärchen teilen müssen, lassen sich nicht stören.
Ich suche nach dem bärtigen Apoll unseres Kinderspielplatzes. Von dem habe ich übrigens inzwischen gelernt, daß er aus dem achtzehnten Jahrhundert ist, ursprünglich vor dem Potsdamer Stadtschloß, dann vor dem Brandenburger Tor stand. Er kommt sogar im Baedeker vor, wenn auch nur kleingedruckt. Ich finde ihn nicht, ich gerate an den Goldfischteich. Das Dreimusikerdenkmal da am Ende mit seinen Halbfiguren in den Nischen lasse ich weitab liegen und gehe zu den Putten in den natürlichen, von Buschwerk gebildeten Nischen. Da ist ein Merkurbübchen mit Flügelkappe und Schlangenstab, der seine winzige nackte Landwirtin, die eine Garbe zu halten scheint, streichelt. Das bedeutet gewiß den Bund von Handel und Landbestellung. Am Ufer gegenüber finde ich einen Putto mit preußischer Pickelhaube und einer Art Seitengewehr bei einem Mitmännlein, das von ihm weg Tuba bläst. Die beiden erinnern an reizende Allegorien der Porzellanmanufaktur. Einer dritten Gruppe fehlt zuviel von den Armen, als daß ich erriete, was sie hielten und bedeuteten. Sie sind besonders schön, so wie sie sind. Das soll kein ästhetisches Urteil sein! Mit Ästhetik komme ich nicht weiter, muß es auf andere Art versuchen.

Am Landwehrkanal, 1928

Gleisdreieck, um 1929

Durch einen Seitenweg schimmert von der Siegesallee herüber ein Stückchen Markgraf. Ich laß' es von fern locken, werde mich wohl hüten, hinüberzugehen zu den unglücklichen Zweiunddreißig mit der wechselnden Beinstellung. Wieder ein Busch und ein Sandsteinpärchen, sie mit Flachs versehen, er auf ein Rad gestützt. Steuermann? Preußische Seehandlung?

Und hier führt ein Weg vom Teich fort zu dem Rasenrund, auf dem Tuaillons Amazone, eine größere Nachbildung des Originals vor der Nationalgalerie, ruhevoll und gespannt zu Pferde sitzt, die erste Berlinerin, die den Rücken in korsettlos sanfter Biegung gehalten hat im Gegensatz zu ihrer fürstlichen Zeitgenossin, die nicht weit von hier eingeschnürt, in immer schlimmer werdendem Hut, bei den Blumen des Rosengartens auf Abholung wartet.

Ich gehe weiter ohne bestimmte Richtung, weiß nicht, ob ich zur Rousseau- oder Luisen-Insel kommen werde. Und glücklich verirrt, stehe ich mit einmal vor dem Apoll, den ich nie wiedergefunden habe seit Jahren. Ich sehe ihn im Profil. Mondlicht bewegt die Hand, mit der er in seine steinerne Leier faßt. Er hat eine kräftige Art, zuzugreifen, nicht distinguiert klassisch, sondern wie von alters her, er braucht sich keine Mühe zu geben, Antikisches zu tun, er kann noch Barock, der gute Gartenmusikant unseres Spielplatzes. Aber Spielplatz ist hier nicht mehr.

Immerhin ist es jetzt im veraltenden Halbdunkel noch so buschig und labyrinthisch hier wie vor dreißig, vierzig Jahren, ehe der letzte Kaiser den Naturpark in etwas Übersichtlicheres, Repräsentativeres umschaffen ließ. Daß auf seinen Befehl das Unterholz gelichtet, viele Wege verbreitert und die Rasenflächen verbessert wurden, ist verdienstlich, aber darüber sind dem Tiergarten gewisse intime Reize verlorengegangen, eine holde Kinderstubenunordnung, Zweigeknacken und das Rascheln vieler nicht gleich weggeräumter Blätter auf engen

Pfaden. Aus dichterem Laub tauchten damals die Teiche auf. Und an Denkmälern gab es nur die wenigen freundlichen Marmorleute wie etwa den Herrn von Goethe, dem es anzumerken ist, daß er sich hier nur vorübergehend aufhält, um einen neuen Umwurf, eine Art preisgekrönten Domino, anzuprobieren und dem Unterricht beizuwohnen, den griechisch gekleidete Fräulein aus seinen Dichtungen kleinen Knaben erteilen – oder den guten Friedrich Wilhelm, der auf die Luisen-Insel schaut. Er soll schon hingesehen haben, ehe dort seiner Luise das Denkmal errichtet wurde, das alle Kinder lieben. Kenner haben uns belehrt, daß des Königs Gestalt und Gewandung besonders genau und gründlich ausgeführt sei. Es fehlt nicht einmal der Riester am Stiefel des sparsamen Monarchen, der bisweilen geflicktes Schuhwerk getragen haben soll.

Bei dieser Gelegenheit will ich einiges anbringen, was ich aus der Geschichte des Tiergartens gelernt habe. Geschenkt hat laut einer Urkunde von 1527 den Platz die Gemeinde Cölln an der Spree dem Kurprinzen Joachim dem Jüngeren ›zur Anrichtung eines Thier- und Lustgartens‹. Noch unter dem Großen Kurfürsten reichte der Tiergarten mit seinem starken Wildbestand bis zum heutigen Gendarmenmarkt, und der sogenannte kleine Tiergarten umfaßte ganz Moabit und die Gegend des Wedding. Allmählich griffen dann Dorotheen- und Friedrichstadt in das Waldgelände ein. Eine große Allee wurde angelegt nach dem Schloß der Königin Sophie Charlotte. Und es begann die Umwandlung des Jagdreviers in einen Lustwald. Der Plankenzaun fiel, der einst das ganze Gebiet umgab. Der Große Stern entstand und die Alleen, die von ihm abzweigen. Friedrich der Zweite ließ diesen Platz mit geschnittenen Hecken und pyramidal gestutzten Buchen umgeben. Über ein Dutzend Statuen kamen darauf, aber keine Markgrafen, sondern Pomonen, Floren, Ceres, Bacchus und ihresgleichen. Das Volk nannte sie die Puppen, und den weiten Weg zu ihnen nannte es ›bis in die Puppen‹. Vom Goldfischteich habe ich gelesen, daß er noch Karpfenteich hieß, als E. Th. A. Hoffmann daselbst seinen geliebten Kater Murr verscharrte. Vielleicht lächelte damals noch die Göttin des großen oder Venusbassins auf ihren Cupido nieder wie zur Zeit, als hier der junge Philipp Hackert seine ›Aussichten‹ malte. Nicht weit vom Großen Stern legte Knobelsdorff sein Labyrinth an, einen Irrgarten, aus dem sich der Poetensteig schlängelte, von welchem noch ein Ausläufer erhalten ist in dem Pfad, der zum Denkmal Friedrich Wilhelms führt.

Um 1790 entstand nach dem Vorbilde der Stätte, wo Jean Jacques bestattet worden, in einer sumpfigen Partie des Parkes die Rousseau-Insel, unsere Rousseau-Insel, um die wir ruderten und Schlittschuh liefen und sie bei ihrem Namen nannten, lange ehe wir wußten, von wem sie ihn hatte. Villen und feine Landhäuser näherten sich dem Park, das gastfreie Haus des Jacob Herz Beer, der Meyerbeers Vater war, und Ifflands schönes Gartenheim. In der werdenden Tiergartenstraße wohnte Schleiermachers Freundin Henriette Herz. Eine bekannte Karikatur der Zeit läßt sie mit Schleiermachers Kopf im Ridikül am Tiergartenrand spazieren gehen. Unterschrift: ›Die Hofrätin Herz hat sich einen Ridikül angeschafft.‹ Der Park selbst war damals noch recht verwildert, nur die sogenannten englischen Partien wurden gepflegt. Systematisch umgeschaffen hat den Tiergarten erst Lenné in den dreißiger Jahren. Doch ließ er noch kleine Wildnis genug, die bis in unsere Kindertage blieb. An diese Zeit erinnern mich am meisten die winzigen hochgeschwungenen Brückenstege über den Bächen, die manchmal bewacht sind von munteren Bronzelöwen, denen von Maul zu Maul Geländerketten hängen.

Und ganz wie damals ist oder scheint mir der Neue See. Es wird zu spät, heute hinzugehen, so zeichne ich in Gedanken die Buchten um seine Bauminseln, wo wir im Winter kunstvoll holländernd große Achten ins Eis schrieben und im Herbst von der Holzbrücke am Bootshaus in den Kahn stiegen mit der Herzensdame, die unser Rudern steuerte. Und lasen wir später im berühmten Gedicht, das wohl einem südlicheren Park gewidmet ist,

›Wir fahren mit dem kahn in weitem bogen
Um bronzebraunen laubes inselgruppen‹

so dachten wir Berliner Kinder an unseren Neuen See.

Er beginnt und endet zwar bei Fabrikschloten und hat die geschäftigsten Teile der Ober- und Unterspree zu verbinden, aber unterwegs wandert er durch soviel Stadtidyll, daß sein Name in unserem Ohr einen sanften Klang hat, als wäre er der alte Schafgraben, der einst an den südlichen Stadttoren entlangfloß, oder der ›grüne Strand‹, wie man ihn bis in die achtziger Jahre nannte, ehe seine Ufer mit Quadern bekleidet wurden, wodurch er zu seinen vier Schiffsbreiten kam.

Langsam gleiten durch sein Wasser die schwerbeladenen Kähne. Am Bordrand stakt einer mit langer Stange das Fahrzeug vom Fleck, ein Hündchen hockt, ein Feuerchen raucht. Das dampft aus der kleinen Küche wie im Zigeunerwagen. Andere Kähne lagern an einigen Uferstellen und bieten Äpfel feil, rot wie die Backen der Schifferkinder.

Bald nachdem der Kanal die chemischen Werke und technischen Institute von Charlottenburg verlassen hat, beginnen Baumalleen ihn zu säumen, und sein Strand heißt eine Strecke lang Gartenufer. Und Brücken überschreiten ihn, die wie Gartenstege über Gartenbächen sind. Da ist die Lichtenstein-Brücke, die vom Hintereingang des Zoologischen Gartens zum Tiergarten führt, gar nicht weit von der Schleuse, in deren glatt angleitende Flut und schäumend abstürzende Wellen die Kinder so gerne schauen. Daß die Stille dieser Brücke einmal entweiht worden ist von Schurken, die ein paar Schritt weiter den sterbenden Leib einer edlen Kämpferin, welche ihre Güte und Tapferkeit mit dem Tod büßen mußte, ins Wasser geworfen haben –, man kann es sich kaum vorstellen, wenn man hier die spiegelnden Wipfel im Wasser ansieht. Begreiflicher schon ist es, daß mancher Verzweifelte, manche Verlassene in den lockenden Wassern des Kanals den Tod gesucht haben.

An der Corneliusbrücke geht die Parklandschaft des Gartenufers mit grüner Brandung in die Stadtlandschaft über. Und die Atmosphäre, die in dieser Gegend den Atem von Park, Stadt und Wasser vereint, ist von zartem Farbenreichtum, wie man ihn in dem hellgrau umrissenen Berlin sonst selten findet. Kein Sonnenaufgang über den Bergen, kein Sonnenuntergang an der See läßt den, der in Berlin Kind war, die süßen Morgen- und Abendröten überm Frühlings- und Herbstlaub des Kanals vergessen.

Dann führt von der Herkulesbrücke bis zu dem wie auf einem chinesischen Bilde geschwungenen Fußgängersteg, der merkwürdigerweise Lützowbrücke heißt (aber nur nach dem Dorf, nicht nach dem Kriegshelden), ein Stück Sandweg bis zu der winzigen Parkanlage neben dem Klubhaus der Von-der-Heydt-Straße. Auf diesen Uferpfad gehen zum größten Teil Hinterhäuser. Und die paar Zugänge der Häuser, die dieser verwunschenen Gegend den Namen einer numerierten Straße verschafft haben, scheinen Türen zum Glück zu sein. Kastanien beschatten den immer dämmerigen Pfad und weiterhin das Ufer, Kastanienbäume, die das Kind des Berliner Westens in allen Jahreszeiten kennenlernt; an den feuchtstrotzenden Knospen, den Blütenkerzen und den braunen Früchten, die sich aus stachliger Hülle lösen, hat es im Spazierengehen seinen ersten und angenehmsten Unterricht in der Botanik. Vor der kleinen Parkanlage, bei der sich der Kanal zu einer Art Ententeich verbreitert, neigen sich Bäumchen übers Wasser, nach deren Namen das Kind fragt, um dann zum ersten Male das Wort Trauerweiden zu hören. Von dem Nordufer des Kanals, der Königin-Augusta-Straße, führen nun alle Seitenstraßen in den Tiergarten. Was hier an Häusern in Gärten steht, hat mit Säulchen und Friesen, glatter und spalierbespannter Wand die gute alte Zeit bewahrt. Zwischendurch gibt's ein paar Wagnisse und sanfte Entgleisungen ins Gotische oder Nordisch-

Üppige, aber das wirkt nur putzig wie Pagode und künstliche Ruine in einem guten Garten. Je schmaler diese Straßen sind oder werden, um so liebenswürdiger wirken sie, wie etwa die Hildebrandt- oder die Regentenstraße.

Eine von ihnen verbreitert sich zu einem kleinen Platz rings um die Matthäikirche; dies schmale Gotteshaus mit dem spitzen Turm und spitzigen Nebentürmchen in dem gelben und rötlichen Backstein erbaut, der so vielen Kirchen von Berlin eine gewisse Ähnlichkeit mit Berliner Bahnhöfen gibt, erhebt sich aus Efeuranken und über Fliederbuschwerk. Es bewahrt noch eine kärgliche Vornehmheit von der Zeit her, da es das Rendezvous der frommen Lebewelt war, der Leutnants und Geheimratstöchter, die zusammen beteten und tanzten, und im Volksmunde die Polkakirche hieß.

Der angenehm private Charakter der Königin-Augusta-Straße wird an ein paar Stellen gestört durch prätentiöse öffentliche Gebäude, Reichswehrministerien und Reichsversicherungsämter und dergleichen, aber sie ist immer noch eine freundliche Uferpromenade. Ebenso das gegenüberliegende Schöneberger Ufer, an welchem sich die Neubauten und Umbauten dem stillen Wesen der alten Häuser im allgemeinen gut anpassen. Knapp vor der Ecke der Potsdamer Straße gab es bis vor kurzem eine ganz kleine Synagoge, eine winzige Orientmauer, die wir liebten. Sie ist nun weggebrochen mit ihren Nachbarn, um einem großen Eckhaus Platz zu machen, ähnlich denen, die sich an den anderen Ecken der Doppelbrücke erheben. Bei dieser Potsdamer Doppelbrücke streift unser stilles Wasser einen Augenblick dichteste Großstadt. Da wird es abends bestrahlt von Lichtreklamen und tags erschüttert von drängendem und stockendem Verkehr. Dieser Großstadtlärm bekümmert wenig vier Herren, die dort auf Postamenten an den äußeren Ecken der beiden Brücken in Bronze bei ihren Apparaten sitzen. Jeder hat ein nacktes Bübchen zu seinen Füßen, das mit den subtil ausgeführten Instrumenten spielen darf. Gauß und Siemens arbeiten eifrig und ohne aufzublicken an ihren Erfindungen und Experimenten, während Röntgen in veritablen Schnürschuhen seinem Kleinen zeigt, was er fertig hat, und Helmholtz, der Theoretiker, müßig vor sich hinträumt. Leute von Geschmack und mit ihnen der Baedeker behaupten, die Denkmäler seien nicht besonders glücklich aufgestellt. Ich rechne sie zu den harmlosen. Ihre Anwesenheit hat etwas Tröstliches, so oft man über den Damm zu ihnen in sicheren Port gelangt ist. Auch ist es erfreulich, daß die Unbilden der Witterung den mit ähnlichen Röcken leichtbekleideten Herren und den nackten Bübchen nichts ausmachen.

Wir verlassen eine kleine Weile das Schöneberger Ufer und treten in das Eckhaus der Potsdamer Straße ein. Das ist außen gelbgetüncht und zu modernster Bandstreifenarchitektur vereinfacht. Innen aber erinnern im Treppenhaus und in den Fluren der einzelnen Stockwerke Stuckornamente an die Zeit, da es ein großbürgerliches Wohnhaus war. Jetzt ist es ganz Bürohaus geworden. GmbHs hausen hier mit abgekürzten Namen, Hibado und Raweci oder so ähnlich, Anwaltbüros und Ärztesprechzimmer gibt es und einen großen Verlag, und da wir mit diesem befreundet sind, dürfen wir in seine Räume eintreten und aus dem Fenster sehen auf das Pfefferkuchenpflaster des Karlsbades, dieser alten Seitengasse, die mit verwilderten Vorgärten und brüchigen Balkonen vergangener Vornehmheit nachhängt. Dort drüben, schon fast an der Flottwellstraße, weiß ich den Torweg, durch den Schienen zu einem Fabrikgebäude im Hofe führen, und in demselben Hofe der modernen Fabrik gegenüber ein Gartenpavillon, vielleicht Rest eines Landhauses an der alten Potsdamer Chaussee, ein winziges bürgerliches Trianon mit ein paar Stufen zum Glück, zu umranktem Vorplatz mit Steinvasen über der Balustrade und zu der Glasveranda, aus der man jetzt

statt auf Gärten auf den Hühnerhof des Hauspförtners und die grünüberwucherte Wand des Nachbarn schaut. So ähnlich mag auch das Haus gewesen sein, in welches im Jahre 48 in den Märztagen der Prinz von Preußen flüchtete, als er in der Dämmerung durchs Potsdamer Tor entkommen war. Hier konnte er sich verborgen halten im alten Karlsbade. Wir hören Leierkastenmusik und eine Stimme und gehen über den Flur an ein Hoffenster des Hauses. Einer der schachttiefen Höfe liegt unter uns, wie ihn Tausende von Berliner Bürohäusern haben. Lauter kahle Fenster, hinter denen Umrisse von Schreibmaschinen, Regalen und Kartotheken zu sehen sind. Aber ein paar der Fenster gehen auf, und die Mädchen mit den schwarzen Schutzärmeln sehen ein bißchen hinunter auf die Musik.
Ist der Kanal unter der Potsdamer Brücke hindurch, darf er noch eine Weile an stillen Ufern hinfließen. Dann überschatten ihn Viadukte, er streift Zugänge und Zufahrten von Bahnhöfen, und wo er sich dann zum viereckigen Hafen erweitert, ist er von Eisenbahnämtern gerandet. Am Hafenplatze aber stehen von alters her eine Reihe schöner Platanen. Wer aus dem Westen Berlins nach dem Süden Europas reisen will, kommt auf dem Weg zum Anhalter-Bahnhof an diesen Bäumen vorbei und empfängt von ihren hellgefleckten Stämmen und dem Flimmern ihres Laubes ein Vorgefühl von Eukalyptusstämmen und Olivenlaub.
Von hier führt ein kurzes Stück Straße zu dem Hochbahnhof-Gleisdreieck, der über dem gewaltigen eisernen Spinnennetz von Schienensträngen liegt, auf denen von Güter-, Fern- und Untergrundbahnen Dampfgestoßenes und elektrisch Gleitendes zusammenströmt. Das, was da oben zu erleben ist, gehört zu der Rundfahrt mit Stadt-, Ring- und Hochbahn, die Baedeker uns empfiehlt, zu der Fahrt, die eine Art neue Stadtmauer um das ältere Berlin baut und zum Teil Spuren früherer Mauern verfolgt.

Jetzt aber folgen wir dem Wasserweg des Kanals, der eine Strecke lang neben dem Viadukt der Hochbahn eine sanft gebogene Linie beschreibt, um sich am Halleschen Tor von ihm zu entfernen. Nun steigen zinnenbewehrte Rundtürme auf: Gasanstalten, die ältesten von Berlin, die in den zwanziger Jahren von der englischen Imperial-Continental-Association gegründet wurden. Und gegenüber erstreckt sich das Planufer, in alter Zeit eine vorstädtische Wohngegend und immer noch bequem und weit zu gehen. Es führt an Straßen und Plätzen hin, deren Namen Vergangenheiten enthalten, Am Johannestisch, Johanniter- und Tempelherrenstraße. Eine jüngere putzige Vergangenheit wird überliefert: ein Saal der Stadtmission, die hier, ein Werk des berühmten Hofpredigers Stöcker, ihre Stätte hat und ihre ›Schrippenkirche‹ abhält, in der Bettler und Obdachlose zwei Schrippen, einen Becher Kaffee und ein Wort für die Seele bekommen; ein Saal dieser Mission war früher einmal Theaterraum einer Possenbühne, in der der sogenannte Meerschweinchendirektor Carli Callenbach regierte.

Urbanhafen: ein Seitenkanal umfließt eine trapezförmige Insel, auf der aus- und eingeladen wird, Hebebrücken und Kräne sind am Werk. Gen Norden aber hinterm Wasser erstreckt sich ein Schlachtfeld von Erdarbeiten, Abbruch und Aufbau, Ruinenstadt und werdende Stadt. Das ganze Gebiet des früheren Luisenufers vom ehemaligen Engelbecken bis zum weiland Torbecken ist trockengelegt worden, um einer großen Avenue Platz zu machen, die von Norden nach Süden gebaut wird. Angelockt von dem Chaos aus Sand und Schutt, gehen wir ein Stück in der Richtung nach dem Kottbuser Tor zu. Da wird gerade an der Hochbahn umgebaut, und wir geraten unter ein grelles Netzwerk mennigroter Eisenträger. Die Kottbuser Straße führt uns zurück an den Kanal, und wir kommen in die Budenstadt eines Marktes, der das ganze Maybacher Ufer bedeckt. Hier scheint von Süden her ganz Neukölln herbeigekommen zu sein, um einzukaufen. Es gibt alles: Pantoffeln und Rotkohl, Ziegenschmalz und Schnürsenkel, Krawatten und Fettbücklinge. Neben der alten Jüdin, die Pelzfetzen breitet und Seide auspackt, ißt eine Nachbarin von ihrem Gemüsekarren eine rohe Karotte. Dem wüstesten Fischgestank gegenüber verheißen die Flaschen mit Maiglöckchenessenz billig süßen Duft. Und streifenweise unterbricht die anderen Auslagen immer wieder ein ›Posten‹ Strümpfe aus Seidenflor oder aus unzerstörbarer ›Panzerseide‹. Stellenweise münden die Läden der Straße in den Marktverkauf. Das Emailgeschäft baut seine Ware den Damm herüber. ›Tulpenzwiebeln ausnahmsweise billig vor Feierabend‹, ›Gelegenheitskauf, junge Frau‹, ›Echte Beerblanche‹, ruft es. ›Winterrote, alle mehlig‹, preist einer seine Kartoffeln. Neben ihm gibt es wahrhaftig noch etwas zu sehen, was uns schon Museumsgegenstand scheint, richtige Haarnadeln wie in unserer Jugendzeit und runde Kämme, wie damals Frauen sie ins Haar steckten.

Die Einmüdung des Teltowkanals und der rechte Winkel, den unser Kanal bildet, ist durch allerlei Schuppen und Bretterwände verbaut und man muß wie so oft das Leben der Stadt von den Inschriften ablesen: ›Gerüstbau- und Verleihanstalt‹, ›Hunde werden geschoren und kupiert‹, ›Rohre, Träger, Formeisen, Zaunstäbe, Nutzeisen aller Art‹, ›Altes Studentenbad‹. Über dieser Inschrift flattern schwarzweiße Fähnchen. Aber was sie verheißt, ist nicht mehr zu finden.

Noch einmal teilt sich unser Kanal und geht mit zwei Armen in die Spree. Wir gehen den Freiarchengraben an dem etwas kümmerlichen Grün des Schlesischen Busches entlang und einen Pfad bis an den Fluß, der hier den breiten Osthafen bildet.

Man behauptet, der Landwehrkanal soll auch bald einmal trokkengelegt werden, er rentiere sich nicht mehr. Dann würde uns wieder ein Stück Leben zu blasser Erinnerung werden.

Der ist obligatorisch. Eine Sehenswürdigkeit. Die höchste Erhebung über der Spree-Ebene. Da ich ihn seit langer Zeit nicht mehr besucht habe, beschloß ich ihn jetzt gewissenhaft zu besichtigen und begab mich gen Süden. Unterwegs in einer Nebenstraße der Großbeerenstraße gab es ein paar Schaufenster, vor denen mußte ich stehenbleiben. So lange konnte der Kreuzberg auf mich warten. Das eine verhieß Wäscheanfertigung jeder Art aus vorhandenem sowie aus geliefertem Material. Da lehnte über die Leine mit den Spitzentaschentüchern eine nachdenkliche Stoffpuppe ihre marmorgrauen Arme. Unter roter Kappe hatte sie blaugraue Locken, altfarben, wie Ahnenbilder sie haben. Es war schwer, an ihren einladenden Augen und Armen vorbeizukommen. Und wenige Schritte weiter war eine Vogel- und Vogelfutterhandlung. Auch für Fische und gegen Insekten gab es da mancherlei einzukaufen, und ich las Worte wie Piscidin, Wawil, Dermingin, Radicalin, Milbin. Vor allem aber einen Vers allgemeineren Inhalts, den ich mir gemerkt habe:

Ein Vöglein im Heim
Erfreut groß und klein.
Große Auswahl in Sing-
Und Ziervögel.

Ich weiß nicht, ob die beiden letzten Zeilen auch als Vers gemeint sind, aber ich lese sie so.

Das alles hielt mich begreiflicherweise auf, aber schließlich stand ich doch am Fuß des Berges vor dem großen Becken des Wasserfalls im Viktoriapark. Im Wasser lachte ein faunischer Fischer aus Bronze, der eine zappelnde Nixe in sein Netz zwang. Außer mir sah ihm bei dieser Tätigkeit von der nächsten Brandmauer der Kreuzbergstraße ein riesiges Reklamefräulein staunend zu, ohne darüber ihre Arbeit zu vernachlässigen. Sie mußte die Wäsche in ihrer Riesenschüssel mit empfehlenswerten Seifenflocken behandeln. Ich aber ging einem kleinen Jungen nach, der auf seinem Dreirad bergauf fuhr bis zu dem Sandspielplatz. Am Lido, in Ostende und an der Riviera soll das gesellige Strandleben sehr entwickelt sein, in Berlin gibt es in verschiedenen Volksparks aber auch sehr schöne Sandplätze. Sie haben meist eine Holzfassung, auf deren Brüstung die ganz Kleinen ihre Kuchenformen stülpen, während innen in der weiten Sandwüste die Größeren Berge mit Tunneln und mit Rauchlöchern für Vulkane bauen. Neidisch und erwachsen sehe ich den Eifrigen zu und komme auf eine Bank neben ein paar alte Frauen zu sitzen, von deren Gespräch ich wie einen Refrain oder wie Pedal einer Klaviermusik immer nur höre: »Da hat se ja nu ... da wird se ja auch ... da hat se alles jehabt ...« Aber ich habe weiter Park und Berg zu besichtigen und suche zunächst pflichtgetreu die Denkmäler der Freiheitsdichter auf, die hier im Grünen verteilt sind. Es sind angenehmerweise nur Hermen, harmlos unter Büschen, über Beeten wie die, welche im Pariser Luxembourggarten dichten. Da haben wir Rückert in langem Haar mit Schmetterlingskrawatte. In ein Notenheft, das breit genug ist für Ghaselen, schreibt er an einer Strophe, deren Komplikationen ihm Stirnfalten über den sinnenden Augen machen. Unten an seinem Sockel spielt auf seiner Leier ein Bambino. Unweit steigt Körnern der Kragen hoch an die Koteletten des nach links oben strebenden Hauptes. Sein Militärmantel ist zur Toga drapiert, und mit seiner Dichterrolle faßte er gleichzeitig das Schwert. Auch drüben Heinrich von Kleist braucht die Linke nicht nur zum Halten des Dichterhandwerks, sie faßt zugleich des Schoßes Draperie, während die Rechte mit dem Gänsekiel unter dem versonnenen Kinn langfährt. Auf Uhlands Rolle steht geschrieben ›Das Alte Recht‹. Er sieht überzeugt geradeaus. Hübsche Blaublümchen blühen im Beet vor seinem Sockel. Und davon blühen noch mehr und dichter beieinander an dem Seitenbach des Wasserfalls, an dem entlang ich nun weiter hinauf muß, dankbar für alles, was mich unterwegs aufhält. Es gibt noch einige zoologische und botanische Ablenkungen. Hinter Drahtgitter Goldfasanen und Rehe. Man darf sie weder füttern noch necken. Denn, steht geschrieben, Gesundheit und Leben der Tiere ist hierdurch gefährdet. Vor den Blumenbeeten mit den gelehrten Porzellanschildchen höre ich Nachbarstimmen auseinandersetzen: »Das ist auch 'ne Alpenrose, sag' ich dir, nur 'ne andre Sorte, steht ja Orient drauf.« Bei den Pfingstrosen fragt mich ein blasses Rothaariges: »Können Sie mir mal sagen, wie spät's is?« und mahnt mich so zur Eile. Ich halte mich also nicht auf bei den Probeporträts, welche auf halber Berghöhe, wo der Weg über die Brücke des Wasserfalls führt, ein Photograph ausstellt. Auch nicht bei dem tiefgebetteten Milchkurgarten, aus dem ich doch meine Sommerfrische machen könnte. Nein, statt mich zu erholen, steige ich neben künstlichem Fels, die Granitstufen hinauf, sechzig Stufen der oberen Terrasse bis zum großen Denkmal.

Neben mir erklärt ein Familienvater Frau und Kindern, was es da unten ringsum an Türmen und Dächern zu sehen gibt, er zeigt ihnen die Hallen des Anhalter Bahnhofs, Reichstagskuppel und Siegessäule, nahe Gnadenkirche und ferne Lutherkirche. Als er dann zu den grünspanigen Kuppeln am Gendarmenmarkt, zu Hedwigskirche, Dom und Schloß kommt, wird die kleine Tochter ungeduldig und fragt: »Wollen wir nicht bei den kleinen Fluß gehen?« Damit meint sie den Wasserfall. Der Vater aber gelangt erklärend weiter zu den Kirchen der Altstadt. Ich denke bei den Namen nach, wer wohl in vergangenen Zeitläuften von dieser Höhe auf die alten Türme hinuntergesehen haben mag. Da fällt mir die Anekdote von dem Kurfürsten Joachim ein, der hier oben ein paar Stunden seltsamer Angst und Spannung verbracht hat. Dem hatte nämlich sein gelehrter Sterndeuter Carion, dem er eine Sternwarte in seinem festen Schloß zu Cölln an der Spree eingerichtet hatte, prohezeit, es werde am 15. Juli 1525 ein grausames Wetter die Städte Berlin und Cölln ersäufen. Der Tag brach, wie die Chronisten erzählen, wolkenlos an, mittags herrschte glühende Hitze, der Himmel bekam ein fahles Gelbgrau und am Horizont erschien eine schwarze Wolke. Da gab es Unruhe im Schloß, die Hofwagen wurden eilig angeschirrt, und der Kurfürst lief mit verstörter Miene durch die Gemächer. Und als die Wolkenwand höher stieg und die ersten Blitze zuckten, sprangen die Tore des Schlosses auf, der Kurfürst, seine Gemahlin und die Kinder fuhren im vierspännigen Wagen über den Schloßplatz, die vornehmsten Räte, Offiziere und Hofdiener folgten zu Pferde und zu Fuß, mit eilig zusammengerafften Habe beladen.

Nach Süden ging der Zug, wo sich die Cöllnischen Weinberge erhoben. Hier hat es nämlich vormals Weinberge gegeben, auf denen wirklich Wein gedieh. Er war wohl ziemlich sauer, wurde aber nicht nur in der Mark getrunken, sondern auch nach Polen, Rußland und Schweden ausgeführt. Erst als der Branntwein aus einem Medikament gegen Heiserkeit, Gicht, Kopfweh, Wurm und stinkenden Atem allmählich ein beliebtes Getränk wurde, das man nicht nur in Apotheken kaufte, hat er den Weinbau von diesen Tempelhofer Bergen verdrängt. Auf den höchsten der Hügel, den, der heute Kreuzberg heißt, ging der Zug des Kurfürsten und suchte dort Schutz gegen die drohende Sintflut. Hier oben wartete man auf das Wetter, das nicht kam. »Als er aber lange darauf gehalten und nichts daraus geworden, hat ihn sein Gemahl (wie sie denn eine sehr christliche und gottesfürchtige Fürstin gewesen) gebeten, daß er möchte wieder hineinziehen und bei seinen armen Unterthanen ausharren ... Davon ließ er sich bewegen und ist um 4 Uhr gegen Abend wieder gen Cölln gezogen. Ehe er aber aufs Schloß kommen, hat sich ein Wetter bewiesen und wie er unter das Schloßtor kommen, hats dem Kurfürsten vier Pferde vor dem Wagen samt dem Knechte erschlagen und sonsten keinen Schaden mehr getan.« So zu lesen in Peter Hafftitz' Mikrologikon.

Was sah der geängstete Monarch, wenn er von der drohenden Wolke weg auf seine Residenz blickte? Hinter Sumpf und Sand einen Wall mit Türmchen und Zinnen, dahinter seine Burg ›Zwing-Cölln‹, wie sie das Volk nannte und von der heut nur noch der Grüne Hut übrig ist, jener runde Turm an der Spreeseite mit dem gründspanbedeckten Kupferdach, in Cölln ferner Kuppeln und Spitzen der Glockentürme von Sankt Peter und nah dabei das Dominikanerkloster, wo vor einigen Jahren Tetzel gehaust hatte, um den Cöllnern und Berlinern die Höllenqualen recht genau darzustellen und Ablaßzettel zu verkaufen ... Und weiter wanderten seine Blicke über das Haus des Heiligen Geistes zu Sankt Marien und Sankt Nicolas, zu den Grauen Brüdern und über die Mühlen am Wasser bis zum Köpenicker Tor, durch das er damals zur Jagd geritten war an dem schlimmen Tage, als ihm die verschworenen Junker auf der Heide auflauerten. Dort am Tor hatte das Haupt des kecksten der Rebellen aufgesteckt geprangt und ein ganzes Jahr lang von seiner Eisenstange herabgegrinst. Zwischen den Kirchen und stolzen Eckhäusern der Breiten- und der Klostergasse waren nur niedere Schilfdächer und ein paar moosige Ziegeldächer zu sehen und viel freies Feld, Acker und Weide und Tümpel mitten in der Stadt.

Von diesem Hügel haben Schweden und Kaiserliche abwechselnd auf die bedrängte Stadt geblickt, die dann der Große Kurfürst zur zackig umwallten Kanonenfestung umschuf. Im Siebenjährigen Kriegs sind Österreicher und Russen hier ge-

In Kreuzberg, um 1928

Hinterhof in Kreuzberg, um 1929

wesen. Feuerkugeln mit langen Schwefel- und Pechkränzen schossen hinunter. Danach hat der arme Sandhügel eine Weile Ruhe von der Weltgeschichte gehabt. Erst anno 1813 haben die Berliner auf dem Tempelhofer Berg und den Rollbergen Schanzen zur Stadtverteidigung angelegt. Aber der Feind kam nicht bis an die Stadt, nur der Kanonendonner von Großbeeren. Und bald danach läuteten die Glocken Dank für den Sieg bei Leipzig. Im Jahre 1818 wurde der Grundstein gelegt zu dem Siegesdenkmal, das hier hinter mir aufragt. Die Majestäten von Rußland und Preußen warfen Kalk aus der Maurerkelle auf das Lager des Steins. Und dann wuchs, ganz aus Eisen gegossen, Schinkels Denkmal im sogenannten ›altteutschen Style‹ empor, und zwar, wie ein Zeitgenosse berichtet, »auf einem achteckigen Unterbau, welcher eine erhöhte mit steinernen Platten bedeckte Terrasse um das Monument bildet, die sich auf elf rings um das Achteck laufenden Stufen erhebt ... Bei den Teilen und bei dem Ganzen hat die Architektur des Kölner Domes zum Muster gedient ... Das Ganze bildet einen thurmartigen Baldachin, der sich über zwölf Kapellen oder Nischen erhebt, aus denen die im Grundriß bestimmte Kreuzform des Ganzen zusammengesetzt ist. Diese nischenartigen Kapellen sind den zwölf Hauptschlachten des großen Krieges gewidmet, und jede Nische ist mit einem charakteristischen Siegesgenius ausgefüllt, dessen Gestalt dem durch ihn personificierten Ereignis entspricht. Die schöne Aufgabe dieser Gestalten für den Bildhauer ist bereits in vollendeten Figuren durch die Professoren Rauch, Tieck und Wichmann jun. sehr glücklich gelöset ...« Die Genien haben klassizistisch abgeschwächte Ähnlichkeit mit den Fürsten und Helden der Zeit, Culm mit Löwenhaut und Keule sieht dem König Friedrich Wilhelm gleich. Dennewitz trägt Bülows Züge. Blücher ist zweimal vertreten, stürmend an der Katzbach, im nordischen Harnisch bei La Rothière. Der Siegesgöttin von Paris verlieh

Rauch die Gesichtszüge der Königin Luise und ließ sie in der Rechten eine kleine Quadriga tragen, die an die wiedergewonnene große auf dem Brandenburger Tor gemahnt. Belle-Alliance aber, der Endsieg, blieb den unumgänglichen Föderierten vorbehalten: das Haupt hat die Züge der russischen Kaiserin Alexandra Feodorowna, und obendrein sind noch auf der Mittelfalte ihres Gewandes als Stickereien die übrigen elf Genien in Relief wiederholt. Später wurde für das Denkmal eine höhere Untermauerung geschaffen und es wurde mittels hydraulischer Pressen bis zu seiner gegenwärtigen Höhe gehoben.

Benommen von alter Zeit und dem Abendwind, der von den Brauereien her Geruch von Malz wehte, wie man ihn in München riecht, hätte ich gern jemanden gefragt: Wo ist denn hier der Dustere Keller? Der muß einmal hier am Abstieg gelegen haben. In Urzeiten war es eine Schlucht mit Aschenurnen, dann hauste dort in fritzischen Zeiten ein wunderlicher Einsiedler. Dann war es ein beliebtes Ausflugsziel. Und in den heimlichen Tagen vor den Freiheitskriegen gründeten die vaterländischen Turner Jahn und Friesen in der Wirtschaft mit ihren Freunden den Deutschen Bund, in welchem der aufgelöste Tugendbund weiterlebte. Aber da seh ich Flieger im Osten über Tempelhof und besinne mich auf die Gegenwart.

Ja, da drüben ist unser großer Flughafen. Da kann man die surrenden Stahlvögel niedergleiten sehen auf grüne Fläche und anrollen auf die geteerte Bahn. Und wieder aufsteigen im Kreisflug nach allen Himmelsrichtungen. Und in der Halle der Lufthansa stehen sie nebeneinander wie Lokomotiven im Schuppen. Kennerisch sieht die Menge der Ankunft und Abfahrt zu, und die kleinsten Burschen reden im Ton des sicheren Mannes über Tragflächen und Spannweiten, sie waren ja draußen auf der ›ILA‹, sie wissen ja Bescheid mit allen Aerogleitern, Eindeckern und Doppeldeckern, genau wie sie alle Autoarten kennen, da brauchte man nur die Gespräche vor den Ausstellungshallen der Messestadt anzuhören. Oft sollen sie übrigens auch den größten Unsinn reden, haben mir Sachkenner versichert, aber sie bringen ihn so herrlich trocken und bestimmt heraus, die kleinen Berliner. Merkwürdig ist auch, wie neidlos selbst die Ärmsten alles Sportgerät ansehen. In dem Schwirren der Propeller und im Rollen über beständig explodierendem Benzin muß ein gemeinschaftliches oder mitteilsames Glück liegen. Wer sich kein Auto leisten kann, wird dann eben Chauffeur werden. Oder vielleicht Flugzeugführer, denkt mancher von den Kleinen, wenn er hier die Piloten in ihrer flatternden Ledertracht, in dieser seltsamen Fledermausuniform, vorübergehen sieht.
Wo das Gebiet des Flughafens aufhört, schließen sich Sportplätze an, und die Jungen laufen dort hinüber zu ihren Fußballkameraden. Den Kindern und den Fliegern gehört diese weite Fläche. Und es ist doch noch gar nicht so lange her, da war sie Schauplatz von veralteten Paraden und Revuen, da herrschte hier das Gegenteil der Sportelastizität, der steifstarre Stechschritt der Garden. Hier wurde zweimal im Jahr die Ber-

liner Garnison ihrem höchsten Kriegsherrn vorgeführt, hier waren von den Zeiten des Großen Friedrich bis zum Weltkriege die letzten Musterungen vor dem Feldzug. Nun ist es hoffentlich für eine gute Weile vorbei mit diesen traurigsten aller Felder, diesen zu leeren oder zu vollen Exerzierplätzen, die ernüchternd sind wie die Kasernen, aus denen sie sich füllten. Statt Kasernen werden Siedlungen angelegt, wie hier ganz in der Nähe Neu-Tempelhof mit seinen stillen Ringen, hübschen Torwegen zu Gärten, ansteigenden und absinkenden Straßen und Häusern, die an altes Potsdam erinnern.

Von dem Dorf, das nach den weiland Tempelrittern heißt, steht nicht mehr viel in Tempelhof. Selbst die kleine Granitkirche im Gemeindepark hat ihre Gestalt verändert. Und sonst ist vom Dorf nichts übrig geblieben als ein paar eingesunkene einstöckige Häuschen mit Vorgärtchen, wie man sie hier und da in den Berliner Vorstädten findet. Das heutige Tempelhof ist einer der schrecklichen Eilbauten aus der Zeit nach 1870 im Bauunternehmer- und Maurermeistergeschmack, wie deren noch allzuviel rings um Berlin lagern und erst allmählich von den neuen Wohnblöcken ohne Seitenflügel und Quergebäude, ohne Berliner Zimmer und Fassadenstuck verdrängt werden.

Dafür gibt es aber zwei Monumente der neuen Zeit, das Ullsteindruckhaus mit seinem stolzen sechzehn Stockwerk hohen Turm und den gewaltigen Komplex der Sarottiwerke, beide am Teltowkanal gelegen. In dem einen wird der in den Redaktionen und Setzereien der Kochstraße gesammelte Geist auf dem Wege über allerlei Rotation, Schnellpressen, Falz-, Heft- und Zusammentragemaschinen zu Zeitungen, Zeitschriften, Broschüren und Büchern, in dem anderen wird die in den Tropen gesammelte, weither gewanderte Kakaobohne auf dem Wege über Bürstenwalzen, Brech-, Schäl-, Reinigungs- und Eintafelungsmachinen zu hübsch verpackter Schokolade. Es ist

erstaunlich, wie der trübe Niederschlag und Satz unserer Einfälle aufschwillt zu unendlichen, wohlbedruckten Papiermassen und wie die verstaubten, in runzligen Säcken zusammengeduckten Bohnen zu unzähligen säuberlichen Tafeln und Pralinen werden. Das alles machen die klugen Räder und Walzen, vor deren vielerlei Drehen, Stampfen, Greifen und Schleudern uns unwissenden Besuchern der Verstand stillsteht, während ihre tausend Wächter, Aufpasser und Hüterinnen in Kitteln und Häubchen unsere verwunderten Mienen belächeln. (Welch ein Heer von munteren und stillen Berliner Arbeiterinnen hab' ich in diesen Tagen kennengelernt, leider nur so im Vorübergehen. Ich möchte unsichtbar zugegen sein, wenn sie in ihren Kantinen zusammensitzen, hören, was sie auf ihren Heimwegen miteinander reden, was sie vom Leben denken ...) Ja, da stehen wir betäubt im Riesensaal der Berliner Illustrierten und sehen an der Decke die Papierrollen hinlaufen, sich niederlassen in das eiserne Greifen und Drehen und als bebilderte, aufgeschnittene fertige Zeitschrift herausspazieren. Da schleichen wir durch den Saal der ›Längsreiber‹, wo die Walze über die Reibetröge, Granit über Granit, wandert und Massen bewegt, die dann weiterwallen zu Tafelformen, Füllmaschinen und Schüttelbahnen, um ohne Eingriff von Menschenhand in Stanniol, Wachs und Pergament, in Karton und Kiste zu schlüpfen.
An Tempelhof schließt sich Mariendorf an, wohin ich wohl kaum gekommen wäre, hätte mich nicht einer der Tüchtigen und Glücklichen, die mit der flimmernden Leinwand zu tun haben, in das Glashaus mitgenommen, wo die Filme gedreht werden. Rundherum ist ödes Weichbild und Weltende. Innen aber ist wunderlich belebte Welt. Sind es Baracken oder Kulissen, ist es Biwak oder Kinderstube, was da in wechselndem Hell und Dunkel auftaucht? Ein paar Stolperstufen führen hinunter in eine Alpenlandschaft, vor der wie zum Spielen

Kurort, Station und reizende kleine Eisenbahn aufgebaut sind. Eine Ecke weiter bekommt man von dem Zug ein Stück in natürlicher Größe vorgesetzt. Da dürfen wir hineinklettern bis in das Schlafcoupé, in dessen Kissen die verlassene Braut aufschrecken mußte. Wir stehen im Gang und sehen an Tür und Fenster, Bettstatt und Decke alle Einzelheiten eines wirklichen Schlafwagenabteils. Und neben uns steht die zartgliedrige Schöne, die dort vorhin im Lichtkegel der lauernden Lampe lag. Sie führt uns dann hinüber in die Koje, in der gerade eine Aufnahme stattfindet. Wir kommen hinter den Kanonier des Lichtgeschosses zu stehen. Neben dem Operateur steht der Befehlshaber und gibt ein Zeichen. Der Mann am Klavier spielt eine Tanzmelodie. Und nun fangen dort an der Bar die Grellbestrahlten an, sich zu bewegen. Es ist eine Art Karnevalsfeier. Konfettistreifen werden über Fräcke und nackte Schultern geworfen. Lärmende Masken bedrängen tanzende Paare auf der Estrade. Einsam inmitten der Tobenden sitzt einer bei seinem Glase, den Ellbogen auf den Bartisch gestützt, starrblickend, fern. Man flüstert uns einen berühmten Namen zu. Jetzt hebt er den Kopf und sieht zu uns herüber. ›Er sieht uns an, als wären wir seine Gespenster‹, sage ich Ahnungsloser. ›Nein‹, belehrt man mich, ›er sieht nichts als blendendes Licht!‹ Die Musik setzt aus. Der Regisseur geht zu den Bargästen und macht seine Manöverkritik. Und dann müssen die Geduldigen gleich noch einmal übermütig sein und der in ihrer Mitte muß wieder erstarren. ›Ein anstrengendes Handwerk‹, meint die Erfahrene, die uns führt. ›Und das schlimmste ist das lange Warten und Immer-parat-sein-Müssen. Es ist wie beim Militär.‹ Wir Laien bekommen natürlich doch große Lust mitzuspielen und wäre es auch nur als Figuranten. Wir möchten auch einmal vorkommen auf der Leinwand, einmal uns selbst spielen sehen.

Wir Berliner sind leidenschaftliche Kinobesucher. Die Wochenschau ersetzt uns alle nicht erlebte Weltgeschichte. Die schönsten Frauen beider Kontinente gehören uns alltäglich mit ihrem Lachen und Weinen im wandernden Bilde. Wir haben unsere großen Filmpaläste rund um die Gedächtniskirche, am Kurfürstendamm, in der Nähe des Potsdamer Platzes, in den Vorstädten, und daneben die tausend kleinen Kinos, helle, lockende Lichter in halbdunklen Straßen aller Stadtteile. Oh, es gibt sogar eine Reihe Vormittagskinos, rechte Wärmehallen für Leib und Seele. Im Kino ist der Berliner auch nicht so kritisch, beziehungsweise nicht so abhängig von der Kritik seines Journals wie im Theater. Er läßt sich überfluten von der Illusion. Es ist Lebensersatz für die Millionen, die ihren monotonen Alltag vergessen wollen. Da gibt es keine Pause des Erwachens und sich Besinnens. Nirgends läßt sich Volkslust, Kollektivgenuß so miterleben wie in den kleinen ›Kientöppen‹, in denen nur ein jammerndes Klavier die Musikbegleitung liefert. Noch lieber wäre mir manchmal zu den herzergreifenden Szenen, bei denen unsere Tränen ›ohne Denkerstörung‹ rollen, Leierkastenmusik, wie sie auf unseren Hinterhöfen dröhnt und säuselt.

Hasen gibt's hier nicht und auch keine Heide mehr, aber wer sich bei Namen von Stadtteilen etwas der ursprünglichen Bedeutung Entsprechendes vorstellen möchte, den wird es interessieren, zu erfahren, daß im Jahre 1586 laut Chronik der Cöllner Stadtschreiber eine kurfürstliche Verordnung verfügte: ›Den 18. May ist uff Churfürstl. Gnaden ernsten Befehlich den Burgern in beyden Stedten ufferleget, Löcher in den Zeunen an den Gerten zu machen, damit die Hasen hineinlauffen konnen.‹ Noch Friedrich Wilhelm I. erwiderte auf ein Gesuch um Hütungsgerechtigkeit in der Heide: ›Soll Haasen-Garten bleiben.‹ Unter Friedrich dem Großen entstanden dann die ersten ländlichen Wirtschaften und nach den Freiheitskriegen Kaffeegärten, und zwischen ihnen ein riesiger Rummelplatz, der mit seinen Würfelbuden, Kraftmessern, starken Jungfrauen, Seiltänzern und Wundertieren sich von der Gegend der Bärwaldstraße bis zu dem Turnplatz erstreckte. Vor den Vergnügungslokalen ging mit seinem hölzernen Kasten am Tragriemen der Zigarrenverkäufer auf und ab – denn hier durfte der sonst vielfach verbotene Tabak geraucht werden, bot Fidibus und Lunte und rief: ›Cigaro mit avec du feu.‹

Aus alten Heftchen und Bildern der fünfziger Jahre kennt man die Omnibusfahrten nach der Hasenheide, Madam Bröseke mit Mann und vielen Kindern auf der Fahrt vom Dönhoffplatz hieher. »Bei Streitz ist Konzert und bei Happolt Ball. Bei Höfchen werden die Putzmacherinnen poussiert und dann geht's zum Turnplatz!« Happolt ist offenbar das Feinste gewesen: Marmorsäle, Glassalon, Trumeaux vom Mosaikfußboden bis zur gemalten Decke, ›Kronenleuchter wie in dem Palast eines Fürsten‹ usw. Und dann war da noch Lücke, wo die Aristokraten sich trafen, Hofräte, Geheime Ober-Titularräte und Kalkulatoren. Madam Brösecke bleibt lieber mit ihren Gevatterinnen bei Höfchen, wo »eine Legion Kaffeekannen mit duftigem Cichorien-Mokka und Hunderte von kleinen, Finkennäpfen ähnlichen Tassen, dazwischen Weißbier und Schnapsgläser auf allen Tischen« stehen, während es ihre Tochter Pinchen hier zu ›gemischt‹ findet.

Die Bier- und Kaffeegärten sind geblieben bis auf den heutigen Tag und immer größer geworden. Sie sind fast zu groß, sie haben das Monströse der Zeit der Riesenportionen und Doppelkonzerte behalten und überbieten einander in ihren Ankündigungen. ›Täglich großes Terrassenstimmungskonzert bei freiem Eintritt‹, donnert es uns von einem Eingang an, und nicht weit davon behauptet ein Lokal, ›trotz aller Neueröffnungen das führende Café‹ zu sein und zu bleiben. Es verheißt ›täglichen Tanz auf erleuchteter Glastanzfläche‹ und dazu Musik einer ›Rheingoldkapelle‹. Aber der alte Rummelplatz ist nicht mehr da. Die ›Neue Welt‹ ist heute eins der großen Gartenlokale mit Sälen für Versammlungen und Festlichkeiten. Ältere Leute werden sich noch der Zeit erinnern, da man bei dem Wort ›Neue Welt‹ an Panoramen, sogenannte naturwissenschaftliche Museen, ›Wilde‹, Dompteusen in Stulpstiefeln und Kraftmenschen dachte. Ich habe hier als kleines Kind den lächelnden Mund und die rosa Wangen des Mädchens gesehen, dem der Kopf abgeschlagen und wieder aufgesetzt wird, vielleicht auch jene erste Dame ohne Unterleib, zu deren schönen Armbewegungen ihr Unternehmer die Verse von der Lotosblume, die sich ängstigt, aufsagte; sicher aber kam mir hier zum ersten Male der Name Dante zu Ohren in einer Bude, wo einige seiner Höllenstrafen panoramisch-plastisch dargestellt waren. Es war sehr schaurig. So etwas wird uns heute nicht mehr geboten.

Ein anderes Stück Hasenheide ist geblieben: Turnvater Jahn schaut noch immer, wenn auch nur als Büste, vom Postament seines Denkmals auf sporttreibende Jugend nieder, nah bei der Stätte, auf der er die erste Turnerschaft versammelte. Er sieht wohlgefällig auf die bräunlichen Buben und Mädchen in Schwimmkostümen nieder, die hier wie an so vielen Plätzen rings um Berlin ihre Bälle stoßen und schleudern. Und wenn wir über die Sandhügel des etwas verwilderten, von zwergigen Föhren bestandenen Gartens hinter dem Denkmal gehen, eine der vielen Stätten, wo die Berliner Sonne und Luft finden, mögen wir auch mit friedlichem Wohlwollen an die kriegerischen Jünglinge und Tyrannenmörder von damals denken, denen Freiheit, Vaterland und stärkende Pflege des eigenen Körpers eine Gesamtheit befreundeter Gedanken war. Bis dann diese Befreier und heldischen Jünglinge und vor allem ihr Führer und Vorbild die Tyrannei von seiten des geliebten Vaterlandes selbst erfahren mußten. Hier also hat Jahn im Jahre 1818 den ersten Turnplatz eröffnet, nachdem er schon vor den Freiheitskriegen mit einigen Schülern auf den Wiesen zwischen dem Halleschen und dem Kottbuser Tor die neue Kunst des Turnens geübt hatte. Wenn damals noch der waagerechte Ast einer Eiche das Reck bildete, Sandgruben zum Tiefsprung und die steilen Wände der Rollberge zum Sturmlauf benutzt wurden, so hatten sie hier in der Heide richtige Geräte, Barren, Ein-, Zwei- und Vierbäume. Aber schon im nächsten Jahr verhängten die Demagogenverfolger eine Turnsperre, verhafteten Jahn und ließen alle Geräte vom Turnplatz fortschaffen. Auch nach seiner Freilassung blieb Jahn noch lange unter Polizeiaufsicht. Und erst nach 48 wurde sein Werk richtig anerkannt und wurden die vielen Turngemeinden gegründet, die in ihm ihren Turnvater sehen. Die haben dann aus allen Teilen der Welt die Steine gesandt, aus denen das Postament seines Denkmals gebaut ist.

In dem alten Garten nahe dem Restaurant, wo Familien Kaffee kochen können, sind trümmerhaft, kulissenhaft ein paar nicht mehr gebrauchte Schießstandteile stehengeblieben. Auf ihren Zielscheiben bemerkt man verblassende Figuren der Feindesgestalten rund ums Zentrum. Wobei einem zumute wird, als lebte man schon in Zeiten, die nur noch aus Überlieferungen und Museumsstücken begreifen, daß Menschen einmal so töricht waren, aus Röhren mit Pulver aufeinander zu feuern. Recht altertümlich wirkt auch der Reklamekasten eines Photographen, der nahe dem Straßeneingang aufgestellt ist. Darin sind die preisgekrönten Modelle vom Meisterschaftsfrisieren eines Friseurgehilfenvereines in Neukölln zu sehen. Wir erblicken komplizierte Ondulationen reichbehaarter Mädchen und Frauen, wie sie in Natur wohl nicht einmal in den entlegensten Teilen von Neukölln mehr vorkommen.

ÜBER NEUKÖLLN NACH BRITZ

Um seiner selbst willen Neukölln aufzusuchen, dazu kann man eigentlich niemandem raten. Vielleicht entsteht hinter den Riesengerüsten, die zur Zeit den Hermannsplatz, mit dem dieser Stadtteil ungefähr beginnt, überragen, schöne neue Architektur. Aber das eigentliche Neukölln ist eine der Vorstädte, die in den siebziger Jahren kaum zehntausend Einwohner hatten und jetzt zwischen zwei- und dreihunderttausend haben. Auf dem Hohenzollernplatz reitet natürlich ein bronzener Kaiser Wilhelm I. In breiten Straßen sind viel Warenhäuser, Kinos, Ausschank, Dampfwurst, Rundfunkbastelgeschäfte und stattliche Fronten, welche die Trübsal der Hofwohnungen verbergen. Es findet sich zwischen Hermannstraße und Bergstraße auch eine Gegend, wo das Elend sichtbarer wird, das sogenannte Bullenviertel, wo abends arbeitsmüdes Volk aus überstopften Trambahnen steigt und viel kümmerliche Kinder auf der Straße herumtreiben. Eine traurige Gegend. Als sie noch Rixdorf hieß und Ausflugsort war, mag sie interessanter gewesen sein. ›Musike‹ ist nicht mehr in Neukölln, wie sie, nach dem bekannten Liede zu schließen, in Rixdorf gewesen ist. Übrigens habe ich nur geringe Kenntnisse von dieser Vorstadt. Seine neueren Denkmäler, einen Reuterbrunnen und einen Friedrich Wilhelm I. (dem König als Ansiedler der frommen Böhmen gestiftet) habe ich mich bisher noch nicht entschließen können zu besichtigen. Ich bin immer nur rasch mit der Tram durch Neukölln gefahren, um wo anders hinzukommen. Vor allem nach Britz. Wenn man in diesem kleinen Vorort an ein paar rührend tiefliegenden Sommerhäusern aus alter Zeit und der Tankstation mit ihren Olex- und Shell-Plakaten vorbei in die Dorfecke einbiegt, gerät man eine schlängelnde Straße hinab zu einem waldigen Abhang. Hat man dann noch ein Stück

Weg an ›dorrendem Geländer‹ hin zurückgelegt, so erscheint hinter Baum und Teich – wohltuender Anblick – die Siedlung. Ihre Farben leuchten, gelb, weiß und rot und dazwischen das Blau der Umrahmungen und der Balkonwände. Wir gehen eine der ausstrahlenden Straßen in den runden Komplex hinein, die offene Seite eines Vierecks entlang, an dessen drei anderen Seiten schmale Häuser eine große Gartenanlage umgeben. Hinterhäuser sind nirgends zu finden, den Treppen sind runde Ausbuchtungen eingefügt. Jedermann hat sein Stück Gartenland wie in den Laubenkolonien, nur viel gepflegter und innerhalb eines viel gemeinsameren Ganzen. Wir kommen in den inneren Ring und sehen endlich den Teich, die Mitte, um die sich in Hufeisenform die ansteigenden Ufer mit einem Häuserring fügen. In schönem Gleichmaß haben die Häuser eine Reihe Dachluken, kleine und große Fenster und farbig vertiefte Balkone. An der Seite, wo das Hufeisen schmal wird, hat die glückhafte kleine Stadt ihren Marktplatz; Schaufenster von Konsumgenossenschaften, welche die Siedler in, wie man uns versichert, sozial rationeller Weise mit Lebensmitteln versorgt. Wir betreten ein Haus. Auch innen ist es bunt, aber kein überflüssiger Zierat, alles schmucklos und doch schmuck. Das ist eine der vielen Siedlungen, die den stärksten Vorstoß in das Chaos der Zwischenwelt, die Stadt und Land trennt, bedeuten. Wohnungsnot, Schönheitssehnsucht, die Richtung der Zeit auf das Gemeinsame und der Eifer der jungen Architektengeneration waren hier wie in Lichtenberg, Zehlendorf und anderen Enden der Stadt am Werke, menschenwürdige Wohnstätten zu schaffen. Ein Werk, das dauernd fortgesetzt wird und wohl das Wichtigste ist, was zur Zeit mit Berlin geschieht. Dieses neue, werdende Berlin vermag ich noch nicht zu schildern, ich kann es nur preisen.

›*Hier können unentgeltlich Ziegelsteine abgefahren werden.* Nachfragen beim Bauführer.‹ Das sind die Steine der alten Jannowitzbrücke, die abgebrochen wird, weil mitten in der alten Hafenstadt Cölln am Wasser vieles neu werden soll. Eine Untergrundbahn wird hinübergetunnelt. Es zischt und stampft um Stahlgerüste und Walzen. Durch Schutt und an Sperren entlang schlängele ich mich an die Abfahrtsstelle der Dampfer, die spreeaufwärts fahren. Vergnügungsdampfer mit Musik. Das möchte ich erleben; steht doch auch im Baedeker, den ich jetzt immer so neugierig studiere, unter 4. Tag, nachmittags: Dampferfahrt nach Grünau. Aber der Mann am Schalter der Schiffahrtsgesellschaft will, daß ich statt nach Grünau nach der Woltersdorfer Schleuse fahre, ich weiß nicht weshalb, er ist streng mit mir, wie viele seinesgleichen in Berlin. Er erlaubt mir, erst noch im Restaurant am Wasser zu essen. Inzwischen füllt sich der Dampfer, die besten Plätze werden besetzt. Ich gedenke mit dem zweiten zu fahren, der eine Viertelstunde später abgehen soll, werde aber im entscheidenden Augenblick in den ersten beordert und verfrachtet. Da bin ich wieder einmal ins Altertümliche geraten. Hier sitzen nämlich die Leute, die noch dick sind. In raschen Motorbooten treibt die schlanke sportliche Jugend von heute an uns vorbei; wir aber sitzen, feiste Herren in den besten Jahren und Madam's in umfangreichen Stoffbergen wie auf Altberliner Scherzbildern. Qualvoll langsam schleichen wir vorwärts, überflüssig und müßig zwischen all dem Fleiß der Eisenhallen, Schornsteine und Krane an den Ufern.

Da sind Weizenmühlen mit mächtigen Elevatoren, die das Getreide aus dem Lastkahn heben, andere, die es mit Exhaustoren aus den Kähnen saugen. So kommt es in die Mühle hinein, wird gewogen, gesiebt, gewaschen, getrocknet, gequetscht, gemahlen und wieder gesiebt, in Säcke gefüllt, alles am laufenden Band und in gleicher Weise als fertiges Mehl für den Weitertransport zum Kahn zurückgeleitet. Wir kommen unter der Oberbaumbrücke hindurch. Von den backsteinernen neualtmärkischen Warttürmen seh' ich hinüber zu dem großen Kühlhaus, das hinter seinen Gerüsten schon fast vollendet über den Osthafen ragt. In weiten Lagerräumen sollen dort Tausende und Tausende von Eiern, Riesenfrachten von Gemüse, Obst und Fleisch in Kühlzellen bis zum Verbrauch aufgehoben werden. Drüben am Treptower Strand kommt grüner Park ans Wasser. Ich möchte am liebsten aussteigen und zu den Kindern gehen, die da hinten in fliegenden Kästen, auf schwingenden Seilen sich vergnügen. Da muß doch wohl noch die Liliputeisenbahn sein, die auf ihrer Schiene rundum fuhr gleich der, die man im Kinderzimmer aufbaute und aufdrehte. Es waren drei offene Aussichtswagen, die gingen hinter kleinem Rauch zweimal im Kreise mit Läuten und Pfeifen über Feld und durch die beiden Tunnel. ›Klettermaxe‹ hieß die Lokomotive, darin der Zugführer saß. Eierhäuschen heißt das Etablissement, und die Straße dahinter führt zur großen Sternwarte. Da breitet sich auch der Rasen, auf dem das Volk frei lagern darf wie in Versailles auf unverbotenem Gras. Ich möchte aussteigen, aber unser Dampfer hält nicht. Zu unserer Linken taucht nun das ›Gelsenkirchen an der Spree‹ auf, Oberschöneweide und dahinter Rummelsburg. Am Ufer Zillen, die Schlacke laden, dahinter Metallwerke, die rote Textilfabrik, das Transformatorenwerk und fern noch einmal die Riesenschornsteine des Großkraftwerks Klingenberg. All dieser rauchende ragende Fleiß beschämt unsere fette Ruhe, unser elendes Schneckentempo. Jetzt machen wir gar Musik!

Es geht an Köpenick vorbei. Das verlockt weniger zum Aussteigen. Ich weiß zwar, hinter dem alten Burggraben, der jetzt

Ententümpel ist, erheben sich Schloß und Kapelle. Es ist das Schloß, in dem der Kurfürst Joachim mit der schönen Spandowerin Anna Sydow gehaust hat, das Schloß, an dessen Tür sein Todfeind, der Ritter von Otterstedt, die berühmten Worte anschlug:

Jochimke, Jochimke, hüte dy.
Fange wy dy, so hange wy dy.

Aber um dahin zu gelangen, muß man durch die übliche Langweile trister Miethausblöcke und Kaiser-Wilhelms-Plätze. Hinterm Schloß gäbe es allerdings dann den Wendenkietz mit Fischerhütten, Reusen und Netzen, und verwitterndes Mauerwerk um den Alten Markt ... Es sitzt aber alles Volk so unbeweglich um mich herum, ganz der Dampfermusik und dem künstlichen Feiertag hingegeben. Ich kann nicht durch. Mitleidig winkt uns aus den vielen Bootshäusern, Badeanstalten und Freibädern junges Volk zu. Und rings um mich wird dauernd wieder gewinkt. Winken ist die Haupttätigkeit des Dampferpublikums.

Nun werden wir über den See transportiert und halten vor einem Gasthaus, wo wir Rieseneisbeine essen sollen, das steht diktatorisch angeschrieben. Und da hier viele aussteigen, brauche ich nun auch nicht mehr bis zur Woltersdorfer Schleuse durchzuhalten; ich klettere mit den andern die angelegte Treppe hinunter, begebe mich unter Preisgabe meines Retourbilletts an den Eisbeingeboten vorbei rasch in den Wald und gehe sandige Wege unter Föhren, die im Nachmittagslicht chinesische Silhouetten bekommen.

Als ich dann auf die Chaussee kam, hatte ich doch noch Glück. Ein Auto taucht auf, das ich erkenne: es ist der Graham-Paige des Freundes. Ich winke wie ein Schiffbrüchiger. Und nun darf ich nach all der feisten Nachbarschaft auf dem Dampfer neben der schlanksten der jungen Berlinerinnen sitzen, die einen Kinderballon bunt flattern läßt, den sie von Treptow mitgenom-

Straße am Tempelhofer Berg, um 1925

Finkenkrug, um 1929

men hat. In erfrischendem Tempo fahren wir an hockenden Dorfhäusern vorbei zwischen Kornfeldern und zart ansteigenden Höhen. Da ist Königswusterhausen. Der Turm der Telefunkenstation aus eisernem Spinnweb. Das schöne gelbe Vorgebäude des Jagdschlosses, in dem das Tabakkollegium tagte. Wir kennen den Tisch der Rauchkumpane aus dem Zimmer im Hohenzollernmuseum. Ich beschreibe meiner Nachbarin des Königs Hofnarren, den Professor Gundling in seiner parodierten Zeremonienmeistertracht, rotem, samten ausgeschlagenem Leibrock mit Goldknopflöchern, gestickter Weste und mächtiger Staatsperücke aus weißem Ziegenhaar. Obendrauf ein Straußenfedernhut, unten dran strohfarbene Beinkleider, rotseidene Strümpfe mit Goldzwickeln und Schuhe mit roten Absätzen. Während wir von diesem armen Narren und seiner Welt plaudern, geht es weiter die lange Straße nach Storkow und in halber Nacht Waldwege nach dem Scharmützelsee.

Spät sitzen wir auf der Terrasse des Hotels von Saarow. Oben wird getanzt. Am Wasser ist Rampenbeleuchtung, die ein Stück See aus der Nacht hebt.

Zur Nacht werden wir hier bleiben, und morgen wird der weite See in unseren Fenstern sein. Und dann fahren wir über Pieskow hinaus und steigen aus bei den hübschen, im Grünen versteckten Häusern der Schauspielerkolonie ›Meckerndorf‹. Und machen in Saarow selbst Besuch in einem der kühngiebeligen Häuser der Malerkolonie. Werden wir den See hinauf in ferne Uferwinkel Motorboot fahren? Oder zu Fuß durch die Wälder gehen bis zu den Markgrafensteinen? Oder Pfade so nah als möglich am Wasser?

Schade, daß es zum Baden schon zu spät im Jahre ist.

Lohnt's noch, vom heutigen und gestrigen Alexanderplatz zu sprechen? Er ist wohl schon verschwunden, ehe diese Zeilen gedruckt werden. Schon wandern die Trambahnen, Autobusse und Menschenmassen um die Zäune breiter Baustellen und tiefaufgerissener Erdlöcher. Die gute dicke Stadtgöttin Berolina, die hier früher von hohem Postament den Verkehr regelte, ist abgewandert. Das benachbarte Scheunenviertel mit seinen schiefen und geraden, verrufenen und armselig ehrlichen Straßen und Gassen ist zum größten Teil bereits eingerissen. Düster ragen von Süden die Mauern des Polizeipräsidiums über die Trümmerstätte des Platzes. Von Nordosten überwächst Häuser und Zäune der hohe Turm der Georgenkirche. Polizei und Kirche werden so bleiben. Aber was sonst hier noch steht, wird fast alles eingerissen oder umgebaut werden. Die meisten Grundstücke und Parzellen sind bereits im Besitz der Hoch- und Untergrundbahn, die ihren Schacht gen Osten gräbt. Was sie davon abtreten wird, darf dann der neue Besitzer nicht nach Gutdünken bebauen, alle künftigen Bauten hier sind gebunden an die Entwürfe des Stadtbauamts. So besteht keine Gefahr, daß die Spekulation häßliche Mietskasernenblöcke mit düsteren, luftarmen Quer- und Hintergebäuden türmt und kleistert. Um eine Mittelinsel, auf der Kreisverkehr eingerichtet werden wird, sollen in Hufeisenform Hochhäuser aufwachsen.

Wo Altes verschwindet und Neues entsteht, siedelt sich in den Ruinen die Übergangswelt aus Zufall, Unrast und Not an. Wer hier die Schlupfwinkel kennt, kann in seltsame Wohnstätten finden und führen, schaurige Zwischendinge von Nest und Höhle. Da versteckt sich zum Beispiel in den Kellerräumen einer abgerissenen Mietskaserne, die einen der großen

Obstläden enthielt, welche zur nahen Markthalle ihre Wagen und Körbe sandten, hinter Schutt und Mörtel der ›Bananenkeller‹, eine traurige Schlafstelle für Obdachlose, die in den Nachtasylen nicht mehr unterkommen können oder wollen. Sie kriechen hier in ihren Winkel, wenn die Lokale rings am Platz und in den nahen Straßen geschlossen werden. Sie ziehen die Beine nur ein bißchen näher an den Bauch und zerren die Jacke über die Knie, wenn wir unbefugten Eindringlinge an ihnen vorüberstolpern. Andere Kellerräume enthalten kleine Basare, deren Inhalt an den Pariser Flohmarkt erinnert. Da sind zu verkaufen: Konservengläser und Karbidlampen, Vogelkäfige und Papierkörbe, alte Zylinderhüte und Lampenzylinder, Russenkittel, ›kaum getragene‹ Schuhe, Schnürsenkel und Ölgemälde mit ›Gold‹rahmen, Plumeaux und sogar Straußenfedern. Auch die Oberwelt ist voll fliegenden Handels. Am Zugang des Georgenkirchplatzes, wo im Regen frierende Dirnen um die Ecke schleichen und starr stehen, sah ich aus der Zaunlücke des Abbruchs eine graue Alte den armen Geschöpfen weißleinene feste Unterbeinkleider hinhalten. Das sollten sie gegen die Kälte über die durchbrochene ›Reizwäsche‹ ziehen.

An Ruinen entlang, die an die Trümmer zerschossener Städte erinnern, kommen wir in die Münzstraße und in dichtes Gedränge. Vor dem Ausschank liegt ein Weib auf dem Boden, über ihr, noch in Boxerstellung, einer der Gesellen in Mütze und Sweater, die hier vorherrschen. Interessiert sehen die Umstehenden zu. Einzugreifen wagt keiner. Es zeigt sich auch kein ›Grüner‹. Die Justiz, die hier vollzogen wird, erfreut sich allgemeiner Anerkennung. Wir werden weitergedrängt. ›Ihr seid wohl übrig jeblieben von jestern‹, ruft einer unserer kleinen Gruppe nach. In der nächsten Straße, ich weiß nicht, ob wir näher oder weiter vom Platz sind, drängen sich die Leute um einige Straßenhändler. Da ist der mit den Krawatten überm Arm: ›Alles für eine Mark. Die janze Filmwelt trägt meine Binder.‹ Der drüben mit den Schnürsenkeln scheint große Beredsamkeit zu entwickeln, aber durch seine zahlreiche Zuhörerschaft können wir nicht hindurch. ›Zauberhölzchen›, schreit's von rechts her neben dem Stand mit den Visitenkarten, die gleich mitzunehmen sind, frisch von der Prägemaschine. Dampf steigt warm auf um das Schild ›Bouletten von Roßfleisch, Stück 5 ch.‹. Jetzt sind wir, glaube ich, in der neuen Königstraße. Hier interessieren mich am meisten die Anschläge und Aufschriften über und an den Läden: ›Hundeklinik und -Bad, Hunde- und Pferdescheranstalt‹ und kleiner darunter ›Kupieren, kastrieren, schmerzl. Töten‹. ›Der neue Hut, aber ein Cityhut muß es sein‹, ›Künstlergardinen‹ (was für Vorhänge mögen das sein?). Und vor einer tiefen Tür ›Achtung! Hier im Keller ist Rattengift gelegt.‹ Ein Laden umfaßt zweierlei Gewerbe: Übersetzungsbüro und Kunststopferei.

Zurück in die Gegend des Platzes und nach Osten. War hier die Ecke oder auf einer anderen Wanderschaft oder — nur geträumt, wo ich oben am Erkerfenster die Inschrift ›Hotel‹ verkehrt, auf den Kopf gestellt, bemerkte? Ein seltsam grausiger Anblick, der das ganze Haus gespenstisch machte, dies ꓶƎꓕOH¡

Noch eine ganze Strecke weiter kann ich nicht auf die Straße und die Menschen sehen, sondern bleibe mit den Augen an der Riesenliteratur anpreisender Worte auf Bretterzäunen und Schaufenstern der kleinen Läden und großen Ausverkäufe haften. In der Auslage des Tabakladens kniet eine Nymphe im Lendenschurz hinter einem Baum mit stilisierten Blättern, neben ihr wartet, wie sonst ein Krug, ein Aschbecher mit einer Steingutzigarette. Das ist ›Flora Privat‹, leicht, süß, duftig, die Siegerin der 2-Pfennig-Zigaretten‹. Im Papier- und Galanteriewarengeschäft finden sich zwischen Rhein- und Weinliedern und der kuriosen Witzkiste die ›neuen Tanzschellenbänder, eine reizende Spende‹. Überraschend sind manche Wortbildungen. Die ›Naturange› erschreckt ja auch in anderen Stadtteilen, aber ›Stilla Sana‹, den stärkenden Wermutwein, habe ich nur hier bemerkt. Er stand neben anerkannt vorzüglichen und preiswerten Fruchtweinen ›zur Einsegnung und Jugendweihe mit 5 % Rabatt‹. Erstaunlich ist auch das ›Darmgleitmittel Rodolax‹. Leibharnische finden in dieser Gegend die umfangreichsten Damen, Passendes für die stärksten Figuren, zum Beispiel den neuen Hüftformer mit Magenbinde. Der ›Kavalier‹ kann den eleganten Tanzschuh kaufen, der vorn recht spitz ist. Über die käferbraune Mitte des Promenadenschuhs schließt sich die schwarze Kappe wie mit einem Bändchen. Es gibt auch treuherzig Kleinbürgerliches: ›Borgen Pech / Ware los / Gäste weg‹, schreibt ein Wirt an seine Destillentür, und in der ›Grünen Quelle‹ hängt überm elektrischen Piano das Bild eines Löwen und darunter steht geschrieben: ›Brülle, wie ein Löwe brüllt, wenn das Glas nicht vollgefüllt.‹ Neben greller Werbewoche im ›Küchenhimmel‹ und ›Möbelcohn‹ wirkt rührend volksliedhaft die etwas blasse Inschrift an einer Handelsgärtnerei ›Blumen für Freud und Leid‹.

Bei solcher Lektüre sind wir in die Große Frankfurter Straße geraten. Betäubendes Sägen und Rasseln dringt über den Bretterzaun, der die Mitte des Dammes absperrt. Auf die Männer, die den Hammer niederprasseln lassen und Stricke ziehen, welche über Winden laufen, lächelt aus der Maskengarderobe für Ernte- und Kinderfeste, Volks- und Ländertrachten ein Wachsmädchen in Brünnemieder und weißer Haube herab. Das Eisengerüst der Dampframme ragt vier Stockwerk hoch. Und dort, wo das Pflaster aufgerissen ist, schimmern frühlingsgrün in der herbstlichen Straße Zementsäcke, die übereinandergeschichtet liegen. Einer der Arbeiter,

die sie einen nach dem anderen leeren, trägt eine ebenso grüne Joppe, die angeleuchtet wird von der Gasflamme neben der Maschine wie Parklaub von den Kandelabern vornehmer Avenuen. Er schüttet den Zement auf eine Stelle, auf die von andern eine braune Masse geschippt wird. Und die Mischung dringt in den Behälter, der sich wie eine Baggermaschine im Kreis bewegt und seinen Inhalt in einen Schlund gießt, aus dem die Masse feucht in die wartende Lore fällt. Die karrt die Beute fort bis dahin, wo die vorangewanderte Schicht austrocknet, und das Feuchte wird an das Trocknende gepappt. Kleine Jungen bestaunen mauloffen das Schauspiel der Arbeit. Und auch die Großen bleiben stehen. Zuschauen können die Berliner noch immer wie in alter Zeit, als sie es noch nicht so eilig hatten wie heute. Nur scheinen inzwischen ihre Sachkenntnisse gewachsen zu sein. Es sind nicht mehr die Naiven, die Hosemann gezeichnet hat, wie sie auf die großen Röhren der englischen Gasgesellschaft starren und sagen: ›Wenn ick nur wüßte, wie sie das Öl durch die Kanone da ruff kriegen.‹
Am Straßenrande erwarten uns neue Versprechungen. Der Hackebär hat eigene Wurstfabrik. Seine neue Bauernkapelle ist da. Es wird wieder den alten Betrieb geben, Stimmung, Humor. Viel Volk wartet schon unter wehenden Wimpeln. In einen Salon im Hinterhaus locken von der Wand des Durchgangs Friseur und Friseuse aus weißer Pappe. Gewaltige Filmreklame verkündet Amerikas berühmtesten Cowboy und den Grafen von Cagliostro. Der hohnlächelt über ihren Fächer weg auf eine schmerzlich stirnrunzelnde Brünette. Dunkle Nebenstraßen mit altertümlich sanften Namen unterbrechen unseren grellen Pfad. Ach, der alte Weinkeller mit den einladenden Strophen an schräger Wand über den tiefen Stufen! Und jetzt stehen wir am Torweg zum Rosetheater. Gegeben wird ›Der Verschwender, Romantisches Volksstück von Ferdinand Raimund‹. Es fängt erst in zehn Minuten an. Wir kön-

nen noch den Durchgang zu Ende gehen bis zu den herbstlichen Skeletten der Laubengänge, die hier ein Sommerzelt bilden. Da steht gegen himmelhohe Brandmauer – wie eine Kulisse vor Theaternacht – mit grünen Pilastern und Fensterrahmen licht ein altertümliches Häuschen. Hier wohnten vielleicht früher die, denen das Theater gehörte, und damals war gewiß der Eingang von der Gartenseite; denn hier führen breite Stufen einer alten Terrasse in das Schauspielhaus.

Wir haben unsere Plätze im Saal eingenommen und schauen ein wenig umher. Die vielen Mädchen in rosa und hellblauen Blusen! Mit nackten Armen, aber nicht ganz nackten, wie sie unsere ausgeschnittenen westlichen Damen haben, sondern mit breiter Atlaspasse über der Schulter. Seht dort im Proszenium die Reihe Gesichter, die noch ihres Berliner Daumier harren, den alten Angestellten, der über dieser selben Krawatte und dem hohen Kragen um 1900 einen Verdruß gehabt hat, wovon noch ein Schreck in seinen Gesichtsfalten geblieben ist, und neben ihm eine der gestrengen Gattinnen, deren energische Züge an ihren weiland Landesherrn, den Großen Kurfürsten Friedrich Wilhelm, erinnern. Und der dicke Hauseigentümer. Und der magere lockige Friseur. Schaut hinunter ins Orchester, wie tief es wohnt in einem Kasten rot wie Ochsenblut. Schaut hinauf zu den silbrigen Schwänen, die ihre Hälse unter die Brüstung des Ranges schmiegen.

Der Vorhang geht auf vor dem prächtigen Saal des Verschwenders, der soviel Freunde und Lakaien hat. Wand und Gewänder sind koloriert wie in unseren liebsten Kinderbüchern, und zwischen den vornehm Bewegten und Redenden stehen kleine Sofas wie in den Puppensalons unserer Schwestern. Ganz Märchenwelt ist Fels und Himmel hinter der Fee Genistane, die starr und hold steht wie aus Zuckerkand. Wie auf unseren Glückwunschkarten damals die dickere Blume sich öffnete über der zarteren, so gehen große Pappblumen

auf vor ihrem dienstbaren Geist Azur. Nahe ihren betenden Händen ist ein kleiner Steinaltar streng klassizistisch und makellos wie ein Altberliner Grabmonument. Eine Kinderstimme hat diese Fee, die Stimme eines eifrigen Kindes, das aufsagt. Aufsagend sieht sie zum Publikum, nicht zu dem geliebten Schützling gewandt, als sie von ihm Abschied nimmt. Und sowohl seine trauernden Gebärden als ihre Verse kommen jedes für sich zu uns. Das ist ergreifender als manches berühmte Zusammenspiel. Gestalten, von denen sie sagt, daß sie ihr erscheinen, streifen hinten über die Himmelswand. Und nun sinkt sie in den Spalt, wo es vielleicht noch tiefer hinuntergeht als hier vor uns in das Orchester. Als sie verschwunden ist, nahen dem Verlassenen tröstliche Schleierbreiterinnen. Es sind dieselben Mädchen, die im Schloß vor den lächelnden Gästen Ballett tanzen. Langsames Ballett mit deutlichen Pausen zwischen den einzelnen Figuren. Die Tänzerinnen nicken zu den Zäsuren der Musik. Mit Würde tragen sie ihre weißen Gewänder. Und auch im anderen bunteren Kostüm, eine Art spanischer Dirndltracht, bleiben sie unter dem rasselnden Jubel ihrer Tamburine feiertäglich. Im Schlosse des reichen Julius von Flottwell (muß man mit solchem Namen nicht verschwenderisch leben?) könnt ihr noch lernen, was Reverenzen waren, wenn Julius den Präsidenten, der ihm nicht wohl will, Amalie, die Geliebte, und seinen Nebenbuhler, den Baron Flitterstein, begrüßt. Mißtrauen, Leidenschaft und Haß muß er zurückhalten hinter der weltmännischen Verbeugung und uns doch sehen lassen.
Schönes altes Theater, wo die Bettler wunderbare Mönchskutten haben und wankende Stäbe. Wo überm schwankenden Schiff Blitze durch den Seesturm zucken und die jagenden Wolken anstrahlen, viel zauberischer als die Berliner Lichtwoche ihre Monumente. So verlockend ist keins eurer Schaufenster beleuchtet wie in der kleinen Felsschlucht der Schatz,

den Genistanes Bote zuletzt, zu guter Letzt ihrem verarmten Julius schenkt.
Geht schnell gen Osten, solang es noch hinter den Kinos und Varietés solch altes rotgoldenes Theater gibt!
Darüber haben wir nun aber die vielen Kinos und Varietés der Gegend versäumt. Man könnte noch in den Tanzpalast zur Möwe eintreten, wo altdeutscher Ball für die ältere Jugend stattfindet. Aber der Schub der heimkehrenden Sonnabend-Theatergäste drängt uns in entgegengesetzter Richtung ein Stück in die Frankfurter Allee hinein. Eine Erinnerung taucht auf. Die Januartage 1919: da flogen hier Granaten entlang. Der Kampf um Lichtenberg! Und wenn man zurückgedrängt wurde, in engen Gassen die Schleichhändler mit Brillanten, Seife und englischem Tabak, Feldgraue mit Rauchwaren und mit Schokolade aus dem besetzten Gebiet, Leierkasten mit der Marseillaise, Gitarrengezupf . . .
Eine Wackeldroschke poltert uns zurück zum Alexanderplatz und ein paar Straßen nach Norden und hält vor einem lärmend vollen Lokal. Über Bechern und Mollen, wendischen Backenknochen der Mädchen und zartfrechen Knabengesichtern ragt die Trompete des backenaufblasenden Krauskopfs, den eine Dame mit Broderien am Kragen auf dem Klavier begleitet. Der fettnackige Wirt erzwingt uns unter seinen alltäglichen Gästen etwas schonungslos Platz. ›Ich küsse Ihre Hand, Madame‹, das wird hier ebenso gern gehört wie im schicksten Westen, aber dann abgelöst von einer Art Militärmarsch, den alles Volk mit preußischem Eifer mitsingt. Wir brauchen aber nicht zu glauben, etwa in ein nationalistisches Land geraten zu sein. Gerade kommt ein Bursche an unseren Tisch, der eine Unterstützungskollekte für die Streikenden im Westen zum Unterschreiben vorlegt. Ein sentimentales Rheinlied steigt hinauf zu dem Transparent ›Riesendampfwurst 50 ch‹. Ein paar Jungen setzen sich an eine Seite unseres

Tisches und rücken langsam, noch mißtrauisch und schon zutulich, näher. Aus dem, was sie übertreibend und abschwächend vorbringen, ist zu entnehmen, daß sie keine ›Bleibe‹ haben. Mit den Zufallskameraden von gestern wollen sie nicht übernachten. Sie werden vielleicht auf ›Bodenfahrt‹ gehen, wenn nichts anderes sich bietet. In manchen Häusern findet sich ein gutmütiger Bewohner, der denen, die auf dem Boden kampieren, morgens warmen Kaffee bringt, er hat vielleicht selbst in seiner Jugend unterm Stadtbahnbogen geschlafen. Er weiß, wie's tut, kein Quartier zu haben. Einer von den Jungen führt uns weiter durch ein Gewirr von grellen und düstern Ecken. Er weiß hier ein ›schnaftes‹ Tanzlokal. ›Polarstern‹ heißt es oder so ähnlich. Ein tiefes Berliner Zimmer. Über dem Zugang zum Nebenraum ein Lambrequin starr und staubig. Aus dem Hintergrund kommen Mädchen- und Jungenpaare zum Tanz, zu dem zwei zusammengeschrumpfte Musiker Klavier und Geige spielen. Es wird hingebungsvoll getanzt, wie wir das aus ähnlichen Stuben und ›Dielen‹ kennen, nur verzweifelter, so scheint es uns wenigstens, und noch genußsüchtiger – als lauere Elend oder Gefahr. Es ist nach ein Uhr.

Unser Führer (darin sind die eleganten und kragenlosen Bummler von Berlin einander ähnlich), muß noch weiter, in die Gegend der Kommandantenstraße und hinter das Hallesche Tor. Unterwegs will er uns nahe bei der Markthalle etwas zeigen. Wir stehen wieder dem Polizeipräsidium gegenüber. Er schiebt uns durch ein niedriges Tor in die Wärmehalle. Er belehrt uns über die geduckten und aufrechten Gestalten. Er unterscheidet Einheimische und solche, die ›auf der Walz‹ sind. Hier darf nicht geraucht, gesungen, Karten gespielt oder gehandelt werden. Aber ein bißchen gehandelt wird doch, meist eine Art Tauschhandel, wie es scheint. Geschenkte oder ›gefundene‹ Kleidungsstücke, die einem anderen besser passen. Einer nahe dem Ofen tauscht Schmöker gegen Brot ein. Sind es Fußlappen oder Zeitungen, was der da auf der Holzbank aus dem abgezogenen Stiefel holt? Beim Hinausgehen sehe ich, daß wir unterm Stadtbahnbogen sind. Wir kommen in eine Straße, wo es nach Obst riecht, aber die Speicher der Früchte sehen aus wie Kontore. Hier wird auch am Tage nicht an den einzelnen verkauft. Der Markt von Berlin breitet sich nicht auf die Straße aus wie der an den Hallen in Paris. Wunderliche Auslagen in den nächsten Fenstern, in einem lauter Pappe und Einschlagpapier, ›Schlächter- und Butterbrotpapiere‹, ›Würstchenteller in allen Größen und Preislagen‹, Wiegeschalen, Kisten und Einsätze, eine ganze Negerhütte aus Bast, von einer nächtlichen Katze bewacht. Um die Ecke: ein koscheres Restaurant und ein Hotel mit geheimnisvollen Gardinen. An einer fensterlosen Mauer ein Zettel wie ein Wahlanschlag: ›Deutsche Frühkarpfen für die Herbstsaison‹. Wir kommen unter die Eisensäulen des Viadukts. Diese Stadtbahnarchitektur sieht heute so altertümlich aus. Nur ein Blick in den Wartesaal. Bündel und Säcke als Kopfkissen der sitzend Schlafenden. Leeres Glas und mattes Blech des verlassenen Büfetts. Draußen vor wartenden Wagen halbschlafende Pferde spreizbeinig starr. Eine Kneipe, wo Markthelfer auf ihre Arbeit und Arbeitslose auf eine Gelegenheit warten. Ein paar Chauffeure rühren in der Löffelbrühe. Marktfahrer zeigen einander Stücke aus ihren Körben und besprechen kaufmännisch die ›Lage‹. Der in Hemdsärmeln, der zwischen den Tischen entlang geht und Bekannte und Unbekannte beobachtet, ist nach der Meinung unseres Führers der ›Rausschmeißer‹. Heute bekommt er nichts zu tun. Zwischen dem Alten, der in seinen Bart brabbelt, und der dicken Marktfrau, die über ihrem Korb eingenickt ist, erscheint an der Banklehne ein wunderbar gemeißelter Jünglingskopf in offenem Hemd. Er schläft tief und selig auf dem harten Holz wie in paradiesischen Gefilden. Über ihm ein handgeschriebener Anschlag: ›Laden für Gänseausnehmen zur Saison abzugeben (Laufgegend)‹. In eine gegenüberliegende auch schon oder noch offene Bierstube werden wir nicht eingelassen. Die soll nur für reisende Händler sein. Das sind die Makler zwischen den Kleinbauern und den Berliner Gemüsehandlungen.

Nun wird es Zeit, die Halle selbst zu betreten. Dort werden wir als Müßiggänger geduldet, aber nicht so wohlwollend ironisch empfangen wie der Noceur von Paris in den Ständen vor und in den Hallen. Kartoffelschälerinnen schauen etwas verdrossen zu unserer Gruppe auf. Neben seinem Wagen der Bursche in samtener Mütze und mit schönen Stulpstiefeln und auf dem anderen Wagen der in leuchtend grüner Jacke, die durch grauen Dämmer strahlt, drehen finster die Köpfe nach uns. Nur der kleine Graukopf, der, aus dunklem Seitengang kommend, uns unter ›Resi noch besser als Rahma‹ begegnet, nickt freundlich und flüstert uns auf sächsisch unflätig anspielende Verse auf die verschiedenen Margarinesorten zu. Wir stolpern hinaus zwischen Porree, Lauch und Rübe.

Heim. Ein paar Stunden Schlaf. Um sechs habe ich Rendezvous zum Besuch der anderen Zentralhalle, der des Blumenmarktes.

Frühmond über blau-leerem Asphalt. Wechsellichter von Tag und Nacht auf den Panzern des Hochbahnhofs. Nachtglanz in der Station. Ich nehme Platz zwischen Barhäuptigen und Mützen, Schürzen und Kitteln, Kiepen und Körben. Über die Eisennetze des Gleisdreiecks und den Kanalabgrund unter der Möckernbrücke zum Halleschen Tor.

Eine Zeitlang stehe ich bei den frierenden Statuen der Brücke, die einen Gewerbe- oder Ackerbauzweig zu allegorisieren versuchen. Aus Gelesenem und alten Stichen taucht das Bild des wirklichen Halleschen Tores auf, die niedrige Stadtmauer, mehr Gartenmauer als Wehr (sie sollte wohl auch weniger verteidigen als Fremden- und Steuerkontrolle ermöglichen und die Desertion erschweren), die beiden Mauerpfeiler des Tores, oben durch eine Eisenstange verbunden. Steinerne Schmuckvasen. Solang es hell ist, stehen die Torflügel offen. Die Zolleinnehmer und die Dragoner der Torwache sitzen beim Kartenspiel, bis wieder eine Hammelherde kommt. Dann hat der Einnehmer der Schlachtsteuer Arbeit. Jede Herde, die in die Stadt soll, muß gezählt werden. Die Torflügel werden beide geschlossen, es bleibt nur eine Klappe offen. Und während sich draußen Volk und Vieh staut, wird zunächst der Leithammel hereingelassen. Nach ihm die anderen, Stück für Stück, am vorgehaltenen Fuß des zählenden Zöllners vorbei. Ich sehe, wie sie sich klemmen und drängen, während ich in die Leere von Brücke und Platz starre. Da aber kommt vom Hochbahnbogen her mit einem Schub Umschlagetüchern und Mützen, Bastkörben und Rucksäcken mein Bekannter, der junge Blumenhändler, der mich mitnehmen will.

Wir gehen über das Rondell des Belleallianceplatzes und die Friedrichstraße hinauf bis an den Eingang zu dem bahnhofbraunen Gehöft, über dessen Torstein ein städtisches Bärenwappen prangt. Im Hofgang werden hinter verblichenen Schaufenstern einige Arrangements künstlicher Blumen sichtbar, wie man sie von französischen Friedhöfen kennt. In der Halle wird mein Führer von aller Welt gegrüßt. Die gute Frau aus Zossen, die hinter ihrem Grünzeug hockt, nimmt ihm seinen Korb zum Aufheben ab. Ihre Nachbarin erzählt: ›Bei uns sind heut' nacht zwei Mädchen angekommen.‹ – ›Fruchtbare Gegend, Mariendorf‹, sagt mein Begleiter. ›Na, nu mußt du dich auch ranhalten, Karle‹, meint die Zossnerin. Ein vorüberstreifender Kollege macht eine Art Terminhandel mit Karl und fragt ihn dann: ›Hast du Affenflöten?‹ Karl gibt ihm eine Zigarette. Das da, zeigt er mir, sind die reichen Leute, denen gehört ganz Werder und denen daneben halb Teltow. Er geht eilig von Stand zu Stand, wählt, handelt, bestellt und nimmt Bestellungen mit. Zwischen den blaßbunten Haufen heimischer Herbstblumen lagern enggebunden Rosen, die mit Flugpost aus Holland gekommen sind. Es wird flink gehandelt, und dabei fliegen Witzworte hin und her zwischen dem jungen Mannsvolk und den alten Weibern. Auch untereinander necken sich die Männer. Mit den jungen Frauen sind sie leiser und vorsichtiger. Aber alle hier sind morgendlich munter. Man ist gut aufgelegt, trotz häufiger Wechselfälle. Es war doch schon Frost heute nacht. In Britz sind alle Dahlien erfroren, erzählt die Frau, die mit dem Kaffeetopf und den Pflaumenkuchen kommt und bei der im Stehen gefrühstückt wird. Das hört man sich mit einer Art ländlichem Fatalismus an. Mit einmal komme ich mir vor wie unter Stadtbauern alter Zeiten, als noch innerhalb der Tore viel Gemüsegarten und Acker war. Wir machen noch ein paar Schritte in die Topfhalle zu den Chrysanthemen. Die Topfhalle ist angebaut worden, weil es in der großen schon zu voll war. Aber bald wird das ganze Gehöft nicht mehr ausreichen. Die Halle wird in die Vorstadt verlegt werden. Der alte Kirchhofsgärtner aus Westend begrüßt meinen Begleiter, er sieht etwas verächtlich auf die Straßenhändler, die bei der Frau in der Türecke ›Mist‹, das ist Ausschuß, kaufen. Er ist alteingesessen. Schon seinem Vater hat die Gärtnerei der Besitzer einer Tiergartenvilla geschenkt, bei dem er vor sechzig Jahren Gärtner war. An Armen voll papierumwickelter Veilchentöpfe und lose gebundener Chrysanthemen schieben wir uns vorbei. Der brave Kumpan, der meines Begleiters Einkäufe in seinem Lastauto mitnehmen will, geht mit uns über die Straße in eine Destille, wo eine Molle ›gehoben‹ wird. Draußen sind zwischen Karren, Wagen und dicken Gäulen schon die Straßenreiniger an der Arbeit. Noch einmal zum Abholen in die Halle. Da wird auch schon aufgeräumt, während noch ein paar Alte aus schrumpflichen Portemonnaies und Junge aus Westen- und Hosentasche zahlen. Schmutz und Rest bleibt in Berlin nirgends lange liegen. Die Stadt räumt gern auf.

Gemüse und Blumen sind nun ›erledigt‹. Bleibt das Fleisch. Also auf zum Zentral-Vieh- und -Schlachthof im Osten. Schon der alte Viehmarkt, der bis 1871 bestanden hat, war am Landsberger Tor. Ein Stück weiter östlich erstreckt sich jetzt über ein Gebiet von fast 190 Morgen der Riesenkomplex mit Ställen, Verkaufshallen, Schlachthäusern, Verwaltungsgebäuden, zweigeteilt von der Thaerstraße, durchzogen von Triebstraßen, begrenzt von den langen Rampen an der Ringbahn, deren Viehbahnhof 15 Kilometer Gleis und eine große Anzahl von Ausladebuchten umfaßt. Erst bekomme ich die Menschen zu sehen, Beamte, Tierärzte und im Börsengebäude Viehhändler in langen Mänteln, Agenten, Großschlächtermeister. Mein Führer erzählt mir die Arbeit der Kommission, welche die Preise bestimmt, Auftrieb, Untersuchung und Unterbringung der Tiere, den Handel durch Handschlag. Er zeigt mir die hintereinanderlagernden Hallen, die der Rinder, die der Hammel und die riesenhafte Schweinehalle, die in ihren Buchten ungefähr 15 000 Tiere faßt. Sie reicht im Norden bis an die Rampen der Gleise, auf denen das Vieh aus den Provinzen angerollt wird. Und längs der Rampen erstreckt sich die lange schmale Kälberhalle. Da nach Osten, das sind die Stallungen, die Dungverladung, der Seuchenhof, die Häutesalzerei usw. An den Markttagen öffnen sich die Hallen, und durch drei Tore werden Rinder, Kälber und Schafe hinübergetrieben zum Schlachthof. Die Schweine wandern ihren besonderen Weg längs der Schienenstränge. Wir gehen in den Schlachthof hinüber und dort einer Schweineherde nach, die zum neuen Schlachthaus, einem mächtigen roten Gebäude, trottet. Wir sehen, wie unterm Stock des Treibers die bunt gezeichneten rosagrauen Rücken und die Ringelschwänzchen in der Luke verschwinden. Nun stehen wir drinnen in der weiten Halle. Weißer Dampf steigt auf von den Brühkesseln. Da aus dem kleinen Holzverschlag kommt das erste Schweinchen herausgeschlüpft, lautlos und vertrauensvoll seinem Mörder entgegen. Das ist ein hübscher junger Bursche in Hemdsärmeln. Er holt gelassen aus mit dem Beil und schlägt dem Tier vor den Kopf. Es legt sich sanft auf die Seite. Und während ein anderer auch sehr sympathisch aussehender junger Mann ihm den Halsstich versetzt, zucken nur noch die Beinchen. Da wartet ja schon das nächste und ein drittes drängt sich hinterdrein. Ich wundere mich, daß sie gar nicht quieken, weder hinter dem Verschlag noch hier unterm Beil. Ich muß immer wieder das Gesicht dessen ansehen, der den Schlag tut. Merkwürdig: die Viehhändler vorhin, die Agenten und Schlächtermeister sahen eigentlich viel blutrünstiger drein als dieser Jüngling mit der zarten Gesichtsfarbe, der die Mordtat vollzieht... Wir kommen ins Rinderschlachthaus. Da gibt es eine rituelle Ecke. In der steht vor dem kopfunten hangenden Rind der Schlächter, der ihm den Halsschnitt gemacht hat. Er hat einen schwarzgrau und scharf vorstehenden spitzen Bart. Auf welchem alten Bild habe ich solch einen Bart gesehen? Die Hammel muß man besuchen, wenn sie abgezogen werden. Es ist erstaunlich, wie säuberlich und glatt das zugeht. Sind sie an einer Stelle aufgeschnitten, so greift ihnen einer, der es versteht, ganz sanft unter den Pelz, das Fell gleitet weich und spurlos ab, und darunter erscheint ein Wesen aus hellem Elfenbein. Es geht überhaupt

Arbeitslosenspeisung im Wedding, 1929

Brunnenstraße, 1929

sehr säuberlich zu auf diesem Massenmordhof. Blut und Entsetzen wird rasch fortgewaschen, Geschlinge, Kuttel und ›Kram‹ werden beiseitegeschafft. Bald ist der Boden wieder blank wie spiegelndes Parkett.

Von Halle zu Halle wandern wir bis zum Ausgang. Die Eisenstäbe, die dort wandentlang ziehen, das sind die Laufkatzen, daran die am Haken aufgehangenen Tiere transportiert werden. Noch ein Blick in das große Gehöft des Fleischmarktes. Den hätte man eigentlich zu früherer Morgenstunde besuchen müssen, wenn er von Wagen und Menschen wimmelt. Die Gebäude dieser Sonderstadt sind neueren Datums und imposante Schöpfungen. Im Kühl- und Gefrierhaus kann man die weiten Räume mit den tausend verzinkten Eisenblechkäfigen des Konservenfleisches besuchen.

Soll ich heute noch weiter nach Nordosten vordringen? Heute ist in Weißensee Pferdemarkt. Da werden sowohl Reitpferde als auch alte Klepper verkauft. Auch dort wird der Handel durch Handschlag abgeschlossen. Ein andermal.

NORDEN

So sehr ich unsere Schaufenster im Westen liebe mit ihren immer neuen Gruppierungen, Beleuchtungen, Überraschungen – in der Woche vor Weihnachten wird's mir zu üppig hinterm Glase. Immer wieder diese Lebensmittelmassen (Mittel, die kein Zweck zu heiligen imstande ist. Eher schänden sie ihn), diese riesigen ›Freßkörbe‹, in denen Schnapsflaschen, Würste, Ananas und Trauben mit schimmernden Schleifen gebunden und auf Tannenstreu gebettet überquellen! In allen Preislagen wird mit der Ware zugleich seelenvolle Aufmachung feilgeboten, um den Berlinern, die ›zu nichts kommen‹, das reizende Selber-Basteln, -Betten und -Binden zu ersparen. Immer wieder die Buchläden mit dem kolorierten Märchenaufguß für die lieben Kleinen. Und die Wälder von versilberten Tannenzapfen zwischen Nickel- und Eisenwaren, Fichtennadeln, die aus Schuhen kriechen, Lametta, das auf Schlupfer schneit. Jahrmarkt-ähnlicher wird es, wo richtige Buden stehen. Neben Christbaumschmuck aufblasbare Gummiwesen zum Quieken, rote und grüne Quetsch-Affen. Eine Frau läßt vor ihrem Verschlag einen künstlichen Piepmatz auf dem Trottoir die Bewegung des Pickens machen und sagt dazu: ›Das neueste von der Leipziger Messe.‹ Und als ich vor diesem Phänomen eine Weile stehen blieb, wandte sich der Mitverkäufer persönlich an mich: ›Noch so einen einpacken, Herr Chef?‹ Merkwürdige neuzeitliche Nuance der ehrerbietigen Anrede. Früher hätte er ›Herr Doktor‹ gesagt. In München schlechthin ›Herr Nachbar‹.

Das war, glaube ich, am Leipziger Platz. Je tiefer ich in die Stadt und nach Norden kam, um so kleinstädtischer und echter wurde der Weihnachtsmarkt. Und das Angebot in den Auslagen der Geschäfte war nicht mehr so schrecklich distinguiert.

Da stand dick (es war die Gegend des Rosenthaler Tors) ›Was wir bieten‹ und ›Dreipreis 25, 50 und 95 ch.‹ Und ›Gänsebrust das beste Festgeschenk.‹ Und die kleinen Gänsebrüste hingen ohne weitere Tannenzutat wartend aufgereiht. Die Wagen am Straßenrand waren voll billiger derber Pfefferkuchen. Wurstbuden unterbrachen den bunten Kram mit wehendem Dampf. Immerhin vermißte ich manches von der rührenden Kleinwelt des alten Berliner Weihnachtsmarktes. Nirgends hörte ich das frühere ›Zehn Pfennig der Taschenkalender‹ von Kinderstimmen. Zur Zeit, als wir das hörten, erinnerten sich unsere Eltern an das ›Einen Dreier das Schäfchen‹ noch früherer Zeiten. Und wo sind die Knarren und Waldteufel hin? Aber keine Neuzeit vertreibt die Tannenbäume. Wo immer das Trottoir sich platzartig erweitert, stehen sie zum Verkauf, stattliche und rührend dürftige. Auch ganz winzige mit drei bunten Kerzen. Man erzählt, gestern soll hier in der Nähe ein Lager mit ein paar hundert Bäumen ausgeplündert worden sein. Gefühlvolle Räuber! Wie behandelt die Rechtsgelahrtheit diese Art Diebstahl? Dies Brennholz mit Imponderabilien? Dies nicht lebensnotwendige Bedürfnis. Auch in den übelsten Schenken bei bösen pflaumenaugigen Hexen steht ein Bäumchen auf schmierigem Tischtuch. Das Christkind kann's immer noch mit dem Radio aufnehmen.

Durch die Ackerstraße nach dem Wedding zu. Selbst diese traurige Gegend bekommt etwas vom Weihnachtswald und bunten Markt ab. Aus dem Hof der riesigen Mietskaserne, dem ersten Hof – sie hat wohl fünf oder sechs, eine ganze Stadt von Menschen wohnt darin. Alle Arten Berufe lassen sich erraten aus den Anschlägen: Apostelamt, Pumpernickelfabrik, Damen- und Burschenkonfektion, Schlosserei, Lederstanzerei, Badeanstalt, Drehrolle, Fleischerei ... Und noch soundso viel Schneiderinnen, Näherinnen, Kohlenmänner, die in den endlosen, grau-rissigen Quer- und Seitengebäuden hausen – aus dem ersten Hof dieses Musterbeispiels der Wohnverliese von gestern kommen durch den runden Torweg drei Burschen, einer mit der Gitarre, die beiden anderen mit Kerzen, die sie im Gang auspusten. Die spielen und singen hier von Hof zu Hof Weihnachtslieder und halten dabei ihre brennenden Kerzen in den Händen.

Die Wölbungen dieser Torgänge geben dem Großstadtelend wenigstens noch ein Gesicht. Sonst ist hier im Norden wie auch in den proletarischen Teilen von Schöneberg oder Neukölln den Häusern von außen meist nicht anzusehen, wieviel Armut sie bergen. Wie die Menschen keine bunten Lumpen tragen – leiser Trost des Bettlers in Mittelmeerländern, daß sein Elend ein Gewand hat –, sondern abgeschabtes Bürgerkleid und verwetzten Soldatenrock aus dem unerschöpflichen Tuch des Krieges, so haben auch die Gebäude eine heruntergekommene Bürgerlichkeit. Sie stehen in endloser Reihe, Fenster an Fenster, kleine Balkone sind vorgeklebt, auf welchen Topfblumen ein kümmerliches Dasein fristen. Um eine Vorstellung vom Leben der Bewohner zu bekommen, muß man in die Höfe vordringen, den traurigen ersten und den traurigeren zweiten, man muß die blassen Kinder beobachten, die da herumlungern und auf den Stufen zu den drei, vier und mehr Eingängen der lichtlosen Quergebäude hocken, rührende und groteske Geschöpfe, wie Zille sie gemalt und gezeichnet hat. Manchmal scharen sie sich um einen Leiermann, der hier noch eher auf Almosen hofft als in bürgerlichen Quartieren, oder um die Sängerinnen der Heilsarmee mit ihren rotbebänderten Hüten und militärischen Mänteln, die den Armen dieser Welt die Reichtümer des Jenseits versprechen. Wer Gelegenheit hat, die dumpfen Stiegen hinaufzutasten bis zu den armseligen Wohnküchen mit ihrem Kohldunst und den Schlafkammern mit dem säuerlichen Säuglingsgeruch, kann ›lernen‹.

Auch in den Gesichtern derer, die gegen Abend aus den Hallen der Ringbahnhöfe Wedding und Gesundbrunnen kommen und durch die Straßen oder an Zäunen und Baustellen entlang ins Trostlose heimtrotten, steht allerlei geschrieben. Man muß aber länger hineinsehen, auf den ersten Blick lassen sich diese Menschen nicht soviel anmerken wie andere Völker, die einen leichteren, unmittelbareren Weg vom Gefühl zur Geste, zum Ausdruck haben. Um so mehr Kräfte sammeln vielleicht diese Zurückhaltenden und Gefaßten für ihren Kampf gegen den größten Feind der Menschheit von heute.

Humboldthain: nur ein paar größere Buben jagen um den Spielplatz. Für die kleinen, die man hier im Sommer auf den Sandhaufen sah, ist es schon zu kalt. Auch von der berühmten Spielbank der Arbeitslosen ist heute nichts zu sehen, die im Herbst hier im Grünen auf den Bänken Karten auf rote und bunte Taschentücher als Spielteppich warf, Zahlen erschallen ließ und mit kleinen Münzen klapperte. Da gab es Spielergesichter über kragenlosen Hälsen so ernst und versunken wie die über den Frackhemden von Monte Carlo.

Soll ich die Ringbahn nehmen, zur Landsberger Allee fahren und in den Friedrichshain gehen, um spielende Kinder zu sehen? Dort findet nämlich richtiger Wintersport statt in diesen Tagen. Dort wird den ›Kanonenberg‹ hinuntergerodelt, immer zwei und drei auf einem Handschlitten –

Nein, heut will ich lieber weiter nach Norden ins Freie. In der Badstraße seh' ich zwischen den Häusern einen dünnen Bach fließen. Das ist die gute Panke. Ich muß an die Stelle in der Karlstraße denken, wo sie noch heimlicher fließt mitten zwischen hohen Hinterhausmauern, sie, die einstmals nah ihrer Mündung in die Spree ein hübsch eingerichtetes Badehaus gehabt haben soll und jetzt ein recht trübseliges Wässerchen geworden ist.

Auf einer Trambahn lese ich: Pankow, Niederschönhausen. Ich springe auf. Und nun fahre ich durch dies seltsame Gemisch von Großstadt und Gartenstadt, wo es Musterbeispiele von allem gibt, dazu noch den Schloßpark mit seinen alten Eichen und den Bürgerpark mit dem stolzen Toreingang, die üblichen Vorstadtstraßen und halb dörfliche mit den lieben, etwas eingesunkenen Häuschen derer, die vor bald hundert Jahren hier aufs Land zogen, dann nahe bei Villen vornehmer alter Bankierfamilien Baracken, die aus der Kriegszeit stammen, voll kinderreichem Elend, und weiterhin Kleingartenkolonien. Und dann in Parkeinsamkeit das Schlößchen von Niederschönhausen, ganz verlassen und verschlossen, die hohen Fenster innen von Brettern verstellt. Da wohnte zur Sommerzeit Friedrichs des Großen Gemahlin, die arme Elisabeth Christine. Von dieser Vergessenen würde man, glaube ich, selbst wenn man in das Schloß hineinkönnte, keine Spur finden.

Auf dem Rückweg kam ich in der Badstraße gerade zurecht, um im Kinotheater die Revue zu sehen. Eine Revue mit fünf Tanzmädchen. Um ihre zackig gerahmten Bewegungen war noch Rest der Eierschale tüchtiger Einstudierung zu spüren. Wie die Flitterstreifen über sie liefen und auf Vogelscheuchstangen des Reifrocks von ihnen abstanden, während sie sangen: ›Wenn die Sterne wandern – Nachts am Himmelszelt – Einer sagt's dem andern – Schön ist's auf der Welt!‹ Ach, und die eine im Falterkleid, die am Hintergrund festsaß ganz wie ein aufgespießter Schmetterling. Und die südlich bekleidete Busendame, die das Lied sang: ›Wenn in Sevilla . . .‹ Und ihr Partner, der sein Spanisches trug wie ein Lakaienhabit und beim Singen immer auf sie und ihren Busen zeigte. Und zuletzt die historische Modeschau von Evas Feigenblatt übers Keuschheitsschloß der Gattinnen alter Ritter, als welche, laut begleitendem Gesang, gleich so bös und bitter wurden, bis zu den Hemdhöschen von heute. Zwischendurch durfte sich ein Soldat in einer Küche recht zynisch aufführen und Späße machen, die fast der *Gaité Montparnasse* würdig waren (wir werden Weltstadt!). Zuletzt aber standen Silbersterne über Apotheoseköpfen, Silbersterne wie vom Weihnachtsbaum, und die guten Mädchen wurden himmlische Heerschar, die den Hirten erscheint. Mir war es noch nicht genug mit dem einen Theater. Ich war noch am Weinbergweg, wo in alter Zeit Mutter Gräberts berühmtes Stullentheater geblüht haben soll und noch jetzt eins blüht, das zwar Lachbühne heißt, in seinem Riesenprogramm von acht Uhr bis nach Mitternacht aber auch ein ernstes Liederspiel enthält, und gerade das bekam ich zu sehen. Es hieß ›Zigeuner‹. Ob nun die schöne Else von Felsing im Jagdgewand auftrat und an des Zigeuners Sohn wieder gut machte, was man seiner entführten Mutter angetan, ob der grüne Oberförster Wolter, Hand an der vorstehenden Flinte, mit strenger Forderung auftrat, ob die Liebenden flüchteten oder die Zigeunermusikanten eins sangen, fast die ganze Zeit stand die alte Minka in der rechten Ecke und rührte die Suppe über dem Holzfeuer. Dann schloß sich der Vorhang rund um die Bühne, die auch seitlich vom Zuschauerraum eingefaßt ist. Es war ein Sonnabend abend. Das Theater war voll dankbarer Einwohner einer der vielen Kleinstädte von Berlin.

Wo sich heute die Museen an der Invalidenstraße erheben (zwischen dem der Landwirtschaftlichen Hochschule und dem geologischen das für Naturkunde, darin man den berühmten Urvogel bewundern kann und allerhand saurische Zeitgenossen von ihm in Skelett oder Abguß), da ließ einst der Alte Fritz Maulbeerplantagen anpflanzen, damit seine Invaliden Seidenraupenzucht trieben. Ein Stückchen weiter nach Norden steht noch heute das Invalidenhaus, das er *›laeso et invicto militi‹* errichtete. Es lag damals in ödem Gebiet, das einst Sandscholle hieß. Dort soll sich der Sand bisweilen so hoch an der Stadtmauer gehäuft haben, daß man über sie weg in die Stadt reiten konnte. Schön ist der Eingang zu dem Invalidenhaus mit der rundgewölbten Holztür und dem Oeil de bœuf darüber. Im Hof sieht man Kanonenrohre liegen, verrostende Kriegsvergangenheiten. Und viele berühmte Kriegsmänner ruhen auf dem Invalidenfriedhof daneben. Das ist einer der Altberliner Kirchhöfe, wo man noch eine ganze Reihe schöner Grabmonumente zu sehen bekommt. Antikische Helme auf Schilden oder eine Steinvase von wunderbar einfacher Größe auf Grabsteinen der Obersten und Kommandanten des Invalidenhauses, Friesens schwarzes Kreuz, Scharnhorsts hohen Marmor mit dem sterbenden Löwen, Trophäen über Winterfeldts Grab und die Zinkplatte über dem Grabe Tauentziens. Auch einen der preußisch neugotischen Turmbaldachine, die nach Schinkels Entwürfen in der königlichen Eisengießerei geschaffen wurden.
Es ist schön, hier von Stein zu Stein zu wandern; so dicht wie hier sind nur noch selten die Monumente der älteren Berliner Friedhofkunst beisammen, Denkmäler der Zeit Schadows und Schinkels und der spätfriderizianischen Zeit, die Grazie und

Strenge so einzig vereinte. In der Chausseestraße, am Prenzlauer Tor und südlich vom Halleschen Tore und in einigen anderen in der Altstadt verbliebenen Kirchhöfen kann man ähnliche efeuumgebene Wege in die alte Grabkunst wandern zu den Malen Berühmter und Vergessener. Leider muß man dabei oft vorbeifinden an den Kuppeln, Baldachinen und Bogenhallen, zu deren ›geschmackvoller‹ Herstellung in bestem Material und jeder Preislage allmählich eine große Industrie sich entwickelte.

Auf diesen schönen kleinen Friedhof war ich geraten, statt mich, wie beabsichtigt, ans andere Ende der Invalidenstraße zum Kriminalgericht zu begeben, um zu meiner Belehrung einer Gerichtsverhandlung beizuwohnen. Das hatte ich einmal getan vor Jahren, als ein Gotteslästerungsprozeß vorgeführt wurde, bei dem Zeugen, Richter und Angeklagter zum Teil ausgezeichnet spielten, nur der, welcher den Staatsanwalt gab, chargierte zu sehr und war von unwahrscheinlicher Witzblattkomik. Ich komme vielleicht doch noch zurecht, suchte ich mir einzureden. Die Trambahn brachte mich rasch vorbei an dem ehemaligen Hamburger Bahnhof, der so hübsch ungebraucht aussieht (es ist aber ein Verkehrsmuseum darin), am Humboldtshafen, Lehrter Bahnhof und Ausstellungspark. Ein Blick auf den festungsartigen Komplex des Zellengefängnisses mit dem mächtigen Turm, dann stieg ich aus vor dem Löwen, der vor dem Gerichtsgebäude die Schlange des Verbrechertums bekämpft. Am Sockel dieses Löwen steht derselbe Künstlername wie an dem seines Vetters, der in der nach ihm benannten Allee des Tiergartens sich über seiner verwundeten Löwin drohend aufrichtet. Er hat aber gar nichts Furchtbares, dieser gute Gatte, besonders für unsereinen, der von Kindheit an so oft an ihm vorbeispaziert ist, daß er wie Spielzeug auf dem Bord der Erinnerung steht. An diesen lieben Löwen dachte ich und hatte nun gar keine Lust mehr, in das große rote Haus zu gehen, das der Schlangentöter bewacht. Ich schlich, wie hinter die Schule, an einer Seite des mächtigen Fünfecks entlang, kam in die freundlichen Anlagen des kleinen Tiergartens und sah auf das eifrige Treiben vor der Meierei Bolle, vor der gerade eine Menge der jedem Berliner Kind wohlvertrauten Milchwagen ankamen und hielten und in ihren blauen Schürzenkleidern die Mädchen und Burschen sich von den Rücksitzen schwangen. Unter die hätte man sich mischen sollen, um Heimatkunde zu treiben. Statt dessen trieb es mich nordwärts durch die Anlagen in eine Querstraße der langen Turmstraße.

Und da bin ich ganz zufällig in etwas recht Berlinerisches hineingeraten. Da standen an dem Eingang zu einem der Etablissements, die Vor- oder Familiennamen der Hohenzollern mit Schultheiß- und Patzenhoferausschank verbinden, einige Leute, denen es festlich unterm Mantel vorschaute. Und so mutlos ich vor dem Löwen der Gerechtigkeit und den Bollemädchen gewesen war, hier faßte ich gleich bürgerliches Vertrauen und ging mit hinein in die Feier des sechsten Stiftungsfestes eines Musikvereins, der eine Liebhaberaufführung veranstaltete. Eine Operette sollte gegeben werden von einem der Mitglieder. Man saß an Tischen und bekam Kaffee und Kuchen, es war ein Sonnabendnachmittag. Die Vorstellung begann mit einem tiefen Knix, einem Hofknix aus alter Zeit, wie man ihn heutzutage selten zu sehen bekommt. Den führte die Dame aus, welche den Begrüßungsmonolog aufsagte. Und dann wandte sich der Herr Kapellmeister und Komponist an das hochverehrte Publikum und wies auf die unvermeidlichen Schwierigkeiten hin, die es ›Dilettanten, die doch nur in den Mußestunden ihrer Berufstätigkeit sich der Kunst widmen können‹, bereitet, eine ganze Operette einzustudieren und mit unzureichenden Mitteln aufzuführen. Die Operette spielte in dem spezifischen Operettenlande zwischen Wien und dem Türkenreich, wo soviel Gräfinnen, Lebemänner, Zigeuner, bunte Bäuerinnen, Schmuggler und schicke Leutnants wohnen. Und die vollschlanken Damen des Chores bewährten sich sowohl als Landmädchen wie als vornehme Gäste der Schloßsoiree. Die Hauptdarsteller wurden nach jedem Solo und Duett heftig beklatscht und mußten das meiste wiederholen, nicht nur Scherzhaftes, sondern auch Gefühlvolles wie ›Mädel, sag mir ein Wort / Mädel, ich muß gleich fort!‹ Und das hatten sie ebensogut verdient wie unsere berühmten Kammersänger, die als berühmte Personnagen aus dem 18. Jahrhundert ihre Partnerinnen wie Blasbälge an die mächtige tonbildende Brust pressen und immer wiederholen, wie sehr sie sie lieben.

Dabei befanden sich diese Ausnahmskünstler ziemlich kritischen Zuhörern gegenüber, die zum großen Teil die Proben des Musikvereins miterlebt hatten und sich auf Nuancen verstanden. Mir sind sehr subtile Äußerungen aus dem Publikum zu Ohren gekommen. So meinte zum Beispiel eine Tischnachbarin von der einen jugendlichen Liebhaberin, sie hätte nicht das Schwarze anziehen sollen, das sie zu alt macht, sie hat doch ein Lila ... Wie es bei den großen Premieren üblich ist, müßte man eine Modeschau schreiben, nicht nur von den Künstlerinnen, auch vom Zuschauerkreise: Wo sie Rosen sitzen hatten, die würdigen Damen mit den Häkelschals überm Ausschnitt, wie diskret die dunklen Seidenkleider der kräftigen Mütter, wie zartfarben die Toiletten der schmalen Töchter waren. Zu loben wäre die äußerst korrekte Festkleidung der Herren, die manchen Theaterabend im Westen Berlins beschämte. Wilhelm II., der als Admiral auf der Kommandobrücke aus einem Wandbild auf seine weiland Untertanen niederschaute, konnte mit seinen Moabitern zufrieden sein.

Behufs Czardas hatte der Komponist und Regisseur seinen Getreuen die nötige Menge Feuer ins Blut gezaubert. Mit Fingerschnalzen und Hüftenstemmen wurde er getanzt. Doch auch der mondäne taillentastende, herüber und hinüber nikkende Schieber gelang, vor allem aber der Walzer, von dem wir aus einem Liede erfuhren, daß er doch der schönste aller Tänze sei.

Und nach der Vorführung hat dann Publikum und Künstlerschaft in dem anderen Saale weitergetanzt, da, wo die Bilder Wilhelms I. und Friedrichs III. hängen. In diese Lust wagte ich aber nicht mich zu mischen.

Auf Umwegen unter Ringbahnbögen über Kanalbrücken geriet ich in die Gegend, wo die Chausseestraße in die Müllerstraße übergeht, und ein Stück dieser endlosen Stadt- und Vorstadtstraße hinauf. Da war an jeder Ecke und auch zwischendurch auf dem Trottoir Straßenhandel mit den verschiedensten Gegenständen. Ein kragenloser junger Bursche mit langen scharfen Falten auf fahlen Backen bot illustrierte Hefte feil mit Aktphotos. Er rief dazu: ›Was das is? – Sexualetät is das. Und was is Sexualetät? Ganz was Natürliches. Wie sieht der Mensch aus? So und nich anders. Einer geniert sich immer nur vor dem anderen. Sonst würd's jeder kaufen, der kein Sittlichkeitsapostel is . . . Du jeh man lieber nach Haus‹, wandte er sich zwischendurch an einen Minderjährigen. ›Für dich is es noch nichts. Mutter sucht dir schon mits Motorrad.‹

Ein Stück weiter gleich hinter den Manschettenbuketts und den bunten Kinderwindmühlen hatte einer Stock und Hut auf der Erde liegen und stand nachdenklich davor, was allgemeine Aufmerksamkeit erregte. Dann zeigte er auf seine Stirn, als fiele ihm was ein. Er hob den Stock auf, den ihm ein Junge hielt. Er schraubte da was hinein, hing daran Hut, Rock und Mantel und rief ›Zehn Fennije der Kleiderschrank‹. Und dann hielt er der Versammlung eine Rede, die so schön war, daß ich versucht habe, seine Worte in Verse zu bringen:

›ZEHN FENNIJE DER KLEIDERSCHRANK!‹

Ick spüre Ihre stumme Frage:
Wat soll mit dieses Zeug jeschehn?
Sie kommen alle in die Lage,
Wodrin Se mir hier stehen sehn.

Im Walde jibt et keene Bänke,
Det Jras macht Rock und Hose jrien,
Im Freibad jibt et keene Schränke,
Wo sollen de Klamotten hin?

Da muß der Mensch sich wat ersinnen.
Det hab ick Ihnen mitjebracht,
Sie könn't an jeden Baum anpinnen,
Sehn Se ma her, wie man et macht.

Du Kleener, halt mer ma de Stange.
Sie sehn, da is keen Schwindel mang.
Een Jriff – keen Hammer, keene Zange –
Und fertig is der Kleiderschrank.

Se haben weiters keene Spesen,
Die Sachen hängen tadellos.
Und woll'n Se wieder heimwärts peesen,
Een Ruck – schon is de Nadel los.

Und daß se Sie nich in de Beene
Und durch den Hosenboden sticht,
Davor is diese liebe Kleene
Ooch noch zum Klappen einjericht't.

Hier, bitte selber zu probieren.
Det rostet nie, bleibt immer blank,
Se können't mit Papier polieren.
Zehn Fennije der Kleiderschrank!

Dann stand da einer in weißem Mantel wie ein Assistent der Klinik angetan. War es der, welcher echte Glaserdiamanten hatte, oder der mit dem Universalfleckreiniger oder dem Continentalkitt? Er hatte Mikrophon und Lautsprecher neben sich, weil ihm die eigene Stimme nicht ausreichte. Es dröhnte von seinem Tisch her wie der Lärm eines wütenden Bauchredners. Auch den alten Wäscheschoner habe ich hier wiedergesehen, von dem Hans Ostwald so schön das ›Boniment‹ festgehalten hat: »Sämtliche Kapazitäten haben diesen Wäscheschoner untersucht und mir Gutachten ausgestellt ... In dieser Zeit, wo doch jeder sauber aussehen muß, ist der Wäscheschoner ein Rettungsengel ... Sie nehmen den weichen Stehumlegekragen, schlagen ihn auf, legen ihn auf, legen den steifen Wäscheschoner hinein, schlagen ihn zu. So ... Wie sitzt er? Straff und elegant. Und wenn sonst der Kragen nach wenigen Stunden unsauber ist, jetzt können Sie ihn acht Tage tragen. Wer solchen Wäscheschoner trägt, wird stets alle Mitbewerber aus dem Felde schlagen.« Auch der neueste Krawattenhalter tauchte auf. »Ein Griff – und weder die genähte Krawatte noch der Selbstbinder kann aus dem Kragen rutschen. Der vollendete Krawattenhalter. Wir schonen unsere Schlipse!« Und drüben steht der Bücherwagen. Der hat hier weniger Käufer als in großbürgerlichen Gegenden. Dafür aber doch viel Zuspruch. Einige lesen im Stehen eine ganze Zeitlang in den Schmökern und Heften. Und der gute Wagenhüter läßt sie ruhig gewähren. Manche kommen alle Tage vorbei und lesen immer ein Stückchen weiter. Eine rollende Leihbibliothek!

Dort, wo das Pflaster aufgerissen ist, haben die Kinder aus dem aufgeschütteten Sand Berge mit Tunnels gebaut. Aus den Häusern schauen ihnen auf ihre Fensterkissen gelehnt die Mütter zu.

Nach Tegel führen schöne Wald- und Wasserwege von Spandau her. Aber zur Erkenntnis der merkwürdigen Zwischenwelt, die man Weichbild, Bannmeile, ›wartendes Land‹ nennt, empfiehlt sich die Strecke, welche die Trambahn zurücklegt, und ihre nähere und weitere Umgebung. In dieser problematischen Zone ergibt sich ja selten der sanfte Übergang, der bei Dorf oder Kleinstadt Wohn- und Wanderwelt verbindet. Meist schneidet plötzlich die Häuserreihe mit blinder Mauer ab. Und was dann im Felde umherliegt oder aufragt, macht die Leere nur noch leerer: die Schuppen, die Zäune aus Stacheldraht, die gestapelten Tonrohre, die Schlöte einzelner Fabriken, Lager und Schienenstränge für Warentransport. Aber das Volk von Berlin fürchtet und bekämpft instinktiv alles Chaotische, Unbestimmte, es versucht, so gut es geht, überall aufzuräumen und zu ordnen. Es arbeitet eifrig, alle Leere zu füllen. Wo Bauland längere Zeit freisteht, hat es seine Schrebergärten, seine Laubenkolonien angelegt, diese rührend gepflegten Stätten mit ein bißchen Haus und Acker, Gemüsebeet und Blumengarten für jede Familie, woraus dann eine blühende Gesamtheit, ein Riesenbeet, ein Tausendblumengarten geworden ist. Und obwohl – oder vielleicht weil – diese Welt ein nur flüchtiges Dasein hat (denn immer wieder bedroht sie die Neuausdehnung der Stadt und die Baulust der Unternehmer), so haben doch diese Laubhütten und Gärten nichts Provisorisches oder Nomadisches, sie sehen wie dauernde Paradiese aus, sind proletarische oder kleinbürgerliche Gefilde der Seligen. Die hemdsärmeligen Mannsleute, die da säen, Mütter, die gießen, Töchter, die Schoten pahlen, scheinen nie etwas anderes getan zu haben. Ihr Dasein in den Gärten wirkt nicht wie eine abendliche oder sonntägliche Erholungsfrist von Leuten, die tagsüber das Pedal der Nähmaschine treten, Drähte ziehen und Stäbe hämmern, Krane und Turbinen bedienen, Leichtes verpacken und Schweres verladen. Sie scheinen lebenslänglich unter Kletterrosen und Sonnenblumen nur mit Petersilie,

Mohrrübe und Bohne zu tun zu haben. Und ihre idyllische Arbeit wird nur abgelöst, sollte man denken, von Festlichkeiten, zu denen die Nachbarn sich vereinen. Anschläge des Pflanzenvereins ›Erholung‹ laden ein zur italienischen Nacht, den Kindern wird verheißen ›Onkel Pelle ist zur Stelle‹, die Kolonie Waldesgrün verspricht musikalische Abendunterhaltung. Wie hier südlich der Müllerstraße gibt es um Berlin unzählige solcher Kleingärten, die zusammen einen grünen Streifen rund um die Stadt bilden, der einzelne Abzweigungen im Innern behalten hat, sich nach außen gürtelhaft zu schließen strebt, immer wieder etwas verschoben und stellenweise durchbrochen wird. Teile dieses Glückstreifens bleiben manchmal eine Zeitlang mitten im Häusermeer zurück und bilden mit den Parks und Gartenplätzen das grüne Glück des Großstädters. Von diesen Parks sind einige, hier im Nordwesten wie im Norden und Süden, an die Peripherie gelegt und helfen die Schrecken des Weichbildes verdrängen. Wo einst die kahlen Rehberge waren, eine Sandwüste, nur von Schießständen und Schuttablagerungen unterbrochen, sind jetzt bis an den Rand des Kiefernwaldes weite Rasenflächen. Abhänge voll Mohn und Wildrosengebüsche, schneeige Felder von Margeriten. Auf braunem Sand laufen Kinder in Badehosen herum, die größeren tummeln sich auf dem Sportplatz, die ganz kleinen werden von den Müttern über blanken Kies spazieren gefahren, und auf hoher Bank, von der man weit über Kirchhof und Wasser bis zu den Schornsteinen der Siemensstadt und denen hinter Plötzensee sieht, sitzen an bienenumsummten Blumenbeeten alte Männer auf ihre Stöcke gestützt.

Auch nördlich der Müllerstraße gibts eine hübsche Gartenwelt, den Schillerpark. Und wäre ich, statt hier an der Trambahnstrecke zu bleiben, südlich tiefer in das weite Gebiet der Jungfernheide gedrungen, so hätte ich hinterm Spandauer

Am Rand von Zehlendorf, um 1928

Im Zeitungsviertel, 1927

Schiffahrtskanal nach Westend zu wieder einen großen Volkspark gefunden. Aber nun fahre ich Tram durch das Dorf Wittenau, wo vor Fabriken und Schuppen die kleinstädtischen Straßen zurückweichen und sozusagen wieder der ›Ernst des Lebens‹ beginnt. Und auch Tegel fängt, wenn man von dieser Seite kommt, recht städtisch an. Strafgefängnis, Gaswerk und die große Maschinenfabrik und Eisengießerei von Borsig. Das Tor und die Teile des Komplexes, an denen wir nahe vorbeifahren, sind schon etwas altertümlich. Aber dahinter ragt das neue zwölfstöckige Turmhaus, ein schmucklos stolzer, scharfkantiger Belfried der Arbeit. Dann endlich kommen wir in Busch- und Gartenland. Ich steige aus und gehe in den Park der Humboldts. Das Schloß hat ihnen Schinkel aus einem Jagdhaus des Großen Kurfürsten umgebaut. Versonnen und vornehm die Fensterreihe. In den Nischen Götterstatuen. Und oben griechische Inschriften. In einem Zimmer ist Licht. Jetzt wird auch ein Fenster der großen Saalreihe hell. Es ist also nicht verlorene Vergangenheit, dies edle Gebäude. Menschen wohnen darin, für die Statuen und Bilder und vielleicht auch noch Möbel des Schlosses Familienbesitz, ›Überlieferung und Gnade‹ sind. Begleitet von der Wärme dieses Lichtes gehe ich einen Parkweg bis zu der Grabstätte der Humboldts und ihrer Nachkommen. Über den efeubedeckten Grasplatten erhebt sich eine hohe Säule mit der Marmorstatue der Hoffnung.

Danach mochte ich nicht gleich in die Stadt zurück, ich wanderte lange durch tiefe Sandwege zwischen mageren Kiefern und Föhren in der Gegend von Saatwinkel. Märkische Mischung von Wüste und krüppeligem Urwald. Bis schließlich ein Zaun auftauchte und dahinter ein leerstehendes Gartenlokal. Auf Mauerwerk verblaßte Inschriften: Allheil, Eingang zum Waldschlößchen. Und deutlicher auf einem Lattenschild: Continental-Bau-A. G. Die Straße führte über den Spandauer

Kanal und schließlich zu den Gebäuden und Trambahnschienen.
Und dann fuhr ich durch Siemensstadt heim, vorbei an den Türmen: Blockwerk, Schaltwerkhochhaus und dem Wernerwerk mit dem Uhrturm, dessen Zifferblatt weithin die Stunde strahlte.

Novembernachmittag. Silbergraues Licht über dem Schiffbauerdamm. Vom gegenüberliegenden Reichstagsufer sehe ich die Häuserreihe und als Abschluß ein Stück von der Halle des Friedrichstraßen-Bahnhofs, hinter der ferner und näher Kuppeln mit rauchdünnen Konturen in die Luft eingehen. Von dieser Gegend habe ich in Ebertys Erinnerungen eines alten Berliners gelesen, wie sie vor hundert Jahren aussah, als der Knabe mit seinem Hauslehrer sich hier erging und auf das jenseitige Ufer blickte, das damals ganz mit Gärten bedeckt war. Da sah man Laubengänge und Lusthäuschen, teils im chinesischen, teils im griechischen Geschmack. Sie schimmerten durch die Lücken im Laub und schienen dem kleinen Eberty der Inbegriff alles Wunderbaren. Er fragte den Lehrer nach den Bewohnern der lieblichen kleinen Paläste, und der lehrte in ernstem Ton, da drüben sei der Himmel, wo die guten Kinder hinkommen, die auf Erden recht artig gewesen sind und ihren Eltern Freude gemacht haben. Reizende Engel mit goldenen Flügeln warteten dort auf sie, um die schönsten Spiele mit ihnen zu spielen. Ja, damals muß da drüben ein schönes Jenseits der Spree gewesen sein. Es war die Zeit, als die nahe Dorotheenstraße noch die Letzte Straße hieß, in der die Rahel so gern spazierte. Geblieben sind aus dieser Zeit wohl nur Schloß und Garten Monbijou und ein paar Nachbarhäuser und noch Einzelnes nahe dem Hackeschen Markt. Sonst ist die Gegend jetzt alles andere als märchenhaft. Aber dort in der Vertiefung geht es noch heute zu einem Märchenpalast. Er heißt Großes Schauspielhaus, war früher ein Zirkus und ehedem eine Markthalle. Sein Inneres, einst Stätte steiler Kunstreiter und taumelnder Clowns, dann des Thebanerchors, den Reinhardt gegen die Stufen des Palastes zum

Ödipus stürmen ließ, faßt jetzt die Tausendundeine Nacht und tausendundein Bein der großen Revuen. Die Meister dieser herrlichen Kindervorstellungen für Erwachsene (und das ist das höchste Lob, das ich auszusprechen vermag, denn diese Schöpfungen befriedigen sowohl unsere reiferen Lüste als auch unsere Kinderlust an Märchenwelten über Traumrampen) haben einen neuen Genre geschaffen zwischen Revue und Operette, getanztes, zertanztes Bild, getanzte, zertanzte Musik, bald für den Riesenraum hier, bald für die verwandten kleineren Bühnen. Und die Besten unserer darstellenden Künstler haben ihnen geholfen. Ich meine nicht die Kammersänger, die mit gepflegtem Stimmvibrieren das erfreuliche Tanz- und Ausstattungswesen unterbrechen, ich meine Max Pallenberg und Fritzi Massary. Wir haben mit schweifenden Balken und Trichtertürmchen Titipu, die Märchenstadt des ›Mikado‹ aufsteigen sehen, wallende Lampions, porzellanene Bäume und zwischen Drachen und bunten Garden, zwischen Pfauen und Zwergen die Tanzchöre in Wachstuch und Seide. Und Pallenberg als Koko schlimmheilig und verschmitzt auf Treppen trippelnd, porzellanen vor Porzellanbäumen hockend, Reime malmend und wegspuckend. Und in den Rahmen der auferstandenen Jahrhundertwende, die Schleppen, Korsettaillen und Riesenhüte, der Samtvorhänge und Blattpflanzen, des wiegenden Walzers und der Maxixe hat die wunderbare Frau ihr Chanson eingefügt mit schneidender Strenge und schimmerndem Übermut, mit sparsamer Kunst und zitternder Lust, in jeder Gebärde gehalten und gelöst.

Ein paar Straßenecken vom Großen Schauspielhaus bekamen wir in neuen Reimen das alte Singspiel vom trotzigen Elend, die Lumpenballade, genannt ›Dreigroschenoper‹, gepfiffen und gesungen.

Drüben hinter der Weidendammer Brücke probt man jetzt wohl für den Abend Musik und Tanz in der Komischen Oper und im Admiralspalast. Ebertys Zaubergärten sind in die Kulissen gewandert, und am Tage ist hier im Freien keine sehr heitere Gegend. Hinterm Schiffbauerdamm beginnt mit großen und kleinen Kliniken, wissenschaftlichen Buchhandlungen, chirurgischen und orthopädischen Schaufenstern das Quartier der Medizin. Aber mittendrin in behütetem Abseits weiß ich unser Deutsches Theater und die Kammerspiele. Als ich vor einiger Zeit wieder einmal dort war, auf einem vortrefflichen Parkettplatz den Bühnengesichtern schminkenah saß und berühmte Glanzleistungen in einem amerikanischen Artistendrama vor mir hatte, mußte ich in den Pausen, ja auch während gespielt wurde, bisweilen verstohlen hinaufschauen nach den Mittelplätzen des zweiten Ranges. Ach, ihr Gleichaltrigen, wißt ihr noch? Es waren die Plätze 19 bis 26. Man lief ein paar Tage vor der ersehnten Vorstellung früh an die Kasse, um noch die besten Plätze zu bekommen. Man saß dicht unter den Medaillons der Devrient und Döring an der Decke. Man sah Josef Kainz! – Ungeheuer wichtig und zentral war damals in unserem Leben das Theater. Warum ist es das nicht mehr? Ist es eine Frage des Lebensalters oder hat sich in der Zeit etwas geändert? Eigentlich waren die Berliner doch immer große Theaterenthusiasten. Wie mögen sie in alter Zeit für die Schmeling, die marmorn auf dem Schreibtisch des Königs stand und als billige Lithographie in der Stube des Handwerkers hing, wie für die Henriette Sontag geschwärmt haben! Nun, im Leben der Stadt spielt das Theater auch heute eine große Rolle. In der Trambahn und in der Gesellschaft wird viel von der Bühne gesprochen. Aber bei allem Anteil an neuen Problemen der Regie, der Erneuerung des Alten, der revolutionären Tendenzen, ein richtiges Theatervolk wie etwa die Wiener sind die Berliner doch nicht. Das hängt nicht nur mit dem jetzigen Stande des Schauspielwesens, sondern auch mit dem Volkscharakter zusammen.

Die Berliner, und besonders die besseren, womit ich keine Stufe der Bildung, sondern einen Grad der Echtheit bezeichnen möchte, sind etwas mißtrauisch gegen das, was ihnen unmittelbar gefällt. Und so haben sie als Publikum nicht die Naivität des schlechthin Genußsüchtigen. Obendrein kommen sie auch nicht wie die Pariser behaglich nach dem Essen ins Theater mit der Aussicht auf eine angenehme Fortsetzung der Konversation bei Tische, sondern hungrig und kritisch. Es wird ihnen dann wohl so ziemlich das Beste geboten, was es heute an Regie und Schauspielkunst gibt. Der Namen sind so viel, daß ich keinen nennen will. Aber schau dir das Publikum an! Eine Mischung von Verdrossenheit und höflicher Andacht ist in den Gesichtern. Wenn sie dann ablehnen, sind sie entrüstet, sie lachen das Verfehlte nicht aus, sondern sind ungehalten, daß es ihnen zugemutet wird. Und wenn sie sich begeistern, geschieht es auch mit einer Art Entrüstung gegen einen imaginären Gegner, der sich nicht genug begeistert. Ob sie wohl jemals von Herzen glücklich sind im großen Theater? So glücklich wie das Publikum in den Vorstadtbühnen? So zu Hause im Genuß?

Dorotheenstraße. Ein Glücksfall öffnet mir die Dorotheenstädtische Kirche. Endlich einmal kann ich das Grabmal des Königskindes, des neunjährig verstorbenen Grafen von der Mark, sehen, Schadows berühmtes Erstlingswerk, den schlafenden Jüngling mit Schwert und Kranzgewinden und im Halbrund über ihm heidnische Parzen, denen der Tod die Christenkirche aufgetan hat. Der Kirche gegenüber steht inmitten höherer städtischer Nachbarn Schlüters letzte Schöpfung, ein Landhaus, das erst das Buen Retiro eines Staatsministers war, seit über hundertfünfzig Jahren aber merkwürdigerweise einer Freimaurerloge, der Royal York, gehört.

Der vorspringende Mittelteil ist wie in sanfter Bewegung, die in den Gesten der Figuren auf dem Dach – zwei von diesen Statuen regen sich fast wie Tänzerinnen – sich leidenschaftlicher fortsetzt. Eine wunderliche Spielerei findet sich an einigen Seitenfenstern, nämlich steingemeißelte Fenstervorhänge. Zeitgenossen fanden, es sei ›ein überaus nettes, nach der neuesten Baukunst errichtetes Lusthaus‹. Ein Kunsthistoriker der siebziger Jahre des vorigen Jahrhunderts hat den Eindruck, daß die Willkürlichkeiten und Spielereien, die ursprünglich der malerischen Wirkung dienten, als die halb ländliche Umgebung noch bestand, jetzt in der städtischen Straße sich fremdartig ausnähmen. Aber ein Kunsthistoriker unserer Tage, Max Deri, nennt es das einzige »wirklich *europäisch* schöne historische Gebäude«, das Berlin besitze. Es ist sehr verlockend, in dies verwunschene Gartenhaus einzutreten, aber es steht nur den Mitgliedern der Loge offen. Und so muß ich mich, was den Gartensaal, der sich innen befinden soll, betrifft, mit der Beschreibung von Friedrich Nicolai begnügen. Der lobt die eleganten Proportionen des Saales und seine schönen Deckenstücke: »Über den vier Türen sind die vier Weltteile von Schlüter in Gyps vorgestellt. An der Wand stellen vier kleine Basreliefs die Wachsamkeit, Weisheit, Vorsicht, Verschwiegenheit als die vier Haupttugenden eines Ministers vor.« Zu Nicolais Zeit ging der Garten bis an die Spree und in ihm war »ein großer Salon von hohen Kastanien und Ulmen und ein artig angelegter buschiger Hügel merkwürdig und die Aussicht auf die gegenüberliegenden mit Bäumen umpflanzten Wiesen ländlich reizend«.

Im entgegengesetzten Teil der Dorotheenstraße hinter Bibliothek und Universität weiß ich nahe dem kleinen Platz mit Hegels Kolossalbüste – diesem sanft dröhnenden Gesicht, das unentwegt behauptet, alles Seiende sei vernünftig – einige alte Häuser; besonders vertraut ist mir von Studententagen her das Seminargebäude, dessen lichte altfarbene Wand ein zarter Fries und Reliefs zieren. Aber so weit will ich heute nicht, ich lasse auch neben dem Museum für Meereskunde die beiden Büstenmänner in der Wand ruhig immer wieder den Rübenzucker entdecken und seine Industrie begründen. Ich biege an der Wintergartenecke in die Friedrichstraße ein. Einen Blick in das Café des Zentralhotels, wo um diese Nachmittagszeit oft recht merkwürdige Leute sitzen: ausländische Geschäftsmänner, einzeln reisende Damen, Familiengruppen aus der Levante, Artisten, zweifelhafte Lebemänner, eine rätselaufgebende Dämmerversammlung. Da der Wintergarten, Berlins altberühmtes Varieté, vor kurzem umgestaltet und festlich neu eröffnet worden ist, geziemt es sich, seiner Geschichte zu gedenken. Zunächst war er, wie sein Name andeutet, nur bestimmt, eine Ruhe- und Erholungsstätte der Hotelgäste zu sein. Die Logen waren so angelegt, daß man sie bequem aus den Zimmern des Hotels erreichen konnte. Von dort sahen die Gäste hinunter in die Fülle der Schlinggewächse, Lorbeerbäume, Palmen, in Tropfsteinhöhlen und Aquarien, und zwischen alldem erschien im Gaslicht der ›Sonnenbrenner‹ und Kandelaber eine kleine Bühne, auf der gelegentlich ein bißchen Singspiel stattfand. Dann aber kam die Zeit der beiden Direktoren, deren Namen schon sich zu einem so eindringlichen Firmenwort paaren, Dorn & Baron. Die Zeit der Loie Fuller, der Barrisons, der Otéro, der Cléo de Merode und aller europäischen Berühmtheiten des Trapezes und hohen Seils. Der Sternenhimmel an der blauen Decke strahlte als nahes Weltall der Sensationen über den Berlinern. Es war ›kolossal‹, was hier geboten wurde. Und heute ist es, dem aktuellen Superlativ entsprechend, ›zauberhaft‹.

Friedrichstraße. Das war einmal das Zentrum der berlinischen Sündhaftigkeit. Das schmale Trottoir war mit einem Teppich aus Licht belegt, auf dem sich die gefährlichen Mädchen wie auf Seide bewegten. Der Mode gemäß hatte ihr aufrechter Gang etwas Feierliches, das grausam persifliert wurde, wenn sie den Mund aufmachten, um sich im städtischen Idiom zu äußern. Ihre kastenhafte Abgetrenntheit von der Gesellschaft, der sündhafte Glanz ihres falschen Schmucks und echten Elends, all die naheliegenden Kontraste, mit denen damals junge Phantasie arbeiten konnte beim Anblick dieser schlimmen Feen im Federhut der Fürstin, die sie im hohen Rat ihrer bornierten Seelsorger aus den heimlichen Häusern auf die Straße verbannt hatte, – Bild und Begriff von all dem ist nun längst historisch geworden. Und in der heutigen Friedrichstraße gespenstert wenig von dieser Vergangenheit. Ihr Nachtleben ist ja längst von dem westlichen Boulevard überboten. Und was davon noch vorhanden ist, reizt mehr den Provinzler als den Berliner Bummler. In einigen Nachtlokalen kann die heutige Jugend vielleicht noch ironisch studieren, was früheren Generationen Spaß machte. Am Nachmittag aber, wenn erst einige Vergnügungsfassaden erleuchtet sind wie jetzt, werden manche Tore und Fenster reizvoll wie Theaterkulissen, die hinter der Szene angelehnt stehen. Eine besondere Art Reklameliteratur treibt hier ihre Blüten. Von Torhütern und Patrouillen werden einem Zettel zugesteckt mit Empfehlungen interessanter Lokale, Brennpunkte des Nachtlebens werden verheißen, mondän und doch dezent, internationale Tanzaufführungen, ja sogar Nacktplastiken zum Pilsatorausschank im Originalkünstlerkeller, »Musik des Körpers, ästhetische Silhouetten, historische Visionen, indische Opfertänze wie auch Frühlingsstimmen und Humoresken des ganzen Ensembles, Nacht in Sevilla und das Dumme Herz«. Neuerdings haben einige dieser Lokale belehrende Vorträge von ›Sexualethikern‹ in ihren Rahmen aufgenommen, die in merkwürdigem Wettbewerb mit den neuesten Aufklärungsschriften verschiedene erotische Bemühungen und Möglichkeiten rechtfertigen und unseren armen eingeschüchterten und verdrängten Instinkten ›Neuland‹ erobern. Aber das gibt's erst abends. Indessen könnte man schon jetzt in dem großen 5-Uhr-Programm ›die acht Pikanterien des bekannten Komikers Sascha Soundso‹ erleben. Es empfiehlt sich wohl eher, in eine der kleinen Konditoreien einzutreten, wo die, welche abends ihren Anteil am Nachtleben zu liefern haben, nachmittäglich verschlafen beisammensitzen und unter ihresgleichen Meinungen über die Geschäftslage und das Leben überhaupt austauschen. Da wäre viel zu lernen über die Welt und über Berlin. Die Tanztees der Friedrichstadt haben auch ihre lehrreichste Stunde, bevor der Betrieb losgeht, wenn im Dämmer nah bei den noch eingehüllten Instrumenten die Ballettdame einen Imbiß einnimmt und sich dabei mit der Garderobefrau oder dem Kellner unterhält. Als tapferer Forscher sollte man eigentlich vormittags hier in gewisse Lokale der Nebenstraße gehen, wenn die Nixengrotte aufgewaschen wird! Erstaunlich müßten um diese Zeit auch die Museen der Bauernschänken sein, falls sie noch bestehen, der Totenkopf Gottfrieds von Bouillon als dreijähriger Knabe und dergleichen ... ‹Weißes Meer› leuchtet eine Inschrift auf dem Schürzenbauch eines dicken Pförtners mit einer Kochmütze auf dem Kopf. Er lädt in ein bekanntes Lokal ein, wo Weißbier ausgeschenkt wird. Das ist jetzt wohl schon eine Spezialität. Früher beherrschte die Weiße mit oder ohne Schuß (Himbeersaft) den Berliner Durst. In stilleren Straßen der Altstadt findet man noch einige der echten alten Weißbierstuben. Da sitzt man an blanken Holztischen vor der breiten Trinkschale und unter den Bildern des alten Kaisers und des Kronprinzen von dazumal und Bismarcks, Roons und Moltkes. Aber hier in der Friedrichstadt sind diese Stuben und Keller seit einem halben Jahrhundert verdrängt durch die Bierpaläste und -kathedralen, die jetzt ihrerseits historische Ehrwürdigkeit bekommen. Als neue Sehenswürdigkeiten beschreibt sie Laforgue. Türme und Türmchen dieser *curiosités architecturales* fallen ihm auf, und er weiß von einer Magistratsverfügung, die verbieten mußte, daß noch höher getürmt wurde, sonst wären am Ende die Berliner Biertürme babylonisch in den Himmel gewachsen. Er ergötzt sich an den alfresco-Bemalungen außen und innen. »Der Stil dieser Etablissements«, schreibt er, »ist, was man deutsche Renaissance nennt. Sie haben Holzverkleidung an Decke und Wand, auch die Pfeiler sind bemalt und rings um den Saal läuft eine Etagere, wo aller Art Bierbehälter aufgereiht stehen, aus Porzellan, Steingut, Metall und Glas aller Epochen.«

Wie lang sich dieses Kolossal-Nürnberg noch halten wird gegen das eilig laufende Band der Lichtreklameflächen, das jetzt die Fassaden von Berlin glatt und gleichmachend erobert, das weiß ich nicht. Historisch ist es jedenfalls schon jetzt wie seine Zeitgenossin, die nach dem Vorbild der Pariser Passagen erbaute Kaisergalerie. In die kann ich nicht ohne einen leisen Moderschauer eintreten, nicht ohne die Traumangst, keinen Ausgang zu finden.

Kaum bin ich an dem Schuhputzer und dem Zeitungsstand unterm hohen Eingangsbogen vorüber, so beginnt eine gelinde Verwirrung. Täglichen Tanz verspricht mir ein Glasfenster und jenen Meyer, ohne den keine Feier ist. Aber wo soll der Eingang sein? Da kommt neben dem Damenfriseur wieder nur eine Auslage: Briefmarken und die seltsam benannten Utensilien der Sammler: Klebefälze mit garantiert säurefreiem Gummi und Zähnungsschlüssel aus Zelluloid. ›Aufgepaßt! Wolljacken!‹ herrscht eine Aufschrift aus dem nächsten Glaskasten mich an, aber das dazugehörige Geschäft liegt ganz

wo anders. Ich habe mich umgedreht und dabei fast an den Bilderautomaten gestoßen, vor dem ein armer einzelner Schuljunge, die Mappe unterm Arm, steht und sich kümmerlich in die ›Szene im Schlafzimmer‹ vertieft.
So viel Schaufenster ringsum und so wenig Menschen. Man fühlt die Bierhaus-Renaissance dieser hohen Wölbungen mit den bräunlichen Konturen immer mehr veralten; die Gläser dieser Galerie verdüstert der Staub der Zeiten, der nicht wegzuwischen ist. Die Auslagen sind noch ziemlich dieselben wie vor zwanzig Jahren. Nippes, Reiseandenken, Perlen, Täschchen, Thermometer, Gummiwaren, Marken, Stempel. Neu hinzugekommen ist nur das Telefunkenhaus mit der überzeugenden Aufschrift: ›Ein Griff – und Europa spielt für Sie.‹ Beim Optiker kann man den ganzen Fabrikations-Werdegang einer Brille wie den von der Raupe zum Schmetterling in Etappen auf belehrendem Blatt studieren. ›Des Menschen Entwicklung‹ winkt herüber aus dem anatomischen Museum. Aber vor dem graut mir noch zu sehr. Ich verweile bei ›Mignon, dem Entzücken aller Welt‹, einer Taschenlampe, in deren Licht ein junges Paar sein Glück spiegelt, bei den Manschettenknöpfen Knipp-Knapp, die sicher die besten sind, bei den Diana-Luftflinten, die gewiß der Jagdgöttin Ehre machen. Ich erschrecke vor Totenköpfen, die als grimmige Likörgläser eines weißbeinernen Services grinsen. Auf der Toilettenrolle ›mit Musik‹ ruht das clownige Jockeigesicht des handgemachten Holznußknackers. Milchflaschen warten auf die Mitglieder des ›Vereins ehemaliger Säuglinge‹ voll Likör! Wenn diese schon rauchen sollten, finden sie ›Gesundheitsspitzen‹ in verwirrender Nähe der Gummipuppen, die neben hygienischen Schlupfern über der Inschrift: ›Bedienung diskret und ungeniert‹ thronen. Ich will noch bei den tröstlich gelben Bernsteinspitzen des *›first and oldest amber-store in Germany‹* verweilen, aber immer wieder schielt die anatomische Schöne des

Museums herüber. Unter ihrem nackten Fleisch scheint das Skelett durch wie ein Marterkorsett. Im Leeren schwimmend umgeben sie ihre gemalten Organe, Herz, Leber, Lunge ... Von ihr wende ich mich zu dem weißbekutteten Arzt, der sich über die Bauchhöhle einer schlummernden oder schon ausgenommenen Blondine beugt. Schnell fort, ehe ich den Ersatz der Nase aus der Armhaut erleben muß. Dann schon lieber den Buch- und Papierladen mit den Heften über Sinnlichkeit und Seele und die Liebesrechte des Weibes, dem kleinen Salonmagier und dem vollendeten Kartenkünstler, von dem Dinge zu lernen sind, mit denen man sich in jeder Gesellschaft beliebt macht.

Die Galerie biegt in weitem Winkel, Stühle, Tische und Palmenkübel eines Restaurants erscheinen, das sich als *strictly kosher* bezeichnet. Im Gegensatz dazu scheint *strictly treife* das Kabinett des Porträtmalers zu sein, zu dem ein teppichbelegter Eingang führt. Und hinten kann man ihn selbst sehen, ihn selbst im Vollbart, wie er den Reichspräsidenten abmalt. Hindenburg sitzt im Salon, ihm zu Füßen liegt sein Hund, und zwischen ihm und dem Maler ist das Bild, auf dem er noch einmal abgemalt ist, allerdings ohne Hund; und wie er sitzt und wie der Maler steht, sind sie – es ist verwirrend – auch nur gemalt, nicht anders als die Vergrößerungen nach Photographien rings umher. Hier kann man nämlich aus jeder Photographie ein Bild machen lassen. Von hundert Mark an, in Lebensgröße! Verstorbene werden nach den verblichensten Photographien porträtiert. Keine zeitraubenden Sitzungen. Viele Atteste hochstehender Persönlichkeiten. In einem gedruckten Schreiben wendet sich der Hofmaler an uns Passanten und erklärt, er habe sich im Gegensatz zu den modernen Porträtmalern, die eine solche Verwirrung des Geschmacks gefördert haben, Goethes (!) Auffassung ›Kunst und Natur sei eines nur‹ zur Richtschnur gemacht. Ein junges Mädchen und eine Matrone aus der Provinz bleiben vor seinen vielen Schönen mit Hund und Wintergarten, seinen Ordensbrüsten und Würdenbärten stehen. Um ihre Bewunderung nicht zu stören, wende ich mich ein paar Fenster weiter zur Konkurrenz, den ›Originalgemälden akademisch gebildeter Künstler zu konkurrenzlosen Preisen‹. Von Originalherbsten und -frühlingen wandert das Auge über Rothenburgs Mauern zu der bekannten Blinden im Kornfeld und der beliebten verkauften Sklavin. Dabei hat man mich aber beobachtet. ›Das könn' Se bei uns direkt haben‹, sagt's neben mir, und ich sehe in das Gesicht eines kleinen Alten mit schütterem Bart. Er zwinkert ins Nebenfenster, wo sich originalradierte unvollständig bekleidete Mädchen mit ihren Strumpf- und Achselbändern beschäftigen. Meine Kenntnisse zu erweitern, hätte ich mich mit ihm in ein Gespräch einlassen sollen. Aber mir graut's zu sehr hier unter falsch spiegelnden Lichtern und streifenden Schatten. Ich lasse ihn hinüberschleichen zu den verdächtigen Burschen mit den süßen Schlipsen, denen er Tricks mit einem Taschenspiegel zeigt.

Leer ist die ganze Mitte der Galerie. Rasch eile ich dem Ausgang zu und spüre gespenstisch gedrängte Menschenmassen vergangener Tage, die alle Wände entlang mit lüsternen Blikken am Similischmuck, Wäsche, Photos und lockender Lektüre früherer Basare hängen. Bei den Fenstern des großen Reisebüros am Ausgang atme ich auf: Straße, Freiheit, Gegenwart!

Ich stand zu Füßen einer der Riesendamen aus Stein, die den Eingang zum Warenhause Tietz in der Leipziger Straße bewachen. In der Hand hatte ich ein neu erbeutetes Büchlein, Gustav Langenscheidt, Naturgeschichte des Berliners, Berlin 1878. Wie ein Kleinstädter, der sich in der stillsten Straße seiner Heimatstadt ergeht, blätterte ich mitten im Weltstadtverkehr, häufig gestoßen und angefahren, in diesem lehrreichen Buch, kam gleich an ein herrliches Zitat aus ›Schattenriß von Berlin, 1788‹ und las angesichts des spiegelglatten Asphalts und in strahlender Beleuchtung:
»So breit und schön die Straßen auch dem ersten Anblick nach sind, so weiß doch der Fußgänger zuweilen nicht, wie er sich für schnell fahrenden Wagen, für Koth und Gossen hüten soll. Der eigentliche Gang für Fußgänger sollte, so wie in allen übrigen polizierten Städten längs den Häusern hingehen, allein dieses hat man durch die hohen Auffarthen vor den Häusern fast unmöglich gemacht. Der Fußgänger wird alle Augenblick aufgehalten und ist gezwungen, über die Gossen weg auf den sogenannnten Damm zu schreiten. Nirgends ist diese Unbequemlichkeit sichtbarer als in der Leipziger Straße, einer der schönsten von ganz Berlin (hier ist vermutlich die Alte Leipziger Straße gemeint hinterm Hausvogteiplatz bei Raules Hof, aber ich will diesen Text angesichts der neuen Leipziger Straße genießen). Außerdem sind vor den Häusern auch hohe steinerne Treppen angebracht. In der Mitten der Straßen oder auf dem Damme ist es bei schlechter Witterung außerordentlich kothig und im Steinpflaster selbst gibt es unzählige Löcher, welche theils von dem sandigen Boden, theils von der unverantwortlichen Nachlässigkeit der Steinsetzer und ihrer Aufpasser herrührt. Die übermäßig großen Steine, die

zwischen eine Menge kleiner und spitzer Kieselsteine gelegt sind, verursachen, daß man alle Augenblick Gefahr läuft anzustoßen und zu Boden zu stürzen. Die Gossen sind zwar, wie es sich gehört, an beiden Seiten des Dammes angelegt, jedoch so, daß sie dem Fußgänger eine neue und gefährliche Fallbrücke werden. Ein Theil dieser tiefen Gossen ist nur eben vor den Hausthüren mit Brettern überlegt. Sobald man also des Abends längs der Häuser weggehet, stößt man alle zehn bis fünfzehn Schritte an eine steinerne Auffarht, die noch wohl zu größerer Gefahr mit einer kleinen Rönne umgeben ist; gehet man auf den Brettern, womit die Gossen bedeckt sind, herzhaft fort, so stürzt man, ehe man es sich versiehet, mit einem Male drei bis vier Fuß tief in die Gosse hinunter; gehet man aber in der Mitte des Dammes, so weiß man bei der geschwinden Annäherung eines oder gar mehrerer Wagen nicht, wo man sich hinwenden soll, denn an den Gossen liegen hohe und schlammigte Dreckhaufen; über sie hinüberzuspringen, ist gefährlich, weil sie abschüssig und tief sind; dennoch muß man auf das gerathewohl einen Entschluß fassen, um nicht von den Wagen überfahren zu werden. Die eingebohrenen Berliner sind an diese Unbequemlichkeiten gewöhnt, kennen auch die Seitenwege besser als der Fremde, der dergleichen Fallbrücken garnicht vermuthet. Es steckt selbst etwas menschenfeindliches in einer solchen Anlage der Straßen, weil man dabei bloß auf die Reichen, die in Kutschen fahren, gedacht zu haben scheint. Man spreche ja nicht von der nächtlichen Erleuchtung, denn die ist bis hierher herzlich elend gewesen, ohnerachtet Laternen genug brennen. Letztere sind so beschaffen und gesetzt, daß sie nur eine Art von hellem Schatten verbreiten, der zu nichts hilft.«

Ich finde es sehr amüsant, sich vorzustellen, wie dieser kritische Beobachter unserer guten Stadt verdrossen von Stein zu Stein hüpfte und scheele Seitenblicke auf die ›Eingebohrenen‹

Schöneberger Alltag, 1928

In der Berliner Straße, Wilmersdorf, um 1929

warf, die kennerisch Seitenwege fanden... Wie es noch in den zwanziger Jahren des 19. Jahrhunderts mit der Beleuchtung bestellt war, lesen wir bei Eberty. Da »wiegten sich in weiten Zwischenräumen vereinzelte Öllampen in der Mitte von eisernen Ketten, die über die Straßen gespannt waren und im Winde ein melancholisches Gequieke hören ließen und so spärliches Licht verbreiteten, daß die meisten Leute abends mit der Laterne in der Hand gingen oder sich solche vorantragen ließen... Männer, deren Kleidung von Fett triefte, reinigten die Lampen...« Und an das Pflaster der vierziger Jahre erinnert sich der alte Ludwig Pietsch und berichtet, wie sehr man, um vorwärts zu kommen, auf das damals einzige öffentliche Verkehrsmittel angewiesen war, »die heute noch in ihrer altehrwürdigen Gestalt unverändert gebliebene Droschke zweiter Klasse«. An die letzten Vertreter dieser Gattung Fuhrwerke mit ihren roten und gelben Rädern, den windschiefen bunten Kasten, des Kutschers struppigen Bart und blauen Pelerinenmantel können die älteren von uns sich noch gut erinnern.

Da zu meiner Rechten liegt der weite Dönhoffplatz überflutet von Trambahnen, Autos und Menschenmassen und nun, da ich in die alten Zeiten geraten bin, stelle ich ihn mir vor, als er noch eine Esplanade vor dem alten Leipziger Tor war, und dann als Exerzier- und Paradeplatz des Regiments, das der General Dönhoff befehligte. Wo jetzt die schönen Gontardschen Kolonnaden den Platz nach dem Spittelmarkt zu abschließen, war der Festungsgraben mit der Spitalbrücke. Friedrich der Große ließ sie errichten und die vielen Buden und Scharren wegräumen, die oft Verbrechern Unterschlupf gewährten. Er ließ auch den Dönhoffplatz mit stattlichen Gebäuden umgeben. Von diesen stand noch bis zur letzten Jahrhundertwende das Palais, in dem einst der Staatskanzler von Hardenberg wohnte und das später preußisches Abgeordnetenhaus wurde. 1904 hat es einem modernen Geschäftshaus Platz gemacht. An des Kanzlers Zeit erinnert nur noch sein Denkmal, das an der Südseite des Platzes dem Standbild des Freiherrn vom Stein feindlich den Rücken kehrt, der trotzig auf die Trambahnen der Leipziger Straße schaut. Auch Jahrmarkt ist der Dönhoffplatz gewesen und stand voller Buden. Und ehe das Steindenkmal errichtet wurde, erhob sich in der Mitte ein Obelisk, der als Meilenzeiger den Weg nach Potsdam maß. Vor dem war ein großes Brunnenbecken mit einem wasserspeienden Löwen, den die Berliner die Wasserkatze nannten. Sie reimten:

Wenn die wilde Katze
Auf dem Dönhoffplatze
Wasser speit,
Ist der Frühling
Von Berlin nicht weit.

Um die Wasserkatze und das Becken spielten die Straßenjungen, und die Mägde saßen mit den kleinen Kindern auf den Stufen und dem Beckenrand, strickten und schwatzten, wie man es auf alten Zeichnungen sehen kann.

Aber genug von der alten Zeit. Ich gehe über den Damm, komme vor den Eingang des Theaters und will sehen, was es heute gibt. Die Stettiner Sänger! Wieder etwas Altehrwürdiges. Aber weil es noch besteht, gehe ich hinein.

Die Blüten auf der Wand des Treppenaufgangs, wann mögen die wohl gemalt sein? Sie haben so etwas wie gedämpften Jugendstil. Die hohen roten Pfeiler, die den Saal tragen, und der verblichene Prunk der Decke deuten auf eine noch weiter zurückliegende Glanzzeit. Nach der Form einiger Ampeln und Kandelaber zu schließen, müssen es die Tage des Gaslichts gewesen sein. Ja, damals war hier das Varieté par excellence, und es kamen sogar Mitglieder der höchsten Hofgesellschaft zu Besuch. Ein großer Glaskasten nahe dem Büfett hütet eine zweite Vergangenheit. Darin sind wächsern die beiden Ur-Komiker aufgehoben, der lange dürre und der kleine dicke, beide in bunter Uniform, weißen Gardehosen, den hohen Tschako auf dem Kopf. Von den Zeiten dieser Sänger ist bis auf den heutigen Tag eine geheiligte Gewohnheit bestehen geblieben: die ausschließliche Männlichkeit der auftretenden Künstler. Selbst zuletzt in dem Theaterstück werden die weiblichen Rollen, sowohl die Frau Amtsgerichtsrat als auch das Dienstmädchen, von Mannsleuten gespielt, genau wie auf dem altgriechischen und altenglischen Theater.

Wichtig ist diese Stätte aber vor allem als späte Blüte des deutschen Männergesangs. Das Quartett würdiger Herren im Frack bildeten den Grundstock der Vorstellung, und was an humoristischen Couplets und einzelnen Charakterszenen zwischendurch laut wird, ist nur Intermezzo. Sie können übrigens auch heiter sein, diese Würdigen. Dann necken sie einander und uns mit Potpourri-Überraschungen, bei denen nur der verständige Mann am Bechsteinflügel ernst bleibt. Aber ganz andächtig wird das Publikum, Familienväter und -mütter und all unsere Ernas und Almas, die beim Abwaschen selbst so schön über den Hof singen, wenn die Vier a capella anheben von der Liebe, die nur im Herzen wohnt und still wie die Nacht und tief wie das Meer ist oder sein sollte. Regungslos stehen die Sänger, die Notenhefte vor der Brust. Nur die Köpfe drehen sich manchmal ein wenig zueinander, wenn Tenor dem Baß und Baß dem Bariton den Einsatz von Augen und Lippen abliest.

Nach solchen rein musikalischen Genüssen möchte man nun auch etwas Augenweide haben. Dafür sorgen ›auf allgemeines Verlangen‹ die Traumbilder. Das sind lebende Volkslieder, gesungen und dargestellt vor einem äußerst felsig gerahmten Bühnenbild. Da verbergen und enthüllen wolkige Gazeschleier allerlei altdeutsche Landschaft und Situation, darinnen ein

Kostümierter wandelt und, teils allein, teils von seinen Gefährten beechot, ›In einem kühlen Grunde‹ und ›Im Wald und auf der Heide‹ singt. Von Strophe zu Strophe, ja manchmal von einer Zeile zur anderen, wechseln die Bilder: Muß am Brunnen vor dem Tore dem Liebenden der Hut vom Kopfe fliegen, so erhebt sich im Handumdrehen der dazugehörige Sturm und verdüstert die Landschaft. Eben noch samtröckiger Scholar mit Wanderbauch, wird in dem nächsten Verse der fahrende Gesell grasgrüner Jägersmann oder Großmütterchen im Winterstübchen. Hier habe ich endlich erlebt, wie der Müller aussieht, dessen Lust das Wandern ist. Das ist kein weißer Mehlknappe, sondern ein eilfertiger junger Mann in einer Art grauem Sweater mit einem Barchentbündel unterm Arm. Im Schlußbild aber werden nach all dem Rebensaft und Waldesrauschen unser aller Gefühle zusammengefaßt in einer von wehenden Flammen umspielten Riesenleier, über die sich ein Zettel herabsenkt mit der Aufschrift: ›Gott erhalte das deutsche Lied!‹

Und während wir klatschen, greifen die Künstler zu plötzlichen Posaunen und Trompeten und blasen uns einen Abschiedsmarsch!

In der südlichen Friedrichstadt stehen ein paar großmächtige Häuser, alte Festungen des Geistes, umgebaut und ausgebaut, einladend mit breiten Fensterflächen, drohend mit Steinbalustraden, verlockend und abwehrend, schöne gefährliche Häuser. Sie gehören sagenhaften Königen und Königsfamilien, die Ullstein, Mosse und Scherl heißen. Als unsere letzte kleine Revolution ausbrach, wurden mit den anderen Königen eine Zeitlang auch die Zeitungskönige aus ihren Schlössern vertrieben. Da standen in den Schloßhöfen auf Biwakfeuern Kochtöpfe mit Speckerbsen, auf den Dächern wurde geschossen und durch die Redaktionsräume polterten genagelte Kriegerstiefel. Aber viel schneller als andere Monarchen sind die Zeitungskönige zurückgekehrt. In ihren Höfen stehen wieder ihre Streitwagen mit Papiermunition, und durch die Redaktionsräume schlüpfen ihre Hofdamen, leichtfüßige Sekretärinnen und Schreibmaschinenfräulein.

Die Schloßtore sind gastlich offen. Wir mit unseren Anliegen und Manuskripten werden freundlich hereingelassen von stattlichen Pförtnern. Flinke Lifts fahren uns hinauf in die oberen Etagen. Und da ist nun der Anmelderaum mit vielen kleinen Boys. Die kennen schon so manchen von uns, obwohl wir nicht zum Hause gehören. Ach, wir wollen ja nicht in die ernsthaften Bereiche, wo Politik, Handel und das Lokale gemacht wird. Wir gehören unter den Strich und in die Unterhaltungsbeilagen. Auf einen Zettel schreiben wir, wen von den Gewaltigen im Schlosse wir zu sehen begehren. Mit dem Zettel entschwebt ein Ephebe. Und dann sitzen wir am langen Tisch oder auf der Wandbank. Wir sehen einander in Gesichter, die wir schon kennen, oft ohne zu wissen, wem sie gehören. Viele Frauen sind darunter, manche etwas schüchtern und bekümmert, das sind die, welche die kecken mondänen Plaudereien schreiben. Wir sehen auf das Fangnetz neben der Tür, in das aus langer Röhre runde Kapseln fallen. Sie sehen aus, wie ich mir päpstliche Bullen denke. Da sind gewiß wichtige Telegramme drin oder sonst Geheimnisse, wichtiger als unsere ›reizenden kleinen Sachen‹. Haben wir eine Weile geduldig gesessen, so kommt der Knabe und bringt Botschaft: der Gewaltige ist nicht im Hause, oder er ist in einer Konferenz. Man soll doch morgen früh anrufen. (›Rufe mich an in der Not.‹) Zu besonders Hilfsbedürftigen kommt eine freundliche Hofdame hergeschwebt aus dem unnahbaren Bereich, die versteht, Hoffnung zu nähren und Begierden hintanzuhalten. Oft nimmt sie auch aus den zittrigen Autorenfingern das Manuskript, zu dem man doch gar zu gern dem Gewaltigen etwas gesagt hätte: Man könnte mehr dergleichen machen, wenn es das Rechte sei; er würde einem vielleicht sagen, was etwa anders sein müsse. Man wollte ihn, wenn er ein paar Minuten Zeit hätte, unterhalten über eine Serie, die man im Sinn habe ... Ach, nun ist man schon froh, daß der Engel einem das Papier abnimmt und verheißt, es möglichst nahezulegen. Manchmal aber wirst du wahrhaftig in das Zimmer des Gewaltigen geholt. Lange Gänge läufst du hinter dem wegsicheren Knaben her, der unterwegs mit Vorüberkommenden seinesgleichen Späße und Neuigkeiten austauscht und sich von Zeit zu Zeit umsieht, ob du Nachtaumelnder noch lebst. Glücklich angelangt, findest du den Ersehnten meist von anderen Großen des Reichs umgeben. In leichtem und sicherem Ton reden sie miteinander. Da sitzest du nun und fassest kaum Mut, in Gegenwart dieser Geistverteiler deine kleine Sache vorzubringen. Man ist sehr freundlich zu dir. Man wird schnell dein Geschriebenes prüfen. So bald wird es allerdings wohl kaum unterzubringen sein. Es liegt so viel vor. Und das Aktuelle muß natürlich vorgehen. Daß sie unaktuell sind, das ist ja gerade der Reiz deiner kleinen Schöpfungen. Aber, nicht wahr? für das Ewig-Menschliche, das fraglos das Wertvollere ist, bleibt immer Zeit, das veraltet nicht. Nun fassest du dir ein Herz und bringst vor, du würdest dich gern ins Gebiet des Aktuellen wagen, wenn dir von seiten der Zeitung ein Hinweis, eine Anregung käme. Ja, mit Anregungen ist das so eine Sache, Zeitungen bekommen selber gern Anregungen. Man hofft, du wirst vielleicht ein anderes Mal einige geben . . . Und dann gehen wir wieder fort aus dem Schloß, Männlein und Weiblein; und wenn wir Glück haben, finden wir in vier Wochen unser wackeres Erzeugnis in gehörige Kürze geschrumpft im Blatte. Verwandte lesen es ausführlich und sagen uns ihre Meinung. Und sogar einigen Leuten vom Fach fällt Name und Überschrift als Tatsache auf.

Ist man erst selbst einmal wieder gedruckt, so nimmt man auch mehr Anteil an anderem Gedruckten und bleibt bei den Buchauslagen und bei den Bücherwagen stehen. An solch einem Karren traf ich jüngst in eifrigem Gespräch mit dem Besitzer meinen Buchhändler, den kleinen schwarzen Doktor medicinae, der in dem merkwürdigen Bücherheim an der Brücke waltet. Meinen Buchhändler nenne ich ihn, weil er mir meinen geringen Bedarf an Literatur auf Kredit überläßt, mir obendrein erzählt, was alles in den Büchern steht, die ich nicht kaufe, und gern zusieht, wenn ich in den schönen Bänden blättere, die ich bestimmt nicht erwerben werde. Nehmen ihn nicht zuviel ernsthafte Kunden in Anspruch, setzt er sich manchmal mit mir in das Hinterstübchen seines Ladens und erzählt mir von Bücherschicksalen und vom Buchhandel. Das ist nicht gerade zeitgemäß. Aus Buchläden oder ihren Nebenräumen Stätten der Konversation und Geselligkeit zu machen, war wohl früher einigen vom Metier möglich und lieb, zuletzt noch dem verstorbenen Edmund Meyer, an dessen Gespräche und Getränke mancher Büchermacher und Bücherfreund sich erinnert. Im heutigen hastigen Berlin gibt es so etwas kaum noch. Wohl ist in vielen Läden die Schranke gefallen, die Käufer und Verkäufer trennte, und man kann herumspazieren, stehen und sitzen wie im Bücherzimmer eines Freundes, wohl nennen sich nach dem bekannten Münchner Vorbild auch bei uns viele Buchhandlungen Bücherstube, Bücherkabinett und dergleichen (es hat sogar einmal eine Bücherbar gegeben, in der zwei wohlbekannte Prominente die Mixer spielten), aber das rechte beschauliche Verweilen läßt in diesen hübschen Räumen die ›neue Sachlichkeit‹ nicht zu. Sehr zum Bedauern derjenigen Buchhändler, die selbst Bücherfreunde sind. Sie hätten gern Gäste in ihrem Laden, die nicht bloß abgefertigt werden wollen. Sie beneiden ihre Pariser Kollegen, die in meist schlechter ausgestatteten Räumen sich einer geselligen Atmosphäre erfreuen, ohne daß ihr Geschäft darunter leidet: es soll sogar in Amerika, dem wir doch sonst die bewußte Sachlichkeit gern nachmachen, eine Art Buchladengeselligkeit geben. Nun, wenn der Berliner noch mehr Großstädter und dementsprechend gelassener geworden sein wird, wenn er sich nicht mehr etwas darauf zugute tun wird, daß er ›zu nichts kommt‹, dann wird man auch wieder im Zimmer des Buchhändlers richtig zu Gaste sein. Die vielgerühmte Tüchtigkeit des Berliner Sortiments wird darunter nicht leiden, die Tüchtigkeit, in der ihm weder Paris noch sonst eine Weltstadt den Rang abläuft. Der Berliner Buchhändler ist sehr unterrichtet und verschafft einem jedes nur irgend erreichbare Buch. Darin tun es die Jungen den Alten gleich, sie sind ja aufgewachsen in der Tradition und studieren eifrig das vaterländische Börsenblatt. Die Tradition knüpft sich an die Namen der großen Firmen aus dem achtzehnten Jahrhundert, Nicolai und Gsellius, denen in der ersten Hälfte des neunzehnten Asher und Spaeth folgen.

›Gibt es eigentlich Originale unter den Buchhändlern?‹ fragte ich einmal, als mir der Doktor zu gründlich und sachlich wurde. Er dachte nach, lächelte etwas verschmitzt, nannte aber keinen Namen. »Nein, was man so Originale nennt«, sagte er dann, »das gibt es allenfalls unter den Antiquaren. Wohl dem, dem es vergönnt ist, eine Plauderstunde, etwa von Musikgeschichte und Bibliographie ausgehend, mit Martin Breslauer zu erleben, dem letzten Gelehrten, der noch richtige Vatermörder trägt. Wir Sortimenter, wir können es uns nicht leisten, Originale zu sein. Wir haben zu harten Kampf ums Dasein, gerade wie unsere guten Freunde, die Verleger!«

›Konkurrenz untereinander?‹

»Das weniger, aber zum Beispiel mit dem Warenhaus. Doch das ist ein langes Kapitel, da müßte ich Ihnen einen Vortrag halten über den Begriff Ramsch und seine Nuancen. Und über die Konflikte zwischen moderner objektiver Organisation und dem immer wieder Persönlichen, das die Behandlung geistiger Werte erfordert.«

›Nun und hier, diese Karren, die Bücherwagen, ist das nicht eine schlimme Konkurrenz?‹

»Oh nein. Mit denen hat es eine besondere Bewandtnis. Zunächst sind es oft sehr merkwürdige Leute, die solche Karren schieben, schieben lassen oder auch von einem Pferdchen ziehen lassen. Das sind keine Krämer. Wunderliche Existenzen sind darunter. Alte Schauspieler, verarmte Gelehrte, dann Fanatiker bestimmter Gesinnungen, denen oft ihr Verkaufsinteresse hinter dem Anteil an ihrer ›Sache‹ zurücksteht. Sie sind vielartig und gemischt wie ihr Publikum. Sie sehen ja an solch einem Wagen den Chauffeur neben dem Bibliophilen, das neugierige Geschäftsmädchen neben dem eifrigen Werkstudenten stehen. Diese Karren dienen in einem bestimmten Sinn unserem Interesse. Sie bringen das Buch näher an den Menschen heran, als es ein Schaufenster vermag. Und da die Verkehrspolizei uns nicht erlaubt, unsere Ware, wie es in glücklicheren Ländern geschieht, auf die Straße zu legen, so müssen wir den Bücherwagen dankbar sein, daß sie auf Umwegen den Kunden in unsere Läden locken. Sie werben besser für uns, als es die rühmlichen Bemühungen für den ›Tag des Buches‹ können.«

›Eigentlich sollten die Schriftsteller sich selbst mit ihrer Ware in redlicher Selbstreklame an den Straßenecken aufpflanzen und ausrufen: Hier noch zehn Stück Selbstgedichtetes, damit es alle wird!‹

»Auch Derartiges hat man versucht«, sagte der Doktor, er fand es gar nicht komisch, und dann wandte er sich wieder seinem zigeunerischen Kollegen zu, um ernsthaft über Bücher zu reden.

Im Südwesten sind Wilmersdorf und Schöneberg mit Berlin und Charlottenburg völlig verwachsen‹, lehrt Baedeker. Darum wollen wir nicht die genauen Grenzen suchen, sondern hinterm Bülow-Bogen die Potsdamer Straße hinauf unversehens in die Vorstadt gelangen.
Erste Station: Der Sportpalast.
Wer das Volk von Berlin im Fieber sehen will, versäume nicht, einen Teil der 144 Stunden zu erleben, in denen auf schräger Holzbahn die Fahrer des Sechstagerennens ihre Runden durch die Riesenhalle machen. Im Mittelraum und in den Logen wird er Gesellschaft sehen, ›Köpfe‹, Prominente, schöne Schultern in Zobel und Fuchs. Will er aber unter den wahren Kennern sitzen, unter denen, deren Anteil am unmittelbarsten und berlinischsten ist, muß er sich unter die Sweater und Windjacken auf der Galerie mischen. Da wird keine wichtige Wertung oder Überrundung unbeachtet gelassen, da wird strengste Kritik geübt und am heftigsten geklatscht. Ist gerade ›nichts los‹, wird Karten gespielt. Dann wieder hallen und zischen die Vornamen der anzufeuernden Lieblinge, welche man hier oben kennt, ohne sich an Zahl und Trikotfarbe des sausenden Rückens orientieren zu müssen, durch den Dunst. Hier findest du auch einen gutmütigen Nachbarn, der dich über die Phasen des Kampfes, Jagden, Ablösungen, Strafrunden, Spurt belehrt und dir die Bedeutung der Lampensignale: grün = Wertung, blau = Prämie, rot = Neutralisation, erklärt. Gern sagt der Berliner dir Bescheid, so wunderlich ihm auch einer vorkommt, der von diesen wichtigsten Dingen nichts weiß, die er selbst schon als kleiner Junge gelernt hat.
Wenn dann aber eine bemerkenswerte Nuance oder neue wichtige Etappe der geregelten Raserei da unten deutlich wird,

wendet er sich von dir weg, ist ganz Auge und Ohr, beschimpft und bejubelt den oder die, auf die er mit seinen Kumpanen oder im eigenen Herzen mit dem Schicksal gewettet hat. Er vergißt dich, die Freunde, Beruf und Liebe, Lust und Verdruß. Von den beiden großen Bedürfnissen des römischen Volkes, panis et circenses, beherrschen ihn nur noch die circenses. Londoner und Pariser in Sweater und Halstuch sind gewiß auch große Sportkenner und -enthusiasten, aber sie haben ältere Erfahrungen teils im Sport, teils in Weltstadtfreude überhaupt. Hier aber sitzest du neben dem jüngsten Großstädter. Der ist noch unblasiert, wenn er sich auch gelassen stellt mit seinem ›Selbstredend‹ und ›Kommt nich in Frage‹ (der neuen Form für das ältere ›Ausjeschlossen‹). Er fiebert im Massenrausch. Er fährt wie aus tiefem Traum, wenn der Gongschlag den Beginn einer neuen Stunde verkündet. Einen Augenblick verläßt sein Blick die Spur seines Fahrers und streift den Apparat, der die geleisteten Kilometer anzeigt. Im Paroxysmus kannst du ihn sehen bei plötzlichen Jagden oder in der letzten Nacht, wenn sein Feuer noch geschürt wird durch die Zählapparate am Ziel, welche die noch zu fahrenden Minuten angeben.

Doch auch in seinen gelinderen Momenten ist er unterhaltend. Da spielt zum Beispiel die Kapelle statt seiner Lieblingsmelodien irgend ein mondänes Stück, das ihn langweilt. Gleich geht's los: »Wo bleibt denn der Sportpalastwalzer? Ihr Fettjemachten, ihr Volljefressnen! Andre Kapelle! Halt't Schnauze mit eurem ›Ich küsse Ihren . . . Madame‹.« Und als dann die Kapelle den gewünschten Walzer spielt, pfeifen die da oben mit durch die Finger und machen noch besondere Fiorituren um die Melodie herum. Dazwischen stößt die heisere Stimme des Kellners: ›Wer wünscht noch Bier, Brause?‹ Ein witziger Zeitungsausrufer reimt: ›Die Mottenpost, die bloß 'n Jroschen kost't.‹ Späte Nachzügler werden begrüßt: »Jetz kommt det

Kind von der Post... Na, du oller Hundertfünfunsiebziger, wo hast de denn so lange jesteckt? Mensch, hast wohl zu lange jefastet, siehst ja aus wie 'ne Spiritusleiche.«
Ein Schreck zuckt durch die Fladen des Rauchs, die Büschel der Scheinwerfer: es ist ein Fahrer gestürzt. Ist der Sturz schwer? Man weiß noch nicht. Die anderen kreisen weiter. Man schleppt den Blutenden in seine Koje am Innenbord der Bahn. Vielleicht kann schon der Masseur ihm helfen, und er braucht nicht zur Arztstation. Die seidenen Damen am nächsten Sekttisch beugen sich einen Augenblick über die Brüstung zu ihm. Dann wird er vergessen.
So ist der Sportpalast in einer der oft und fachmännischer erzählten großen Nächte. Eine eigene Schönheit hat er während des Sechstagerennens auch in manchen stilleren Nachmittagstunden, wenn milchig blaues Tageslicht in die Bretterbahn fällt, auf der die Räder leise surren, und gelbe und blaue Reklameplakate bestrahlt. Das gibt dem hölzernen Raum eine Wärme und Dichtigkeit, wie sie sonst unser Berlin nur selten hat.
Sport ist international und kennt keine politischen Parteien. Aber sein Palast hier steht auch der politischen Leidenschaft offen. Große Kundgebung der Nationalsozialisten wird angekündigt. Die Hallen füllen sich. Vor den Toren patrouilliert die Polizei, denn man rechnet mit Gegendemonstrationen der ›Roten‹ draußen. Und vom Aneinandervorbei bis zum Prügeln ist der Weg nicht weiter als bei den Montecchi und Capuletti der vom ›Eselbohren‹ bis zum Blankziehen. Mit einmal heißt es, die Kommunisten versuchen den Palast zu stürmen. Die Polizei bekommt Verstärkung. Gummiknüppel werden geschwungen. Wer angefangen hat, ist schwer festzustellen. Wenn sie nicht ihre Abzeichen trügen, Orden der Reaktion oder Revolution, sie wären kaum zu unterscheiden, die kecken Berliner Jungen aus beiden Lagern. Mitunter lauern auch

draußen die vom Stahlhelm, während drinnen die Roten tagen. Dann ist der Saal mit breiten roten Spruchbändern behangen. Ordner müssen die Treppengänge immer wieder frei machen. Stühle werden hergeschleppt und nachgerückt im überfüllten Saal. Von den Schwalbennestern oben bis an die Türen ist alles voll. Gefügig drückt sich die Menge beiseite, wenn mit Musik die Rotfront einzieht. Kriegerisch ist die Musik, welche die Genossen begeistert, wie einst die, bei der sie Kameraden waren. Ganz junge Burschen ziehen beckenschlagend voran, Pfeifer folgen ihnen im Gleichschritt. Die geballte Faust der Männer, die offene Hand der Knaben grüßt die Fahnen.

All das nimmt der Sportpalast mit einer Art riesenhafter Gutmütigkeit in seine runden Weiten. Mit unparteiischem Echo dröhnen seine Wände ›Hakenkreuz am Stahlhelm‹ und ›Auf zum letzten Gefechte‹ wieder wie die Zurufe der Sportfreunde. Es ist ja alles Überschwang derselben ungebrochenen Lebenslust.

Zweite Station: Der Heinrich-von-Kleist-Park.

Der hat einen besonderen Schmuck bekommen durch Gontards Königskolonnaden, die ehedem in der Gegend des heutigen Bahnhofs Alexanderplatz standen. Hier sind sie noch nicht ganz zu Hause, nicht so ins Stadtgefüge eingetan wie die Kolonnaden desselben Meisters am Ende der Leipziger Straße, deren Rundung in eine platzartige Erweiterung mitten in lauteste Geschäftsgegend ruhevolle Vergangenheit bannt. (Es ist, als könne man durch die Tore und Türen, welche sich hinter den Säulen öffnen, geradewegs in die Zimmer vergangener Zeiten dringen.) Die nach dem Kleist-Park versetzten Kolonnaden müßten in diesem Parkrahmen Ruine sein oder wenigstens stärker verwittern. Man sollte wenigstens für Vogelnester sorgen ... Immerhin erfreuen wir uns an den gemeißelten Gewinden um die Schneckenkapitelle der Säulen und an den Reliefs darunter, die wie Buchvignetten wirken. Unter den Statuen ist ein rundliches Nymphenmädchen, das bei all seiner Rokoko-Antike im Ausdruck etwas von einer Berliner ›Nutte‹ hat. Das muß also wohl älter sein als der Begriff. Parkeinwärts zielt eine Bogenschützin so stilvoll wie möglich über den Mummelteich auf die kleine Restflora vom ehemaligen Botanischen Garten, der hier war, bevor er hinter Steglitz verlegt wurde. Was zwischen Steinchen gepflegt blüht, dem dürfen die Kinder sich nicht nähern, sie müssen auf den Sandplätzen bleiben oder ihre Roller auf die breiteren Wege lenken. Am glücklichsten unter den Kleinen sind vielleicht die, denen die herrlichen Sandschutthaufen drüben am Plankenzaun bei den freigelegten Wasserleitungsröhren als Rutschbahn dienen. Von den Erwachsenen interessiert uns am meisten die Gruppe Kartenspieler auf der Bank unterm Busch. Ich glaube, es sind Arbeitslose, wie wir sie im Friedrichshain gesehen haben. Sie vergessen für ein paar Stunden ihren Jammer. Angespannt sehen sie auf die Karten in der Hand dessen, der mischt, wie Rembrandts Mediziner auf den Leichnam unterm Messer des lehrenden Arztes in der Anatomie. Ein Gelähmter hat seinen Wagen an die Partie auf der Bank hingerollt und kiebitzt hingebungsvoll.

Und nun hinein ins eigentliche Schöneberg. Da ist eine Hauptstraße, wo es alles gibt: zwiebelig getürmte Häuser mit Aufgängen nur für Herrschaften. Läden mit Duettbrennern und Proviantdosen mit verstellbarem Abteil und ähnlich praktisch heißendem Bedarf. Wir wollen nicht verweilen. Diese Gegend macht ungewöhnlich traurig. Dann lieber über den Kaiser-Wilhelms-Platz – wie soll er auch sonst heißen? – ins sozusagen offiziell traurige Viertel von Schöneberg gehen, die ›Insel‹, wie die Einwohner es nennen: Straßen, die den Schienensträngen der Ringbahn benachbart sind. Dort kann man morgens und abends zwischen den beiden Bahnhöfen Schöne-

berg und Großgörschenstraße, die nicht miteinander verbunden sind, eiliges armes Volk durch den ›polnischen Korridor‹ laufen sehen. Hinter den traurigen Fassaden ahnt man die sonnenlosen Hinterhöfe, die ›Rasenanlage‹, in der die Kinder nicht graben dürfen, Müllkästen und das ungewollte Duett eines Radiolautsprechers im Fenster und einer Drehorgel unten, keifende Nachbarinnen und die dünne Stimme des Bettelsängers. Das rotverhangene Gestell dort an der Ecke der absteigenden Nebenstraße, welches ein Werbebüro der KPD birgt, kann hier auf guten Zuspruch rechnen . . . Von Tempelhof kommt einen bergigen Weg den Bahnübergang her die Tram zwischen Güterbahnhof und Müllabfuhrschuppen gefahren. Sie bringt uns schnell ans andere Ende von Schöneberg, an die tiefe Mulde des Stadtparks. In dem könnte man im Notfall das Lied vom verliebten ›Schöneberg im Monat Mai‹ lokalisieren, was in den übrigen Teilen dieses Orts mit dem verheißungsvollen Namen kaum möglich ist.
Nördlich vom Stadtpark liegt das rühmlich bekannte ›Bayrische Viertel‹. Wieviel davon man zu Berlin, zu Schöneberg oder zu Wilmersdorf rechnen soll, weiß ich nicht. Es ist nicht so rechtwinkelig und geradlinig angelegt wie Berlin-W. Und statt uns darüber zu freuen, fluchen wir Undankbaren, daß wir uns in all diesem Heilbronn, Regensburg, Landshut und Aschaffenburg immer wieder verirren. Uns kann man's nie recht machen. Auch die allerlei Brunnen- und Baumanlagen nehmen wir, ohne sie recht zu beachten, hin. In einigen Winkeln stoßen wir auf Versuche, altdeutsche Stadt nachzumachen, die rührend scheitern. Man muß nicht allzu streng mit dem Bayrischen Viertel sein. Als es gebaut wurde, gab es noch nicht unser gleich- und alleinseligmachendes Laufband.
Durch Wilmersdorf und Friedenau führt die lange Kaiserallee, umgeben von Wohnvierteln, die sich aus alten Dörfern und Villenkolonien gebildet haben. Von Friedenau wird behaup-

tet, daß es, wie auch gewisse Teile von Steglitz und Lichterfelde, Zufluchtsstätte vieler ehemaliger königlicher Beamter und rentenlos gewordener Rentner alten Schlages sei. Gestalten mit chronisch entrüstetem Gesichtsausdruck über Bärten, die etwas Pensioniertes, etwas von Restbestand haben, sollen Geheimräte und Kanzleisekretäre sein; es begleiten sie Gattinnen, die oft richtige Federn auf dem Hut haben, wie in entschwundenen Zeiten die Damen von Welt es hatten. Diese würdigen Matronen wohnen in freundlichen, etwas unmodernen Gartenhäusern. Man sollte glauben, daß sie in ihrem traulichen Heim lieblicher werden müßten, als sie es sind. Nun, wir wollen für ihre Kinder hoffen . . .

Wo die Kaiserallee in die Schloßstraße mündet, fängt Steglitz an. Es beginnt hochmodern mit einem stolz ragenden Filmpalast, an dessen Flanken in strahlenden Röhren das Licht flutet, in dessen Innerm strenge Linien und kühne Wölbungen Zuschauer- und Bühnenraum umschweifen. Aber weiterhin ist das gute Steglitz eine der älteren berlinischen Kleinstädte und viele Häuser der Seitenstraßen, die zum Stadtpark führen, sind geblieben wie zur Zeit der Jahrhundertwende, da man hier Schul- und Studienfreunde besuchte, die Sonderlinge waren und zur besseren Erkenntnis der Weltstadt die kontrastierende Stille des abgelegenen Vororts brauchten. Das älteste hier ist wohl das Schloßrestaurant mit dem Theater, ein Gebäude, das bald nach 1800 von Gilly als Landhaus errichtet worden ist.

Mit der Wannseebahn erreichen wir als nächste Station den Botanischen Garten, eine wunderbare Schöpfung von Wissenschaft und Geschmack. Da kann man durch die Flora der hohen Gebirge in winzigen Alpen und Kordilleren spazieren gehen. Die ganzen Karpathen sind in einer halben Minute durchstreift. Vom Mittelmeer ist es nicht weit zum Himalaja. Hinterm Palmenhaus aber steigt als heimischer Hügel der Dahlemer Fichtenberg an. Straßen und Plätze bei dem Gar-

ten haben hübsche Namen, einen Begonienplatz gibt es, einen Asternplatz und eine Malvenstraße.
Schön gelegen wie die botanischen und pflanzenphysiologischen Museen am Gartenrand sind auch die wissenschaftlichen Institute im nahen Dahlem. Da hat die strenge Wissenschaft lauter licht und munter gebaute sommerliche Heime der Biologie, Entomologie, Völkerkunde, Chemie. Die landwirtschaftliche Hochschule wohnt breit und bequem in einer Art Gutshof. Sogar das Geheime Preußische Staatsarchiv, das hier haust, hat ländlich frische Farbe und ein lustig rotes Dach. Und selbst die Untergrundbahnhöfe in und bei Dahlem besitzen sommerliche Anmut. Dieser Vorort ist eine der Gegenden, wo die Berliner der kommenden Zeit wohnen, ein Menschenschlag, bei dem die Abgehetztheit der Väter, die ›zu nichts kamen‹, weil zuviel zu tun war, in eine freie heitere Beweglichkeit sich umzuwandeln scheint.. Nun, wir wollen mit Bestimmtheit nichts behaupten, aber immerhin hoffen.
Vielleicht haben wir Glück, und es begegnet uns eine der jungen Dahlemer Berlinerinnen. Sie läßt ihr Auto hier vor dem hübschen Café an der Station parken und geht mit uns zu Fuß waldeinwärts bis zur Krummen Lanke und dann wasserentlang nach Onkel Toms Hütte oder zum alten Jagdschloß Grunewald, das einst Kaspar Theyß für den Kurfürsten Joachim erbaut hat. Dort machen wir eine Weile vor dem kuriosen Steinrelief halt, das drei Personen um einen Tisch stehend versammelt, in der Mitte den Fürsten als Wirt oder Kellermeister mit aufgekrempelten Ärmeln und stattlichem Embonpoint, neben ihm den höfisch gekleideten Baumeister, dem sein Gebieter den Humpen kredenzt, während die dritte Gestalt einen Krug mit weiterem Trank bereithält. Wir rätseln an den witzigen Versen, die in altem Deutsch darunterstehen. Bald aber haben wir genug von alter Zeit und sanftem Spazieren, und die gastliche Dahlemerin fährt uns im Eiltempo zur neuen

Siedlung an der Riemeisterstraße, zu alten Lichterfelder Villenstraßen und nach Zehlendorf, wo wieder mitten im Neuen und Neueren die achteckige Dorfkirche mit dem spitzigen Dach für einen Augenblick fesselt, die aus den Zeiten des Großen Friedrich stammt. Dann geht es durch Schlachtensee und Nikolassee zum Wannsee. Unseren Tee nehmen wir in einem etwas abgelegenen Haus am See. Eine kleine Kapelle lockt zu ein wenig Tanz. Unsere Begleiterin kann uns an lebenden Beispielen über den Anteil des besten Berlin an den neuen Sommermoden belehren. Aber auch mit den Segelbooten weiß sie Bescheid. Sie kennt den Besitzer der hübschen Jacht, weiß, wem der eifrige Motor gehört. Vielleicht haben wir noch Zeit, an den Stölpchensee zu fahren und von der Terrasse auf die Paddelboote zu schauen, auf die jungen zartkräftigen Knie der Mädchen, die tief im Boot liegen, während der Gefährte oder die Gefährtin lenkt. Im Vorbeifahren sehen wir bei Schildhorn Volk vom Autobus hergebracht, das hier freibadet, Ball spielt und Hunde tummelt. Rührend ist das Stückchen dünenzarter Sand am Rande des Waldhangs, durch den Stolperwege zwischen Kaninchenlöchern führen.

Vielleicht ist unsere Begleiterin Mitglied des Golfklubs und nimmt uns, wenn wir es verdienen, mit zu der schönsten Sportstätte. Sie zu beschreiben zitiere ich Worte des Dichters dieses lebendigsten, gegenwärtigsten Berlin, die Worte Wilhelm Speyers in seiner ›Charlott etwas verrückt‹: »Unter den neuen Sportstätten im jungen Leben Berlins war keine schöner geworden als der zwischen Wannsee und Potsdam gelegene Golfplatz. Rasenflächen und Fichtenwälder mit vereinzelten seitwärts gelegenen Bungalos fielen in sanfter märkischer Schräge zu einem kleinen See oder zu neuen Wäldern und neuen Rasenflächen hinab. Stand man oben auf der Terrasse des Klubhauses, so wurden die über weite Räume verteilten Spieler und ihre buntbekleideten Caddies in der klaren, trok-

kenen und reinen Luft der Mark vor dem Blickfeld des Betrachtenden eng zusammengezogen, als seien sie mit ihrem erhobenen oder gesenkten Spielgerät kostbar gebildete, in schwierigen Verkürzungen dargestellte Figuren eines japanischen Holzschnittes. Begleitet nur von den bagstragenden Knaben, doch abgesondert von den anderen Spielern, hatte der Spielende etwas in seiner Haltung von dem frommen, auf sich gestellten Eifer eines Eremiten der Thebais.« Von solchen Gestalten nennt uns unsere Protektorin einige bei Namen, während wir auf der schönen Gartenterrasse sitzen, und so lernen wir Berliner Gesellschaft kennen, dieses schwer darzustellende Gebilde, zu dessen Formung soviel verschiedene merkwürdige Ehrgeize beigetragen haben, daß die zugleich freieste und konventionellste Sozietät entstand. Man muß sich sehr zusammennehmen, um sich so gehen zu lassen, wie es den großen Berlinern gefällt. Durch unsere Athene (Athene ist Schutzgöttin der jungen Berlinerinnen mehr als Diana oder Venus, glaub' ich), durch diese unsere Athene werden wir auch den kennenlernen, der uns mitnimmt zum Polo in die Gartenstadt Frohnau, zum Trabrennen nach Mariendorf und auf die Rennbahn Grunewald usw.
Nach alldem wird Athene uns, um ihre Güte vollzumachen, auch noch heimfahren, und zwar über die Avus, die berühmte Automobil-Verkehrs- und Übungsstraße. Dort lernen wir die verschiedenen berühmten Automobilmarken im Vorbeifahren unterscheiden, und von manchen wie jenem großen Hispano, diesem eleganten Buick, dem schlanken ganz roten, dem kleinen ganz weißen Wagen, nennt Athene den Besitzer oder die Dame am Steuer, während die kleinen Bäume hinter dem Zaun und die Reklameschilder am Straßenrand schräg in unsere rasche Fahrt sinken. Langsamer gleiten wir dann durchs nördliche Tor, und hinterm Funkturm geht es noch einmal mit achtzig oder mehr Kilometer die breite Straße auf den Tiergarten zu.

Das waren ein paar schüchterne Versuche, in Berlin spazierenzugehen, rund herum und mitten durch, und nun, liebe Mitbürger, haltet mir nicht vor, was ich alles Wichtiges und Bemerkenswertes übersehen habe, sondern geht selbst so wie ich ohne Ziel auf die kleinen Entdeckungsreisen des Zufalls. Ihr habt keine Zeit? Dahinter steckt ein falscher Ehrgeiz, ihr Fleißigen.

Gebt der Stadt ein bißchen ab von eurer Liebe zur Landschaft! Von dieser Landschaft habe ich hier nichts gesagt, habe die Grenzen der Stadt nur flüchtig mit ein paar Worten überschritten. Sie ist ja schon viel beschrieben und gemalt, die merkwürdige Gegend, in der unsere Stadt wohnt, die märkische Landschaft, die bis auf den heutigen Tag etwas Vorgeschichtliches behalten hat. Sobald die Sonntagsgäste sie verlassen haben, sind Kiefernwald, Luch und Sand wie vor der Zeit der ersten Siedler, besonders im Osten. Im Westen aber haben wir ein Stück Landschaft, an der Menschenhand mitgeschaffen hat. Das ist die Gegend, die Georg Hermann in seinem ›Spaziergang in Potsdam‹ eine Enklave des Südens nennt. Wie in dies Neuland des achtzehnten Jahrhunderts Stadt- und Parkbild sich einfügt, müßt ihr in dem kleinen Büchlein nachlesen. Und dann laßt euch von ihm auf den Platz beim Stadtschloß führen, den ›losgelösten Architekturtraum‹, und zu Knobelsdorffs Kolonnaden im Schloßgarten, den Riesensäulen mit zart durchbrochener Balustrade, und in die Schlösser. Hecken und Teppichbeete von Sanssouci. Er lehrt das Persönliche der königlichen Schöpfung verstehen, die Art, wie Friedrich ›die Stadt im Gesamtbild abstimmte, als hätte er sie innerlich stets als Ganzes vor Augen gehabt‹. An der Hand dieses Führers wandert ihr dann auch gut durch die Straßen der Stadt mit ihren glücklichen Durchblicken und Abschlüssen, lebt mit all den Vasen, Girlanden, Flöten und Leiern, Waffen und Sphinxen der Bauplastik, die ›selbst im Kietz, wo die Fischer wohnen, Amoretten auf der Dachkrönung Netze flicken‹ läßt. Hermann unterscheidet die verschiedenen Typen von Häusern, Puttenhäuser, Vasenhäuser, Urnen-, Masken-, Medaillen-, Zopf- und Wedgwoodhäuser und ihre Mischformen, beschreibt uns eine alte Straße, die ›eine zwitschernde Voliere all dieser Typen‹ ist, und treibt, wohin er uns führt, ganz gelinde im Weitergehen, was er selbst ›peripatetische Stilkunde‹ nennt.

Ins weitere und nähere Havelland leitet uns Fontane. Bei ihm lesen wir zum Beispiel die Geschichte der alten und den Anblick der späteren Pfaueninsel nach. Und was wir dort an Blumenmustern der Tapeten, Bettschirmen und Möbeln von der Welt der Königin Luise spüren, führt uns nach Paretz zu ähnlichen Mustern, zu hängenden und tropfenden Bäumen auf der Wandbespannung, zu Kommoden und Diwanen, in denen so viel Atmosphäre dieser Frau und ihrer Welt geblieben ist.

Diese vollendeten Potsdamer Schönheiten zu lieben, fällt nicht schwer, wir aber müssen die Schönheit von Berlin lieben lernen. Zum Schluß müßte ich nun eigentlich auch einige ›Bildungserlebnisse‹ beichten und gestehen, aus welchen Büchern ich lerne, was nicht einfach mit Augen zu sehen ist, und manches, was ich sah, besser zu sehen lerne. So eine saubere kleine Bibliographie am Ende, das gäbe meinem Buch ein wenig von der Würde, die ihm mangelt. Ach, aber auch in den Bibliotheken und Sammlungen bin ich mehr auf Abenteuer des Zufalls ausgegangen als auf rechtschaffene Wissenschaft, und zu solchem Kreuz und Quer durch die Welt der Bücher möchte ich auch die anderen verführen.

Einer der großen Kenner der Geschichte, Kultur- und Kunstgeschichte Berlins (ihre Namen finden sich im Baedeker unter dem Abschnitt Literatur) sollte einmal eine Beschreibung der

Stadt aus lauter alten Beschreibungen zusammenstellen und alle Denkmäler von den näheren Zeitgenossen ihres Entstehens darstellen lassen: über das Grabdenkmal des Staatsministers Johann Andreas Kraut in der Nicolaikirche müßte der Rektor Küster vom Friedrich Werderschen Gymnasium zu Worte kommen, über das Opernhaus müßte aus Carl Burneys, des Musik Doctors, Tagebuch seiner Musikalischen Reisen zitiert werden, über Schinkel müßte einer von denen reden, die ihn den Königl. Geh. Oberbaurat titulieren. Das gäbe einen hübschen bibliographischen Spaziergang und würde uns immer neue Vergangenheiten der Stadt bildhaft nahebringen und im noch Sichtbaren Verschwundenes genießen lehren.

Bisher wurde Berlin vielleicht wirklich nicht genug geliebt, wie ein großer Freund der Stadt, der Bürgermeister Reicke, einmal geklagt hat. Noch fühlt man in vielen Teilen Berlins, sie sind nicht genug angesehen worden, um wirklich sichtbar zu sein. Wir Berliner müssen unsere Stadt noch viel mehr — bewohnen. Es ist gar nicht so leicht, das Ansehen sowohl wie das Bewohnen bei einer Stadt, die immerzu unterwegs, immer im Begriff ist, anders zu werden und nie in ihrem Gestern ausruht. In seinem geistvollen, aber hoffentlich doch zu pessimistischen Buch ›Berlin, ein Stadtschicksal‹, klagt Karl Scheffler, Berlin sei heute noch wie vor Jahrhunderten recht eigentlich eine Kolonistenstadt, vorgeschoben in leere Steppe. Darum keine Tradition, daher soviel Ungeduld und Unruhe. Der Zukunft zittert die Stadt entgegen. Wie sollte man da den Bewohnern zumuten, in der Gegenwart zu verweilen und die freundliche Rolle der Staffage im Bilde der Stadt zu übernehmen?

Wir wollen es uns zumuten, wir wollen ein wenig Müßiggang und Genuß lernen und das Ding Berlin in seinem Neben- und Durcheinander von Kostbarem und Garstigem, Solidem und Unechtem, Komischem und Respektablem so lange anschauen, liebgewinnen und schön finden, bis es schön ist.

Wenn man alle Städteschilderungen, die es gibt, nach dem Geburtsorte der Verfasser in zwei Gruppen teilen wollte, dann würde sich bestimmt herausstellen, daß die von Einheimischen verfaßten sehr in der Minderzahl sind. Der oberflächliche Anlaß, das Exotische, Pittoreske wirkt nur auf Fremde. Als Einheimischer zum Bild einer Stadt zu kommen, erfordert andere, tiefere Motive. Motive dessen, der ins Vergangene statt ins Ferne reist. Immer wird das Stadtbuch des Einheimischen Verwandtschaft mit Memoiren haben, der Schreiber hat nicht umsonst seine Kindheit am Ort verlebt. So in Berlin Franz Hessel die seine. Und wenn er sich nun aufmacht und durch die Stadt geht, so kennt er nicht den aufgeregten Impressionismus, mit dem so oft der Beschreibende seinen Gegenstand antritt. Denn Hessel beschreibt nicht, er erzählt. Mehr, er erzählt wieder, was er gehört hat. »Spazieren in Berlin« ist ein Echo von dem, was die Stadt dem Kinde von früh auf erzählte. Ein ganz und gar episches Buch, ein Memorieren im Schlendern, ein Buch, für das Erinnerung nicht die Quelle, sondern die Muse war. Sie geht die Straßen voran, und eine jede ist ihr abschüssig. Sie führt hinab, wenn nicht zu den Müttern, so doch in eine Vergangenheit, die um so bannender sein kann, als sie nicht nur des Autors eigne, private ist. Im Asphalt, über den er hingeht, wecken seine Schritte eine erstaunliche Resonanz. Das Gaslicht, das auf das Pflaster herunterscheint, wirft ein zweideutiges Licht über diesen doppelten Boden. Die Stadt als mnemotechnischer Behelf des einsam Spazierenden, sie ruft mehr herauf als dessen Kindheit und Jugend, mehr als ihre eigene Geschichte. Was sie eröffnet, ist das unabsehbare Schauspiel der Flanerie, das wir endgültig abgesetzt glaubten. Und nun sollte es hier, in Berlin, wo es niemals in hoher Blüte stand, sich erneuern? Dazu muß man wissen, daß die Berliner andre geworden sind. Langsam beginnt ihr problematischer Gründerstolz auf die Hauptstadt der Neigung zu Berlin als Heimat Platz zu machen. Und zugleich hat in Europa der Wirklichkeitssinn, der Sinn für Chronik, Dokument, Detail sich geschärft. In diese Situation tritt nun einer, der gerade jung genug ist, um diesen Wandel mitzuerfahren, und gerade alt genug, um den letzten Klassikern der Flanerie, einem Apollinaire, einem Léautaud persönlich nahegestanden zu haben. Den Typus des Flaneurs schuf ja Paris. Daß nicht Rom es war, ist das Wunderbare. Aber zieht nicht in Rom selbst das Träumen schon allzu gebahnte Straßen? Und ist die

Stadt nicht zu voll von Tempeln, umfriedeten Plätzen, nationalen Heiligtümern, um ungeteilt mit jedem Pflasterstein, jedem Ladenschild, jeder Stufe und jeder Torfahrt in den Traum des Passanten eingehen zu können? Die großen Reminiszenzen, die historischen Schauer – sie sind dem wahren Flaneur ja ein Bettel, den er gerne dem Reisenden überläßt. Und all sein Wissen von Künstlerklausen, Geburtsstätten oder fürstlichen Domizilen gibt er für die Witterung einer einzigen Schwelle oder das Tastgefühl einer einzigen Fliese dahin, wie der erstbeste Haushund sie mit davonträgt. Auch mag manches am Charakter der Römer liegen. Denn Paris haben nicht die Fremden, sondern sie selbst, die Pariser, zum gelobten Land des Flaneurs, zu der »Landschaft aus lauter Leben gebaut«, wie Hofmannsthal sie einmal nannte, gemacht. Landschaft – das wird sie in der Tat dem Flanierenden. Oder genauer: ihm tritt die Stadt in ihre dialektischen Pole auseinander. Sie eröffnet sich ihm als Landschaft, sie umschließt ihn als Stube.

»Gebt der Stadt ein bißchen ab von eurer Liebe zur Landschaft«, sagt Franz Hessel zu den Berlinern. Wollten sie nur die Landschaft in ihrer Stadt sehen. Hätten sie auch nicht den Tiergarten, diesen heiligen Hain der Flanerie mit seinen Blicken auf die sakralen Fassaden der Tiergartenvillen, die Zelte, in denen man während des Jazz das Laub schwermütiger als sonst zu Boden sinken sehen kann, den Neuen See, von dem hier die Buchten und Bauminseln in Gedanken gezeichnet sind, »wo wir im Winter kunstvoll holländernd große Achter ins Eis schrieben und im Herbst von der Holzbrücke am Bootshaus in den Kahn stiegen mit der Herzensdame, die unser Ruder steuerte« – wäre dies alles nicht, die Stadt wäre noch immer voll Landschaft. Spürten sie nur den Himmel über Hochbahnbögen so blau wie über Engadiner Ketten sich spannen, aus dem Getöse die Stille wie aus einer Brandung sich heben und kleine Straßen im Stadtinnern die Tageszeiten so deutlich wie eine Bergmulde widerspiegeln. Freilich das wahre, die Stadt randvoll erfüllende Dasein des Städters in ihr, ohne das es dieses Wissen nicht gibt, ist nichts Billiges. »Wir Berliner«, sagt Hessel, »müssen unsere Stadt noch viel mehr – bewohnen.« Bestimmt will er das wörtlich verstanden wissen, weniger von den Häusern als von den Straßen. Denn sie sind ja die Wohnung des ewig unruhigen, ewig bewegten Wesens, das zwischen Hausmauern soviel erlebt, erfährt, erkennt und ersinnt, wie das Individuum im Schutze seiner vier Wände. Der Masse – und mit ihr lebt der Flaneur – sind die glänzenden, emaillierten Firmenschilder so gut und besser ein Wandschmuck wie im Salon dem Bürger ein Ölgemälde, Brandmauern ihr Schreibpult, Zeitungskioske ihre Bibliotheken, Briefkästen ihre Bronzen, Bänke ihr Boudoir und die Caféterrasse der Erker, von wo sie auf ihr Hauswesen herabsieht. Wo am Gitter Asphaltarbeiter den Rock hängen haben, ist ihr Vestibül und die Torfahrt, die aus der Flucht der Höfe ins Freie leitet, der Zugang in die Kammern der Stadt.

Schon in der meisterhaften »Vorschule des Journalismus« war die Erforschung dessen, was Wohnen ist, als unterirdisches Motiv erkennbar. Wie jede stichhaltige und erprobte Erfahrung ihr Gegenteil mit umfaßt, so hier die vollendete Kunst des Flaneurs das Wissen vom Wohnen. Urbild des Wohnens aber ist die *matrix* oder das Gehäuse. Das also, von dem man genau die Figur dessen abliest, der es bewohnt. Will man sich nun erinnern, daß nicht nur Menschen und Tiere, sondern auch Geister, und vor allem die Bilder wohnen, so liegt greifbar vor Augen, was den Flaneur beschäftigt und was er sucht. Nämlich die Bilder wo immer sie hausen. Der Flaneur ist der Priester des *genius loci*. Dieser unscheinbare Passant mit der Priesterwürde und dem Spürsinn eines Detektivs – es ist um seine leise Allwissenheit etwas wie um Chestertons Pater Brown, diesen Meister der Kriminalistik. Man muß dem Autor in den »Alten Westen« folgen, um ihn von dieser Seite kennen zu lernen: wie er die Laren unter der Schwelle aufspürt, wie er die letzten Denkmale einer alten Wohnkultur feiert. Die letzten: denn in der Signatur dieser Zeitenwende steht, daß dem Wohnen im alten Sinne, dem die Geborgenheit an erster Stelle stand, die Stunde geschlagen hat. Giedion, Mendelssohn, Corbusier machen den Aufenthaltsort von Menschen vor allem zum Durchgangsraum aller erdenklichen Kräfte und Wellen von Licht und Luft. Was kommt, steht im Zeichen der Transparenz: nicht nur der Räume, sondern, wenn wir den Russen glauben, die jetzt die Abschaffung des Sonntags zugunsten von beweglichen Feierschichten vorhaben, sogar der Wochen. Man meine aber nicht, ein pietätvoll, am Musealen haftender Blick sei genug, um die ganze Antike des »Alten Westens«, in den Hessel seine Leser führt, zu entdecken. Nur ein Mann, in dem das Neue sich, wenn auch still, so sehr deutlich ankündigt, kann einen so originalen, so frühen Blick auf dies eben erst Alte tun.

Unter der *plebs deorum* der Karyatiden und Atlanten, der Pomonen und Putten, mit deren Entdeckung er den Leser hier aufnimmt, sind ihm die liebsten doch jene einst herrschenden, nun zu Penaten, unscheinbaren Schwellengöttern gewordenen Figuren, die angestaubt auf Treppenabsätzen, namenlos in Flurnischen einquartiert,

die Hüterinnen der *rites de passage* sind, die ehemals jeden Schritt über eine hölzerne oder metaphorische Schwelle begleiteten. Von ihnen kommt er nicht los, und ihr Walten weht ihn noch an, wo ihre Abbilder längst nicht mehr oder unkenntlich stehen. Berlin hat wenig Tore, aber dieser große Schwellenkundige kennt die geringeren Übergänge, die Stadt von Flachland, Stadtteil von Stadtteil abheben: Baustellen, Brücken, Stadtbahnbögen und Squares, und sie alle sind hier geehrt und beachtet, ganz zu schweigen von den schwelligen Stunden, den heiligen zwölf Minuten oder Sekunden des kleinen Lebens, die den makrokosmischen *twelfth-nights* entsprechen und auf den ersten Blick so unheilig aussehen können. »Die Tanztees der Friedrichstadt«, weiß der Autor, »haben auch ihre lehrreichste Stunde, bevor der Betrieb losgeht, wenn im Dämmer nah bei den noch eingehüllten Instrumenten die Ballettdame einen Imbiß einnimmt und sich dabei mit der Garderobefrau oder dem Kellner unterhält.«
Baudelaire hat das grausame Wort von der Stadt, die schneller als ein Menschenherz sich wandle, gesprochen. Hessels Buch ist voll tröstlicher Abschiedsformeln für ihre Bewohner. Ein wahrer Briefsteller des Scheidens ist es, und wer bekäme nicht Lust, Abschied zu nehmen, könnte er mit seinen Worten Berlin so ins Herz dringen wie Hessel seinen Musen aus der Magdeburger Straße. »Sie sind inzwischen verschwunden. Bruchsteinern standen sie da und hielten artig, soweit sie noch Hände hatten, ihre Kugel oder ihren Stift. Sie verfolgten mit ihren weißen Steinaugen unsern Weg, und es ist ein Teil von uns geworden, daß diese Heidenmädchen uns angesehen haben.« »Nur was uns anschaut sehen wir. Wir können nur –, wofür wir nichts können.« Man hat die Philosophie des Flaneurs niemals tiefer erfaßt, als es Hessel mit diesen Worten getan hat. Er geht einmal durch Paris und da sind die Conciergefrauen, die nachmittags in kühlen Hausgängen sitzen und nähen, von denen fühlt er sich angesehen wie von seiner Amme. Und nichts ist für das Verhältnis der beiden Städte – Paris, seiner späten und reifen Heimat, und Berlins, seiner frühen und strengen – bezeichnender, als daß den Berlinern dieser große Spaziergänger baldigst auffallend und suspect wird. »Der Verdächtige« heißt darum der erste Abschnitt in diesem Buche. In ihm ermessen wir die atmosphärischen Widerstände, die sich in dieser Stadt der Flanerie in den Weg stellen und wie bitter der nachschauende Blick aus Dingen und Menschen in ihr auf den Träumer zu fallen droht. Hier und nicht in Paris versteht man, wie der Flaneur vom philosophischen Spaziergänger sich entfernen und die Züge des

unstet in der sozialen Wildnis schweifenden Werwolfs bekommen konnte, den Poe in seinem »Mann der Menge« für immer fixiert hat. So viel vom »Verdächtigen«.

Der zweite Abschnitt aber ist überschrieben »Ich lerne«. Das ist nun wieder ein Lieblingswort des Verfassers. Schriftsteller nennen es meist »studieren«, wie sie sich einer Stadt nähern. Zwischen diesen Worten liegt eine Welt. Studieren kann jeder, lernen nur, wer aufs Dauernde aus ist. Eine souveräne Neigung zum Dauernden, ein aristokratischer Widerwille gegen Nuancen hat bei Hessel das Wort. Erlebnis will das Einmalige und die Sensation, Erfahrung das Immergleiche. »Paris«, so hieß es vor Jahren, »das ist der schmale Gitterbalkon vor tausend Fenstern, die rote Blechzigarre vor tausend Tabakverschleißen, die Zinkplatte der kleinen Bar, die Katze der Concierge.« So memoriert der Flaneur wie ein Kind, so besteht er hart wie das Alter auf seiner Weisheit. Nun ist auch für Berlin ein solches Register, solch ägyptisches Traumbuch des Wachenden zusammengetragen. Und wenn erst der Berliner in seiner Stadt nach andren Verheißungen forscht als denen der Lichtreklamen, dann wird es ihm sehr ans Herz wachsen.

EDITORISCHE NOTIZ

Die Originalausgabe dieses Werks erschien 1929 unter dem Titel »Spazieren in Berlin« im Verlag Dr. Hans Epstein, Wien und Leipzig. Dieser Neuausgabe liegt die 1968 von Janos Frecot bei Rogner & Bernhard in München herausgegebene Ausgabe zugrunde.
Der Neuausgabe sind 30 Fotografien von Friedrich Seidenstücker beigegeben. Fotograf und Autor sind Wahlverwandte in der Betrachtungsweise (bei engerer Begrenzung der fotografischen Sujets) und Zeitgenossen; unsere Auswahl soll dies auch über die zeitliche Grenze des Textes hinaus deutlich werden lassen: Die nachfolgende Geschichte, deren Opfer Franz Hessel 1941 im Exil wird, holt auf andere Weise auch Friedrich Seidenstücker ein, im *zerstörten Berlin.* Auch die Abbildungen auf dem Umschlag stammen von Seidenstücker: Die Vorderseite zeigt »Meyershof«, Ackerstraße 132, im Wedding; die Aufnahme entstand um 1926. Das Foto auf der Rückseite – Ende der 20er Jahre aufgenommen – gibt den Blick von einer Gasometerkuppel auf Schöneberg wieder.
Ergänzt wird die Neuausgabe durch Walter Benjamins Rezension »Die Wiederkehr des Flaneurs«, bereits kurz nach Erscheinen des Werks veröffentlicht in »Die literarische Welt« (Jg. 5, Nr. 40; 4. 10. 1929), hier abgedruckt nach: Walter Benjamin, Gesammelte Schriften, Bd. III, Frankfurt/Main 1972.

Der Abdruck von Walter Benjamins Text wurde freundlicherweise gestattet vom Suhrkamp Verlag Frankfurt. Die Wiedergabe der Fotografien von Friedrich Seidenstücker erfolgte nach den Originalen im Besitz des Bildarchivs Preußischer Kulturbesitz Berlin. – Hergestellt in der Fuldaer Verlagsanstalt, Fulda. –

INHALT